U0585141

小康之路

海燕 著

作家出版社

图书在版编目（CIP）数据

小康之路 / 海燕著. -- 北京：作家出版社，2020.4
ISBN 978-7-5212-0861-0

Ⅰ．①小… Ⅱ．①海… Ⅲ．①长篇小说 – 中国 –当代
Ⅳ．①I247.5

中国版本图书馆CIP数据核字（2020）第018950号

小康之路

作　　者：海　燕
责任编辑：丁文梅
封面设计：新印科技
出版发行：作家出版社有限公司
社　　址：北京农展馆南里10号　　邮　　编：100125
电话传真：86-10-65067186（发行中心及邮购部）
　　　　　86-10-65004079（总编室）
E-mail:zuojia@zuojia.net.cn
http://www.zuojiachubanshe.com
印　　刷：玉田县嘉德印刷有限公司
成品尺寸：152×230
字　　数：242千
印　　张：22.5
版　　次：2020年4月第1版
印　　次：2020年4月第1次印刷
ISBN　978-7-5212-0861-0
定　　价：56.00元

作家版图书，版权所有，侵权必究。
作家版图书，印装错误可随时退换。

目 录
Contents

第一部

1

"秋风中的燕子，迷失于一句告别的台词。"这句话金花反反复复吟诵了二十五年，她后悔那次孤独的迷失，刚刚闯荡江湖时在北京偶遇的黄昊，曾经以为是自己永远的靠山，现在却形同陌路，进退两难。

她提笔写一封告别信："黄昊：我们相识于偶然，是漂泊的孤独让我过早地靠近了你。你对权力着迷，回到家里都放不下面子，你要当家中的帝王。而我和孩子，需要的是丈夫是父亲。你需要被统治的家人，我需要的是平等互助的婚姻。以后的日子我想一个人走，孩子拜托你照顾好。"

电视正在播放一对名人夫妻的访谈，夫妻二人恩爱有加，举案齐眉。这突然刺痛了麻木不仁的中年女人金花，每一对普通夫妻本来都应该有这样的深情呀！可回头看看自己，连家里的男人长什么样子都快要忘记了。好多人说社会风气不好，其实主要的问题就是人心浮躁啊。家庭是社会的细胞，很多人追逐成功却把家庭抛在脑后。

男人主宰世界，女人通过男人主宰世界。

不，这都是老皇历了，金花和黄昊，用他们家孩子的话来说，两个都厉害，都是暴跳如雷的脾气。

婚姻里的死穴，其实不能说谁对谁错。人家说家庭是有限责任公司，各自承担责任和义务搭伙过日子，可他们俩总在暗暗较劲互不妥协，现在两看两相厌，总之就是不协调。

这些年来就算遇到再大的痛苦，金花也很少找人倾诉，不想让亲人担心不想打扰别人的幸福。唯有冷暖自知。金花常想能拯救自己的只能是自己。但那种孤独无力的感觉，就像是童年在家乡的小河里被冲走的小树枝，连个挡一下的石头都没有。

一看到身边这个被酒精麻醉的男人，她就伤心绝望。他们两口子分居已经好多年了，生育任务早就完成，他们哪里还需要一起睡？男人酒后失态，即使他有一百个优点，此时他的行为也如同一盆冰水泼醒了金花。这些年彼此之间零沟通，两人看对方的眼神冷漠无情。事到如今离婚的确就是解脱。分合自有天注定，只愿不是生死两重天。金花默默念叨。一段诗句让金花心里翻江倒海。

咬　着

眼皮咬着泪不让它掉下来

牙齿咬着疼不让它哭出来

意志咬着命运不让它偏离方向

回忆咬着往事不让它夜里沉寂

实际上是生活在咬着我

不让懦弱

诗虽这样写，心里的伤痕如何磨平？她痛恨那个不顾家不顾孩子的男人，她想尽了办法希望他能重视、回归家庭，却怎么也唤不回他。他说他真的忙，他说女人矫情事多。打打闹闹二十多年了谁也不服谁。

"婚姻最好的是什么？找个包容的人过不拘束的日子。好的婚姻通过造就对方来成就自己。不好的婚姻通过消耗对方来满足自己。"记得某报副刊上的一幅漫画形容婚姻十分贴切：结婚十年的夫妻，都有一百次想杀死对方的欲望。哈哈，太对了。金花和黄昊彼此水火不容，你说东他说西，实在是说不到一起去。黄昊想让金花乖乖服从自己。金花偏不！凭什么一切要服从你？我要自己主宰人生！

但现在她连自己的生命安全都无法把握。黄昊又带着满身酒气回来，嘴里絮絮叨叨，用那种带着醉意的蔑视的目光与金花对视，醉酒的男人越发不可理喻。金花什么也不想说，只想早一点洗漱完毕躲回自己的卧室，以此逃避他的拳头和难闻的酒味。

他却扯住她不放，用他有力的双手不断推搡金花。此时的金花就像任人宰割的小羔羊，一时被拉到沙发上，一时被推到窗台前。他兴许是真醉了，兴许是借酒发泄心中压抑的情绪。

金花想哭没有泪，想笑心里却针扎一样痛。她再次从沙发上站起来去卫生间洗脸，却又被他推了回来。她内心恐惧，只想早点挣脱这魔掌。

她反抗挣脱他的手，没走两步，又被他推倒摔在地上。他有些慌张，马上过来扶她，金花猛地推开。他的手又不分轻重地打过来。"啪"的一声，金花脸上挨了重重一掌，眼镜也被打飞了。

什么海誓山盟，什么天长地久，那都是子虚乌有。

想要逃离这种令人窒息的生活，唯一的办法就是离开他离开这个家！娜拉要出走，金花要自由！

没结婚时看着别人的婚姻，金花总纳闷那些女人为什么要隐忍，为什么不能痛快地结束。而当自己踏入这婚姻的围城时，她才发现少年时对婚姻的想法是如此幼稚。

中年人的烦恼不仅仅是男人与女人之间的重重矛盾，还有来自青春期子女与更年期父母的斗争。儿子也总是阳奉阴违，表面听话，实际总在逆反。当金花发现自己微信账户里平白无故地少了两千元，追根溯源查找原因，居然是儿子自作主张购买了游戏卡。两千元啊两千元，你不知道这两千元可以办多少大事，想当年你娘连两元钱的学费都要借，你姥爷的医药费都是乞讨的！不给你两耳光你哪知道人世间艰难辛苦！

耳光打过去，力大如牛的儿子不但不认错，还一把给老娘推了个趔趄差点摔倒。

这什么世道！男人管不听，孩子管也不听。中年妇女金花万念俱灰。

雪上加霜的是，家里多少年辛苦打拼的三百多万元积蓄，炒股赔光了，金花一直不敢告诉黄昊，要是他知道了，两人不知道会打成什么样。三百多万啊，都被股市的熔断机制吞光了。

自己的婚姻已经消耗了半条命，生活有什么意义呢？人生那么努力奔跑图个什么呢？累死累活忙里忙外，反倒不如那些十指不沾阳春水的女人活得滋润，金花好像就是拉着一架犁耙的老牛，力负千斤。

这次黄昊醉酒回来，居然还打了金花耳光，两人以前也打也闹，但也没有打过耳光，父母都没有这样打过自己，这脸还能往哪儿搁呢？不过了！

你走你的阳关道，我过我的独木桥。我从独木桥一跳，烟消云散拉倒完蛋。我拿生命和你赌，让你一辈子活在痛苦里。累了累了，真的累了，金花的心累了，她想解脱，怎么能彻底解脱？只有两眼一闭最省事。

金花此时想起了困难时期被批斗后受辱跳水的外婆，想起母亲香梅当年在农村连两毛钱一包的盐都买不起的困窘，想起那个因为丈夫和村支书评理被奚落气得喝农药自杀的畅嫂子。她想起母亲香梅的话：实在苦啊，苦到多少次想去跳山崖。

柴米油盐的缺乏，嗷嗷待哺的娃娃，永远干不完的家务农活，叫唤食物的猪牛，种不完的地，漫长的收割期，生病的男人，一个女人就这样一天天熬过。香梅曾经多次和长大成人的金花说，很多时候她心里都在挣扎：要不要出去，要不要离开，甚至想喝一口农药离开这凡尘。

而今，金花不知不觉走进母亲当年的困境。北京城里找不到农药，北京城里一马平川找不到山崖。金花连个发泄压抑情绪的地方都没有。好几次金花收拾了行李箱要离开这家，内心就和猫抓一样不安。她担心孩子和老人，担心他人嘲笑自己的懦弱。

好死不如赖活着，好好活着。她迷迷糊糊睡过几天，梦里听到无数个声音。

"傻吧崽，这点事算个卵，走过去就是晴天。"

"人活一张脸树活一张皮，你这样死就是没脸皮。"

"崽啊，你是娘爷的顶梁柱，你不能走，你走了我们可怎么办？"

"妈妈，你为什么狠心抛下我，我听话啊。"

"孩子，你好不容易才有今天，你不能被自己打倒，你要挺起胸膛来。"

没有人和自己感同身受，这就是金花中年人生的巨大悲哀。她想起鲁迅的《小杂感》："楼下一个男人病得要死，那间隔壁的一家唱着留声机；对面是弄孩子。楼上有两人狂笑；还有打牌声。河中的船上有女人哭着她死去的母亲。人类的悲欢并不相通，我只觉得他们吵闹。"

金花知道，只有坚强才是自己的后盾。从农村走出来的路上，她遇到多少感同身受呢？她一路奔跑，想要摆脱命运的缰绳。这一路上，她总在担心，担心不能完成学业，担心回到村里去早早找个男人生儿育女。金花不甘心，世界那么大，她想趁着年轻多看看。

可是现在这中年疲惫的心无处安放。金花梦见了家乡的羊肠小道，梦见了那个夏天正午的阳光，一道闪电划过脑海。

家乡啊家乡，你就像娘的怀抱，年少时挣脱着要向外走，无助、年老时却总想回去。

2

金花全名叫康金花，小康的康，金子的金，野花的花。老康家祖祖辈辈几代人都如路边的野花一样在土地村自然生长。父亲康正道希望开出一朵金花来。九十年代初，八月中午的太阳灼烤着湘中田野乡土地村。没有一丝风，麦泥凼里唯一的县级公路两旁是农田，延绵起伏的青山脚下全是旱地。这里的农田基本只种一季稻，旱地种的花生、黄豆、红薯。世世代代几乎都是这几样。红薯藤长得飞快，就如康正道家的几个女儿，一眨眼这几个在家里天天吵吵闹闹如麻雀般的孩子，开始懂点事帮家里抢农活了。大女儿金花七月份已经参加完高考正在焦灼地等着成绩。她的心情比这夏日正午的阳光更焦灼。康家全指望着她了，她是家里学习最好的孩子，又是老大，正道和堂客香梅自然对她是充满希望的。

红薯藤每隔一段时间需要翻转一次，否则疯长的藤条会在土地里随时生根，影响红薯主根的营养供应。这好似漫长的人生总需要些翻转折腾才更有奋斗生长的力量。

田野乡没什么大事，年复一年日复一日。土地村更没什么大事，年复一年日复一日。不过今年正道家应该有件大事，那就是看看金花妹子有没有本事给家里争口气。山脚下的田里，一家人正在忙碌着翻红薯藤，只盼着快点翻完好回家吃饭。马路上时不时开过来拖拉机和小四轮，正道都要看看是谁从城里拉货回来了。田野乡邮电所的邮递员要去村里，也要从这条路上经过，骑着他那辆绿色的破单车到处溜，他爱喝点小酒，东家走到西家，谁家有点什么消息就他最灵通。他在田野乡算个小有名气的人了。康正道曾经想过，自己家里的妹子，有一个能当个邮递员吃公家饭或者嫁个邮递员，有辆这样的自行车他就知足了。

"丁零丁零……"一声清脆的单车铃声响起啦，邮递员看到了在田里劳作的正道一家，"正道，正道，快来快来，土地村出文曲星了，你家金花的录取通知书来了！"

"啊呀呀！快看看快给我看看！"香梅和金花比正道跑得快，几个箭步跑到了邮递员面前。

"江南农学院！"

"我的个心肝宝贝崽啊，恁帮娘爷争了气啊！考上了学校就是国家干部了，卖掉了锄头把哦！"香梅激动地抱起金花，拿起她那件被汗水沁湿了一遍又一遍的衣服袖子擦了擦金花额头的汗珠子，虽是有些汗馊味儿，金花却开怀笑了起来。正道是个忧郁型的男人，平时话不多，此时脸上露出了这辈子最灿烂的笑："金花满崽，你算是家里的顶梁柱了，爹没能耐，以后就看你了。我们要好好庆贺庆贺！"

康家祖宗坟上冒青烟了！！！

金花心里一块石头落地了。全家像是打了强心剂，一家人终于可以抬起头走路，扬眉吐气做人了。那些骂"短命句""测老句"（乡里骂人没儿子不得好死）的人，知道你们的狗眼看人低了吧？我康金花，是土地村第一个考上大学的。

正道和香梅做了个重要决定：全家大小去乡里赶集！家里好多年没有这么热闹了，这些年活得太窝囊了。金花和银花、兰花穿上了正道第一年在乡镇企业上班时用工资扯的丝绸布做的裙子，菊花穿上了白衬衣和短裤，全家体面整洁。

他们要让田野乡的人看看，正道家终于可以抬起头来走路了。

全乡的人都好像知道了这个喜讯，他们走一路乡亲们就贺一路。这种感觉是只有在田野乡这样偏僻的农村才有的。这样的大事田野乡几年难得听一回。不知是铆着的劲突然松懈下来还是极大的压力之后的解脱，赶集后回到土地村的金花四肢无力几乎晕倒，夜深时赤脚医生正道给她打了一针。香梅见金花发烧赶紧又去铺里买药。头晕、腹痛，喉咙也痛。这八月的仲夏鬼天气太热了，金花刚好一点点，银花、兰花也头痛喉咙痛。正道又给银花兰花各打了针。孩子们一个个都生病了，正道也病了。他舍不得打针吃药，只要几个女儿病好了他这个大男人没事，扛一扛就好的。

头痛、发烧、喉咙痛持续了十多天，正道再也坚持不下去了，他躺在床上哭了起来。金花和香梅担心他得了什么不治之症。田野乡卫生院检查结果说没什么大病，但打了几天针就是不退烧。家里没钱打针了，香梅去村子里到处借钱，这家两元，那家五元、十元地凑齐二十元钱。医生说再不退烧担心会烧出脑膜炎来。家里的欢声笑语没有了，耳边都是正道的呻吟，香梅、金花和妹妹们偷偷的哭泣声。该死的病魔，金花怨恨病魔为什么要缠住自己历尽苦难的父亲。正道已经在家里躺了快半个月了，没有钱再去乡里卫生院输液了。

双眼无神、嘴唇干裂，无精打采。正道平时可不是这个模样，这个六七十年代的民兵队长、曾经的部队战士，又是共产党员，是个农村干部的好苗子，向来精气神还是有的。只不过是这些年老婆肚子不争气，怎么也没生个带把的，严重挫伤了他的积极性。

平时感冒、发烧不舒服，他从来不吃药，更不会去打针。这回是真生大病了，一二十天高烧不退，脑袋昏沉沉的。

这个夏天，极大的喜悦与巨大的悲伤同时降临。香梅把孩子们叫到一起，告诉她们正道可能很难挺下去，香梅和四个女儿哭成一团。金花的录取通知书虽然来了，但这学看样子是没有办法去上了。

金花和全家梦寐以求的扬眉吐气的国家干部梦要破碎。

连家都快要倒塌了。

康正道这个全家的顶梁柱病倒了，这一大家子怎么维持呢？

亲戚们商量方案：正道需要马上转院去县医院，四个孩子，老大老二可以当帮手干农活了跟着妈妈过，两个小的送到城里的姑姑家和表姐家里寄养。

多么令人伤感无助的决定啊。土地村啊土地村，你就不能给这个多灾多难的家庭一点点希望吗？老天爷啊老天爷，你就不能开开眼吗？让正道和香梅，这两根苦瓜藤上的瓜，日子过得稍微舒心点吗？

难，的确难。自祖上十代二十代以来，除了康正道大哥出门担脚担出个正式工作，还没有一个走出土地村的。土地村的往事，在正道高烧的脑子里一幕幕展现开来，他不知道他还能不能回去。土地村啊土地村，我这么忠诚地在你的土地上刨食，我爱着你每一寸土地，你却为何这样不可怜我呢？我要回去，我要回到土地村去，我何时才能回去？

一千多年前，康正道所在的家乡王化县土地村几乎无人知晓，别说他的村了，连他的县在地图上那时都很难找到。只有古书记载此带山民皆为蚩尤后人，《史记》曾有"黄帝登熊湘"的记载。

春秋战国时期楚地一直不与外界相通。宋神宗时期王安石变法，吴居厚力推新法，章惇开梅山。梅山人性格直率有担当，不惹事但并不怕事。正道性格里也有这样的成分。有时随遇而安，有时却倔着一根筋。

于土地村而言，历史从王化县自宋代开始建制才有记录，一千多年来几乎没有太多变化。祖祖辈辈，故去的老人一代接一代，新生的晚辈一代接一代，周而复始，好像红薯藤般平凡蔓延开来，又似红薯藤一样倔强生长着。

康正道的爷爷叫康家升，家升家升，家风升腾，家和万事兴。他是个石匠。建房地基、大门石礅、故人墓碑、祠堂寺庙都是匠人的工作。给人家做石匠活，安放大门石礅时一边用力抬放一边念叨吉语："升起升起，高升高升。"

这或许是石匠艺人的行业术语，也是对家庭的希望。正道的父亲生了四男三女。七个孩子都能活下来已经是幸事了。同村里的福盛堂客一年怀一个，只怕养不活，孩子生下来就直接放到尿桶里溺死。

在土地村，跳出农村的希望就是读书，或者当兵。很长一段时间，只有这两条路能改变人生。

四十年代全民扛枪，五十年代全民炼钢，六十年代全民备荒，七十年代全民下乡，八十年代全民经商，九十年代全民都想当大款。这一首顺口溜，就是正道看到的时代。

"我康正道是有过机会进城的呀！我当过民兵队长，我当过解放军，我入了党，我是社会的栋梁；我当过工人，我还是农民啊，我是农村建设的积极分子，可是命运对我不公，就是不让我生个儿子。"

正道恍恍惚惚，听见婆娘在叫："正道，你醒一醒，你要坚持啊，我去给你弄两个荷包蛋？"

正道迷糊着摇摇头，吃不下，不吃。

我这命哦，怎么就这么苦。

王化县花溪乡的年轻人古力参加了中国人民解放军，考上了解放军技术学院后，成长为军区司令部作战科参谋。他是幸运的，在最饥饿的年代走出了农村。前几年他荣归故里，省地县三级领导都陪同。

康正道当年要不是急着回农村，也不至于到今天的境况。当年就是为了回农村照顾重病的娘啊，哪知道这一脚踩回土地村，就再也没机会出去了。

前些年，他好不容易说服自己：莫悲观莫叹气，谁说女子不如男？自己一个儿子也没生下来，生了五个女儿。几十年在生崽这个问题上所受的委屈和憋在心里的窝囊，让康正道几乎没有了做男人的尊严。

他鼓着一股子劲要让土地村那些小看过、讥笑过他的人刮目相看，金花也给自己争了一口气，可是自己这身子骨不争气。

3

康金花回想起自己从土地村一步一步走到首都北京，虽然她几次想死的心都有，但突然又清醒起来。如今她不知道自己为何这样没有了斗志。

她曾经像一个战士，充满斗志，可是四十岁以后，却突然感觉一无所有。什么理想什么爱情什么幸福，都化为乌有。她找不到情绪的出口，也找不到努力的方向。

从土地村的村姑到农学院的大学生，成为一名国家干部，从电视台当记者，到成为北京国家机关里的一员，康金花觉得自己一直都在奔跑，这一路从来没有让自己的心放下过。坐在长安街旁的办公楼里，满眼繁华。但她找不到奋斗的意义了，也不知道如何继续寻找人生价值。

这二十多年，她一直处于高度紧张的焦虑中，她的心从来没有安静过。为什么不敢爱也不敢恨、不敢说也不敢做、不敢乐也不敢哭！

生命在于运动，人生在于折腾。这一路，她就是不断折腾才有今天的自己。这几年，金花明显感觉到自己厌倦了家，厌倦了身边的人，厌倦了满负荷的疲惫的身心。张爱玲说，中年男人一睁开眼，周围都是需要依靠他的人。金花说，中年女人一睁开眼，周围全是需要她去哄的人。

人说四十不惑，她却浑身疲惫满脸迷茫，陷入中年倦怠。

"生活真没意思，不知道努力到底图什么？我好像已经看到了衰老。"她发微信给好友。

"你是无病呻吟，你生活太优越，你看不到有多少人如蚂蚁一样在艰难生存。"好友毫不客气回复她。

蚂蚁？自己何尝不是那只蚂蚁？来来回回辛苦奔忙。

马尔库塞说，回忆是一种解放的力量。那些因贫困而丧失尊严的难忘片段，随着岁月的印痕日渐清晰起来，那些在贫困线上苦苦挣扎的日子，却成为她人生记忆里最令人回味无穷的滋味。

谁说贫穷限制了想象力？康金花，这个曾经迷茫的少年、理想主义青年，她可特别感谢贫穷带给自己的无限动力。没有当年的贫穷，就没有现在的自己。

但中年倦怠却吞噬着那颗努力上进的心。她想停下脚步却停不下来，想继续奔跑却跑不起来，想给自己鼓鼓劲说加油呀，却像泄气的皮球。人到中年，工作、生活都像被灌满了铅，越来越沉重。

这几个月，微信朋友圈传来乡村一则又一则消息：

> 13岁的罗某住在农村老家，迷恋网络游戏。找父母要钱去上网未果，用锤子锤杀父母后逃离现场。
>
> 农村大学生小雪放假回家，因抑郁症无法排解，在家乡的大桥上跳河。
>
> 农村中学初三学生芳芳父母离异，她早恋失败后从宿舍跳楼身亡。
>
> 村里12岁少年因母亲责怪其抽烟举刀弑母。

乡村的孩子怎么了？身为母亲的康金花心里阵阵发紧。她很想去听一听，山里的孩子到底有怎样的绝望？

当年她的父亲康正道、母亲香梅，还有自己，都曾孤独无助，都是这样过来的呀！康正道、香梅失去父爱母爱，就是野蛮生长。可他们究竟还是活下来了。

康正道父亲康兆民在一九六〇年饥荒年代离开人世，正道小时候，土地村的树被砍光了，家里的很多东西都归公了，为办食堂甚至连家里的锅灶也搬走了，家里不准煮饭冒烟。屋里只有几个用来到食堂去吃饭的破碗，一个空空如也的柜子。

康正道妻子香梅一家的生活就更是苦涩。香梅父亲小小年纪就当了挑夫，娶了茶溪曹莲为妻，生育了两个女儿。香梅有个姐姐寒梅，在饥荒年代因病过世。丧女之痛加上饥饿侵袭，曹莲大悲大痛抑郁寡欢。一日她上山出工，站在天台山上俯瞰家园风景如画。但家园再美也抵不过饥饿的侵袭。曹莲身材高大标致，食量也大，这天她实在饿慌了，胃如猫抓一样。她见周围没人，便心慌慌地跑去玉米地里掰了个生玉米，躲在地里急啃，玉米汁的甜香让曹莲得到了极大的满足。四下无人，微风吹过玉米叶儿呼啦啦作响，曹莲觉得此刻是真正属于自己的。正在她尽情享受生玉米带给自己的巨大幸福时，突然不知从哪里冒出来三个男人，大声呵斥："曹莲阿嫂，你竟然是个贼！你，偷东西，抓起来，抓起来！"

曹莲吓得赶紧丢掉手里的生玉米，想挣脱三个男人力大无比的手掌。其中一个男人抽了她几个耳光，另外两人把她架起来押送到大队部。

大队部的老房子破旧不堪，荒草连天，关押在这里的曹莲惊恐不安。孩子尸骨未寒，自己又因偷吃队里的公粮被抓。

"捆起来，把曹莲捆起来，明天大队游行！"

曹莲哭喊求饶："放过我吧，放过我，我要饿死了！我的崽就是这样饿死的啊！我要饿死了！"

曹莲的哭喊震天动地，撕肝裂肺，但没人搭理她。她慢慢放弃了叫喊，麻木了，如同身边那些看着她叫喊却无动于衷的村民。

香梅的爹是个老实巴交的农民，他哪有保护堂客的能力。他只能听天由命，任由大队干部处理。他眼睁睁地看着自己的婆娘，被大队干部在脖子上挂上批斗的牌子，在院子里游行了几圈。

"偷吃公家粮食，可耻可恶！"

"损公肥私，不得好死！"

晚上回到家里曹莲一言不发。香梅爹第二天起来发现婆娘不见人影了，屋前山后，到处寻找。他向大队报告后赶去岳母家寻找，娘家说根本没看到人。两天后，有人说塘下的水塘里浮起来一具女尸，香梅爹赶去一看，正是堂客曹莲，金花的外婆。

曹莲的坟远远地眺望着天台山，好似谴责又好似倔强地守望。

香梅和父亲相依为命，童年伴随她的是苦涩和悲痛。幼年无助少时缺爱，让她一生都缺少安全感。比起娘的死，香梅亲眼看着邻居大奶奶的死，更让她有一生的阴影。

香梅大奶奶不忍心自己的孙子孙女挨饿，她背着孙子拉着孙女，去田里扯了几棵稗草准备带回家煮给孩子们吃。这种田里的杂草和稻苗争营养，迟早是要拔掉的。大队经常安排队员干这样的农活。

"放下，谁让你偷田里的稗草？"

"孩子快要饿死了，你们就行行好吧！"

"谁家不是这样，你一个人搞什么特殊化？"

"过来！"背着的孩子还来不及放下来，"啪啪"几记耳光过去。小香梅和大奶奶的孙子、孙女吓得哇哇大哭，但哭声打动不了大队的干部。

大奶奶被打倒在地，再也没有起来。

农村说人家里穷，形容"穷得揭不开锅"。此时康正道家里连锅都没有。十几岁正要长身体，青春的饥荒无处可藏。

山里人，山就是厨房。野果子、藜崽崽（荆棘科植物种子）、蒿子草、野麦子、红薯藤，只要能入口，不管是猪草还是牛食，都一股脑儿进肚子。花生苗、玉米秆、黄豆叶，哪一样煮熟了都能充饥。山里的野麦子磨成粉，连同蒿子草做成粑粑，味道蛮好。

春天里，乡下人开始水稻育种，那些空瘪的浮起来的秕谷壳子，正道娘又捡起来煮了给孩子们吃。稻谷子的糠，大队用来调猪食的，正道已经吃了整整三天。

十一岁丧父的正道饥肠辘辘，最大的愿望是吃饱饭。五岁丧母的香梅饥肠辘辘，最大的愿望也是吃饱饭。

"乡里妹子进城来，打着跣（赤）脚冇穿鞋（还），何不嫁到我城里来，上穿旗袍下穿鞋（还）。"

香梅小时候跟着大人唱起这首山歌时，梦寐以求的就是从农村走出去做个城里人，穿上旗袍和皮鞋。

康金花可以理解父母那个年代的人对进城的向往，他们怀着对美好生活的向往一步一步向城市靠近。康金花就是在他们的希望中走进城市的。

可康金花却理解不了新闻报道中那些乡村里的少年，农村现在物质条件好多了，不愁吃不愁穿，他们为何要选择这样的绝路？他们缺什么呢？

她的心不踏实，她想要回到乡下去。

她提起笔给单位写申请书：

局党委：

　　我经过郑重的考虑，现申请到家乡王化县去参与扶贫工作三年。敬请组织批准。

康金花

这是康金花人生中第三次重要的申请。每次申请之前，金花内心里都写满了凝重，那是她的一份严谨、敬意和憧憬。每次申请递交后，内心就多了一份蓝天般的清澈透亮，爽朗极了。第一次是入党申请书，十八岁那年，她郑重地给农学院的学生处递交的。第二次，是毕业那年学习孔繁森感人事迹后，满怀着去西部发展的愿望写了一封申请援藏的申请书，寄到了国家计委人事司和国家教委。

这一次，康金花要求回到乡村去。

领导找她谈话了。"金花同志，你要慎重考虑，你这种思想和精神值得肯定，当前是乡村扶贫攻坚阶段，需要我们有责任有担当。但你一个女同志要在农村蹲三年，你的家庭和孩子谁照顾？征求爱人和家庭意见了吗？你要充分考虑。"

"我慎重思考和权衡过，我的家人都同意。"康金花向来有一说一实事求是，今天却破例说了假话。她惊讶自己这假话说得如此自然，理直气壮。

她心里想的是：孩子翅膀硬了寄宿在学校，男人牛得很根本不需要自己，家里有老人有阿姨打理。自己是个多余的人。

她的心思不在家里，她也不愿意把心思放在家里，她需要自己的阵地。她要用这样的方式离开北京的家，让家里人尝尝没有她在家的滋味。

她中年的心无处安放，好似当年她躁动的青春无处安放一样。当年她无数次憧憬进城，现在她唯一的期待就是回乡。

钱锺书说婚姻是个围城，这进城的梦，也和围城差不多的吧！乡里的人想进城，城里的人想回乡。

几天后，领导通知她："金花同志，经过你本人多次要求和单位党委的研究，同意你回乡参与扶贫攻坚！请在一周内去王化县扶贫办报到！"

国家一九八六年推行扶贫战略，金花的家乡王化县一九九四年就正式列入了国家级贫困县。一场春雪，预兆国泰民安新纪元。金花写起了诗。

　　　　天降大任于斯人，
　　　　掌舵国家爱人民。
　　　　国运昌盛复兴梦，

担当使命风正清。

瑞雪祥降紫禁城，

春风化雨好光景。

豕生财富燕报春，

大国崛起舞东风。

　　"全面建成小康社会，最艰巨最繁重的任务在农村，特别是贫困地区，没有农村的小康，没有贫困地区的小康，就没有全面小康。老区扶贫要授之以渔。"

　　这就是中国实情啊，这就是金花和她的父母所看到的时代和中国。

　　人总要做点自己喜欢的事，做点自己想做的事。

　　几天后，康金花带着行李到王化县扶贫攻坚办公室报到。

　　"金花同志，欢迎你回家乡！这周先在县里熟悉一下情况，下周你可以选择一个村蹲点。"县扶贫办的同志热情招呼，康金花却迫不及待："我还是早点回村吧。"浓厚亲切的乡音，有着实实在在的温暖，如此亲切。

　　扶贫办在县城新开发区有座两层的办公楼。王化县扶贫开发领导小组办公室、王化县脱贫攻坚指挥部指挥中心，两块牌子一套人马，一百五十万人口的国家级贫困大县，扶贫办在编人员只有二十人，还有从其他单位抽调了十多人，三十多人承担全县扶贫工作。面临着还有二十多万贫困人口的脱贫办公室的同事们经常加班到半夜，在椅子上打个盹就又该上班了。

　　这些年来，王化县已经建立了完备的县乡村三级脱贫攻坚作战指挥体系，紧扣"四看四问四关注"，深入开展"三走访三签字三联系"，对省委省政府交办的几十个问题进行了全面自查和专项治理，清退不符合条件的贫困对象一万多人，新纳入八千人，对全县扶贫资金管理使用情况开展了全面彻底的自查整改。易地扶贫搬迁拆旧竣工入住，贫困危房户改造竣工，电商扶贫建立产业园；教育扶贫、就业培训、生态补偿扶贫、兜底保障扶贫等都有序推进。

土地村哦，金花的土地村。你的孩子，今天回来了。离开家乡二十多年，康金花偶尔回来看看，但父母家人在北京定居，土地村已经非常陌生了。

山是青的水是绿的，几十年如一日，不，几百年一千多年来都差不多。耕田种地养猪喂鸡自给自足。乡亲们不关心谁当书记谁当县长，书记镇长换了几届都搞不清楚的。他们只在乎今年地里种什么。而现在，他们连土地都不种啦！

"尚气贵信，好武少文，淳而不佻，俭而不侈。虽民瑶杂居但好礼尚义。"乡亲们的性格和王化县的民风，大约可以从这几句话里得知。

"金花，你怎么回来了？"当年开着小四轮跑运输的小伙子如今已经抱孙子了，金花在村子里是有点儿影响力的，这是村里第一个大学生。怎么又跑回来了呢？

村子里议论纷纷："是不是遇到什么麻烦了？"

"现在八项规定搞得严，有些人的日子不好过喽！"老单身汉康清高中文化，懂些政策，但精力没放在发家致富上，而放在了和村镇干部掰手腕上。

"累了，想回来看看。"金花谢过大家的关心，开始收拾起破败不堪的家来。

4

这一处红砖瓦房，活脱脱是金花父亲康正道与母亲香梅的一部创业史。湘中的农家，大多数是这样的民居。四根方柱一个坡屋顶撑起来四扇屋。中间是堂屋，左右两边前屋是伙房客房，后屋铺床当睡房。虽说有两层楼，但一般人家的二楼要经历一个漫长的时间才能修整好。金花家的屋，一九八二年建好主体，到一九九五年二楼还没搭好木板。金花小时候每次上楼去都胆战心惊。

当年和母亲妹妹们唱山歌的坪里，野草荆棘已经比金花还高了。也难怪，这房子二十多年没人来住过了。屋檐下洒落着瓦砾碎片，曾经高大的堂屋大门，如今陈旧而低矮。

金花站在这间老屋里，康家家族的历史、听到的故事、家族的传说、家乡的往事都在眼前浮现出来。

一九四九年十月，康正道出生了。

"人民公社好，人民公社好，毛主席指出的道路，我们贫下中农走定了，一大二公集体化，坚持到底不动摇。代代革命立新功，插得红旗到处飘。朝着共产主义的目标跑。"

十三岁的正道耳边响起来这首歌。他看到土地村的生产队队长是那么神气，立志向以后要当个生产队长。

"正道，正道，祝贺你，验兵通过了！"一九六九年村里的锣鼓队一路欢歌笑语送正道到公社，二十岁一表人才的康正道应征入伍到了海南当兵。胸戴大红花，头戴解放军帽，走出这山沟沟，一人参军全家光荣！

正道的母亲九岁来到土地村当童养媳，生下四男三女，男人早去，这光景熬得不容易啊！

贫下中农出身、本本分分的康正道，在部队里表现积极，要求进步，青年人的理想闪闪发亮，如愿以偿地在部队入了党。

一九七四年，解放军南海舰队一部与陆军分队、民兵协同，对入侵西沙群岛的南越军队进行反击作战，西沙群岛自卫反击战开始，正道的部队作为后援开赴前线待命。待命时刻，正道却怕死了。

他不想死啊，可是战争哪有不死人的？

康正道，你一定要活着回去看娘。哥哥姐姐都已经成家，你是娘最小的儿子，要回去照顾娘。

促使他想尽快退伍回家的还有个原因：年轻战士想婆娘。姐姐做媒给他介绍了个对象叫香梅，上次回家探亲刚见了一面，正道心里欢喜得很。

香梅在生产队里是个铁姑娘。毛主席说过的"妇女能顶半边天""中华儿女多奇志，不爱红装爱武装"，生产队长说的铁姑娘郝建秀和知青邢燕子的故事，还有山西大寨铁姑娘郭凤莲，香梅听得热血沸腾。她剪短了头发，身体结实而强壮，"一副肩膀两只手，一根扁担两条腿"，在生产劳动中"誓叫大地换新颜"。她从来都是积极分子，不偷懒不叫苦不喊累。

她摘金银花晒干，挖半夏洗干净晒干，田野乡的国药店定时来收购换得几毛钱给父亲扯块布做件衣裳或者换学费。她爹经常喊："香梅，你莫读书算了，我送不起了，你回来挣工分。"

香梅哪里乐意？她早上起来扯猪草剁猪草煮猪食把家务事做好，在上学的路上奔跑，早饭也来不及吃。她只希望能多读一年书。学校运动会、文艺宣传队、去公社搞比赛，香梅样样都拿得出手。学校的老师、公社的干部看着这个乡里妹子都说以后应该能有点出息。

香梅初中毕业了。村支书和村办小学校长几次找她谈话，她当了一名代课教师。

香梅老师可是一枝花呀！人爱笑就是最大的优点，性格好的姑娘谁不喜欢？乡里做媒的人一个个都来了，邻村的人都知道香梅模样秀气知书达理性格开朗。卫生院的西医生比正道还帅气风度翩翩，三板桥的退伍军人伟平也是个好后生。公社的李书记大会小会公开喊："香梅，你谁都不要答应，你给我做儿媳妇。"

正道的姐姐嫁在学校附近，她早就看上了香梅，心想肥水不流外人田，香梅要是嫁给我弟弟就好了。她取起正道的一张照片找到了香梅上课的教室门口，让她看看解放军战士康正道的照片。

香梅心热了一下，看着照片上正道身材瘦高，双眼如炬，帅气十足。这不正是自己想要找的军人吗？军人军装多有气度。

看着正道的军装照片，香梅心里吟唱起："竹枝打水细细飞，河边洗衣不用捶。细石磨刀不用水，我俩结亲不用媒。"

正道的姐姐蛮有把握地告诉香梅："你放心啰！我大哥在湘西当点官，我姐姐也在新江城里，我弟弟退伍回来，怎么着也得在城里找个工作安家落户的。"

进城是香梅的梦想，的确良、解放鞋，三班倒，城里的工人有保障。代课教师香梅，总有一天要进城的！

田野乡的农田多年旱灾歉收。一九六〇年，省地质局和省勘察设计院来设计要兴建水库解决农田灌溉问题，但都没有成功。一九七二年才正式开始修水库，说能解决十八个乡的水利灌溉。车田江水库的修筑，香梅也是头等工。八千多亩的水面，周围悬崖峭壁气势雄伟，湖水湛蓝洁净，湖畔万亩石垒梯田梯土，如城墙城堡。

田野乡的社员是快活的，山岗田地里，水库修大坝，社员们聚在一起劳动，边唱山歌边干活，生活虽苦，田间地头却是欢声笑语。"不唱山歌冷清清，唱起山歌怕姐骂人，哪支山歌不搭姐哦，山歌无姐唱不成哎！"

"香梅子，你也唱一个！"村里的卫国喊起来。

"要我唱歌就唱歌，要我驾船就下河，鸭子生毛鸡生蛋，桩桩件件都有歌，唱得日头永不落……"香梅歌声脆脆的，和着她的笑声，院子里热闹起来。

这些劳动歌，有田歌、猎歌、采茶歌、伐木歌、放水歌，犁田、播种、扯秧、踩田、担粪、抗旱、收割、交粮，都有山歌，香梅都能跟着唱几首。

梅山情歌最能激荡香梅的心。有一首歌她最喜欢："郎是蜜蜂飞半天，姐是蜘蛛结网在屋檐。蜜蜂飞进姐的蜘蛛网，郎要抽脚姐要缠，叫郎难打脱身拳。"

山里的妹子想进城，日思夜想梦情郎。理想主义青年香梅的心里，全是解放军战士康正道。

康正道回家探亲的那一天，帅气十足的解放军出现在香梅面前，她的心都要化了！她想嫁的就是这样的人呀。

他们行走在山路上，村里的婶子唱起歌："情姐行路身飘飘，大路不走踩茅蔸，假装荆棘刺脚板，要寻情哥讨针挑。"唱得香梅满脸通红看着婶子笑。

"糯米蒸酒满缸浮，郎得相思妹得痨。郎得相思有妹治，妹的痨病命难逃。"芳心所守，等得情郎归。

次年，在部队当兵六年的正道退伍回来了。

"你要想办法去城里找事啊，找你哥哥想办法。"香梅发现正道的做法和他姐姐说的完全不一样，他一点也没有进城的意思。

"娘现在这个样子，离不开人哪。"正道愁。

"家里有几个老兄，他们都可以照顾的。"

"哥哥结婚和娘分家了。娘只能靠我这个小儿子的。"

"你姐姐这个媒婆子骗了我。"香梅嗔怒。

香梅本来是有机会留在城里的。十八岁那年她和村里的妹子进城到矿山担煤，天黑后带队的人带着她们借宿在城里熟人家。带眼法的乡里妹子香梅在人家家里洗碗、扫地、帮着照看小孩子。在王化县和新江这一带，要看一个人有没有出息，或者素质高不高，第一要求是带眼法。乡里人说看事做事。阿婆看着她落落大方勤快麻利，打心底里欢喜："妹几崽，你莫回去了，留下来给我做儿媳妇算了。"

留在城里那可是香梅做梦都想的呀。香梅多想答应啊，可是爹孤苦伶仃，都不和爹商量一声就答应，这也不是香梅的性格。

"麻雀子尾巴长，讨了婆娘不要娘。爹娘是蔸故时草，婆娘

26

是个宽心宝。"这虽然说的是男子，可说的也是结了婚的人只管自己的小家庭。香梅不是这样的人。

她和同伴回到了村里，来说媒的人络绎不绝，对象有当老师的、当医生的、在县城里工作的钢铁厂工人，香梅从不动心。她的心，留给了解放军战士康正道。

香梅本来还有个进城的机会。

她的三叔部队转业后到了王化县氮肥厂工作，三叔英气逼人，是香梅的偶像，却在一次氨气泄漏事故中为了抢救他人英勇牺牲。厂里照顾三婶带着孩子们进城谋生，有人出过主意，要三婶将香梅算作自己的孩子多报一个名额，这样香梅也能跟着三婶进城去。香梅总觉得这样也不合适，这不是去增加三婶的负担吗？香梅再次放弃了进城的机会。

香梅如愿以偿嫁了个解放军，没想到解放军康正道，退伍居然回到了土地村。

金花无数次听到母亲对父亲的抱怨："什么解放军，连海南部队的门都没带我去认一认！"

乡村爱情修成正果，管他外面世界有多精彩。

香梅进城的梦想被婚礼和急忙来到人世间的康金花给搁浅了。她曾无数次幻想走出农村走进城市，无数次幻想全新生活幻想命运改变，但随着腹中胎儿的孕育，她走出农村的希望变得遥不可及，只能寄托在下一代。

听着正道的战友们转业在城里安排工作的消息，香梅抱怨过千万次！此时她并不知道，等待她的是更沉重的负荷，生育的委屈甚至是生死考验。

现在最要紧的不是进城了，是吃饱饭不饿肚子。一九七四年，湖南安江农校的老师袁隆平亲自培育的第一个强优势杂交稻亩产六百二十八公斤。一九七五年国务院决定大面积推广杂交水稻，一九七六年定点示范二百零八亩获得大丰收！但要推广到田野乡土地村，还需要点时间。

一九七六年是中国历史上重要的一年，几位国家领导人逝世举国悲痛，唐山大地震更是国殇。康金花在这一年来到了人世。此时正道娘已经病入膏肓，正道作为家里最小的儿子担起照顾母亲的责任。没钱治病，借钱；没钱吃药，赊账。

正道娘躺在那张摇摇晃晃的竹躺椅上痛苦呻吟。她九岁就来到田野乡土地村当童养媳，自小受尽了婆婆管教的气，多年的媳妇熬成了婆，总算在这个家族里成为最受敬重的老人。

正道刚从水田里犁田回来，赶着黄牛，肩上扛着一把犁具满身泥巴，放下手里的农具，扶起躺椅上的娘："娘，你不要这么丧气，日子好着呢。你看看你孙女多宽心。"

生产队里还在实行工分制，男人女人都要去社里劳动才有工分，日子过得紧巴巴。房子还是祖上留下来的小木屋，房间里黑乎乎的，一间屋子里只有香梅嫁来时做的碗柜，木质的桌子四条长方形的板凳，屋子里架着一把陈旧的木梯子，爬上去才是睡觉的卧室，一家三口挤在一张床上，夜里老鼠在木板楼里上蹿下跳，窸窸窣窣地发出声音，金花常常半夜醒来惊哭。

累了一天的正道免不得发脾气，同样又要出去挣工分又要带崽还要服侍病重的瓜娘（婆婆）的香梅也没有好脾气。两人的争吵声传到了正道娘耳朵里，老人家只有唉声叹气。

紧巴巴的日子看不见天。偏巧金花在湘西工作的伯父离婚，金花十三岁的堂姐康金容从城里回到老家。奶奶自然心疼着长孙女。香梅其实比金容大不了几岁，看着丈夫和婆婆对自己的冷落，这口气已经憋了好久了。

大锅里永远都是红薯饭，这是七八十年代的湘中农村人家普遍的主粮。大米很少，农家人就用自己种的红薯挖回来洗干净后放在一个大木桶里，握一对大铲子把红薯铲碎，用大竹席晒干后贮藏起来做粮食。油亮亮的白米饭，奶奶留着给自己的大孙女康金容。

香梅再也憋不住了："既然金容回到我们农村了，就应该和我们一样平起平坐吃大锅饭，她什么活都不干还吃白米，我们累死累活地天天吃红薯。我正在养孩子要吃奶，这红薯饭哪里能发出奶？"

正道娘听着儿媳妇这话心里很不痛快："她这么个孩子正是长身体的时候，能不特殊点吗？她爹忙工作又要结婚，没人管她我还能不管？我活一天管一天，要是我死了我就管不着了！"

香梅强忍着夺眶的泪水，抱起金花回到了自己的床上，黑乎乎的房间里见不到光，她点起了一盏老式的煤油灯哄着金花快睡觉。

瓜娘正在教训正道："你这婆娘该管管了，手心手背都是肉，我能不管这金容吗？这孩子没人疼啊，你这当小叔的也得把这孩子当作自己的孩子，娘总有走的一天，你是一家之主，你要当家的。"

抚养几个孩子成人已经十分不容易，哮喘病折磨人，老人每天都要打针吃药。家里没钱只好赊账。村里赤脚医生的账本上，密密麻麻地记录着正道娘的药费。

一九七九年六月一日，狂风大作雷电交加，暴雨骤降，田野乡倒塌房屋无数，正道家的房顶被大风掀起来，正道娘也在这一天油尽灯枯撒手人寰。

香梅抱着金花，心里默默念叨："满崽几满崽几，快点长大，长大了好好读书考到城里去当工人。呷饭用米不用过秤，放心大胆吃。吃饭不用粜米，买布不要布票，能在城里有个角落，娘就知足了。"

媳妇熬成婆，香梅当家了。

5

香梅是孤独的，出嫁后的内心寂寞，常常无处诉说。

土地村这几年突然热闹起来了。知青点上，一位来自城里的知青大姐云开，成为香梅唯一的朋友。

"农村是一个广阔的天地，到那里是可以大有作为的。""知识青年到农村去，接受贫下中农的再教育，很有必要。"知青的耳边时常响起这些教导。

知识青年上山下乡，土地村当然是欢迎的。知青们住在村子里小河边公社的木仓库，一楼是牛棚，二楼是存放稻谷的粮仓，三楼是一个大通间，供知青们居住。

香梅在农村里，总是感觉看不到希望。知识青年云开，何尝不是一样？她们各有各的忧伤。香梅和正道吵架，孩子闹腾，心里不痛快，只要和云开聊一聊天，莫名其妙地心里就亮堂了起来。

王化县开始招计划生育专干，云开终于有机会回城工作。

一九七八年注定是中国历史上不平凡的一年，安徽凤阳小岗村的十八位农民实在不堪忍受生活的贫困，用生死状撕开农村经济改革的一道口子，实行家庭联产承包责任制。

王化县的田野乡也开始逐步推行家庭联产承包，土地村里慢慢活跃起来了。香梅看着村里的彦卿、楚伯这些劳动模范，干劲十足。

九月，王化县召开常委扩大会议，进行"实践是检验真理的唯一标准"讨论的补课。

已经生了两个女儿的康正道，认为最大的真理就是再生个儿子。只有生个带把的，农村人才有奋斗的力量。

正道带着从部队学到的技术，正在合作社种植药材，吃住都在合作社。

眼看着家里的房子没法住，正道和香梅开始计划建红砖房，他们选了个最高的山顶平整土地，用田地里的泥巴做砖坯烧红砖，样样自己动手。村子里各家盖新房，都是亲帮亲邻帮邻这样帮出来的。谁家建新砖房，都要请院子里的人来帮忙，院落里的人来帮忙做工夫，主人家要做好菜好饭招待，村民们会从自家的地里，挑选上好的菜送到主人家里来，算是对建新屋的支持。圆垛之日，就是房子基本框架建好了，村民们再来贺喜放鞭炮。

等到主人家房子上面盖好了瓦片里面粉刷了白墙，门框和窗户都装好了，要迁新屋子了，乡里乡亲的又来贺喜了，两元的一元的喜钱已经算多的了。金花家终于有了自己的红砖房。

土地村七八十年代的医疗条件一般，村子里需要赤脚医生为村民医治简单的伤风感冒、为儿童打疫苗。正道在部队学医回来担任起赤脚医生。

香梅在家忙得团团转，脑袋晕乎着连轴转。大的哭，小的闹，还有鸡鸣狗叫猪牛嗷嗷嗷，做饭、洗衣、喂奶、喂饭，给孩子洗澡，给家里的家禽家畜做几顿食。香梅白天带着孩子上山干活，夜里回来还是忙个不停。

在药材种植合作社的康正道很少回家，香梅年轻时要进城的梦想和去远方的渴望，已经在每天的柴米油盐中渐渐淡忘。夜晚，疲惫不堪的香梅遥望山村的夜空，她回想起自己当代课教师时那些孩子的笑脸，看看金花和银花的笑脸，她有些后悔自己对工作的放弃。

生下金花之后婆婆重病，没有人能照顾金花，她只好放弃了代课教师的工作。村支书和学校校长多次来家里，请她去上课她都无奈忍泪放弃。

此刻，她只能把希望寄托在姐妹俩身上："你们可要给妈争光啊，以后要好生读书，只有读书才可能考到城市里去，到城市才不愁白米饭，随便吃几碗饭没人管，日子好过。"

金花、银花似懂非懂地点头。

金花五六岁时，香梅的肚子又大了起来，这次她自己感觉与前两次不一样，小家伙在母亲肚子里不停地踢来踢去，满心欢喜地以为肚子里的是儿子。新盖的房子迟迟没有木材来搭建楼板和屋顶，房子只弄了一间能住，下雨下雪刮风，堂屋和另一边的房子与室外一样。木屑和飞絮飘进堂屋里的水缸。金花每次去舀水总要先捞捞水缸里的脏东西。大大的水缸很深，金花舀水的时候需要踮起脚来，再使劲往上抬起身子，小小的人儿差点掉到水缸里。母亲一手抱着银花，一手托起了金花："崽啊，你喊妈妈来舀啊！"

金花、银花最期待的就是过年杀年猪有肉吃。乡里人平时都是地里长什么就吃什么，只有快到过年才打豆腐、杀年猪、做猪血粑粑，大碗的猪肉、现炒的猪肝，加上地里刚拔出的胡萝卜白萝卜清甜清甜的。

一头两百斤的猪杀完分完后，正道和香梅划算着要给院子里的老人家这个送一点，那个送一点。往往只能剩下几块肉用粗盐腌过后，放在坛子里入味，过些日子挂起来风干当腊肉，等到开春农忙时节算是最好的菜。

大年三十前，该还的账都要还清，金花的父母是最忙碌的，东家借过的米西家借过的钱，三十之前都要送到人家里去表示感谢。

敬奉是乡村一道重要的习俗。大多数农家的堂屋里有天地国亲师的牌位，横批"祖德流芳"，上联：皇王土圣贤书可耕可读，下联：天地德父母恩当报当酬。过年、尝新、七月半、秋收，王化县人们在重要的节日都要敬奉。

大年初一，拜天风调雨顺拜地土生万物，拜国家国泰民安，拜祖宗护佑家族发达兴旺，拜父母双亲身体安康，拜师恩大德不忘。过年敬祖是金花家里坚持下来的隆重仪式。正道大年初一凌晨三点多就会起来准备。钉板肉选择后臀尖大块，开水小煮冒着热气端上堂屋的火桌。其他菜品有白辣椒煮鱼、猪肉煮油豆腐、自种的大白菜，祖先们都要尝一尝。米饭端三碗，酒杯备三个，香梅唤着孩子们起来："过年啦早点起来。"

大人已经做好了一些敬奉准备，正道准备了烧纸，点着火烧在堂屋的一侧，香梅准备了三炷香，插在装满了大米的升上，他们站在堂屋的敬祖处，虔诚地双手作揖。金花和银花也跟在身后作揖，听着父母念念有词。她们其实根本不懂是什么意思，听着听着扑哧一声笑出声来。

正道严肃的眼神立马让小姐妹安静下来。香梅接着话："保佑我的崽好好读书，考试打百分，长大了莫当农民了，要丢掉个锄头把。"

对于金花妹子来说，读书是唯一能走出农村的路。虽然她性格像个男孩子，也想和伢子一样学武术，也想有机会去当兵，也想能干一番大事。但乡亲们说，这不是妹子人家的事。

王化县是有名的武术之乡，平时闭塞的田野乡少有外乡人来，到了过年王爷山的拳师就会来到土地村。

院落里的少年小子们已经站好了姿势，握紧拳头，半蹲，听着拳师的口令，出拳、挥手、站桩。一招一式都有梅山武术的威严。"强身健体、防御外敌"，时不时还喊出几句有气势的口号。金花也跟着学了半天。

大人们说："这是伢子学的，你个妹子学着做么子呢？以后打男人啊？"

农家的满寿酒席、生崽打三朝、娶媳妇嫁女、老人亡故做道场，都是人情世故。人多的地方就有故事。道场里故去的老人家被放在漆黑的棺材里摆放在主家的堂屋，墙上挂满了各类经幡，看上去令人畏惧。后代子孙在道士的引领下跪在地上围着棺材哭。要看哪个媳妇对公公婆婆最孝顺，就要看她在棺材面前是不是真伤心。

多嘴的阿嫂们，谈论故者的人生经历，认定他生前的不容易。金花和小伙伴们在这些世俗里慢慢了解人生。烧纸屋也让金花大开眼界。那些花花绿绿的手工做出来的烧给死者的纸屋，真是人们对美好生活的向往。人世艰难，纸屋可以承载一切愿望。平时居住简朴，死后却可以尽享荣华。告慰先人也好，弥补孝道也罢，农村的风土人情，充满着温暖的仪式感。

香梅的肚子已经比较大了，圆圆的肚皮里包裹着一个寄托着正道与香梅希望的新生命。香梅多么渴望生个儿子。她听到村子里婆婆嫂嫂们的指指点点，感觉真没面子，这次无论如何希望是个带把的。她身上没有件像样的衣服，肚子大到穿不上所有的裤子，她只好穿条大花短裤上山去干农活。遇到村里的邻居，她马上蹲下身去，害怕别人认出自己。

临产的这天上午，香梅肚子痛得在草地里打滚，金花哭喊着找到爹爹把她背回了家。

正道叫："金花，快去叫莲英婶子来给你妈妈接生！"

金花拉着四岁的妹妹银花赶忙跑去了铺里："莲英婶婶，麻烦你帮我妈妈，她要生啦！"

院子里的老接生娘莲英背起她的药箱马上跑。金花听到了娘的叫唤声、哭喊声和偶尔的呻吟，她想去房间看看被训斥了一顿："细把细，莫进屋，快出去耍。"

金花拉着妹妹飞也似的跑到院子中央的桃树下，金花问银花："妹妹，你看妈妈这次给生个妹还是生个弟？"银花说："我想要个弟弟，爹爹妈妈也想要。"姐妹俩一会儿又跑回了家听到了细毛毛的哭声，接生的婶子说："正道啊，又是个妹儿。"

正道嘴上答应着好，心里却是满肚子的气，怎么轮到我正道这么没运气？大哥有儿子，二哥有儿子，三哥连生四个儿子，正道做的好事比别人都多，给老娘尽孝也最多，为何就没有儿子呢？巨大的挫败感击垮了这个雄心勃勃的男人，他觉得脸上无光，有点自暴自弃。

接连生了几个女儿，正道心里不痛快。但自己哪里能决定生男生女？何况自己还是村里的后备干部，年轻的党员。他心里虽然有一千万个抱怨，可也只能往肚里吞。三个姑娘的家庭，马马虎虎还算过得去。

正道耳边响起来金花、银花一起唱的儿歌：

"东一拜西一拜，拜到南京看世界（盖）。世界多，捡田螺。田螺高脑开白花，姐姐戴金花，妹妹戴银花。哥哥骑白马，绊到桥底下，捡匹鸳鸯马。娘一边，爷一边，公公奶奶冇一边，担起扫帚打黄天。"爹爹妈妈忙于家务，金花、银花自己找乐。

如果没有那几个月的骨肉分离，金花可能并不会感觉到与妹妹的心心相通。

那年，香梅的表姐三番五次托人来说要从正道香梅家抱养个孩子。表姐原本有两个儿子的，小儿子溺水身亡后她一直很伤心，想到香梅有三个女儿，肯定还想要再生个儿子。她要香梅抱一个女儿给自己宽宽心。

正道现在家有三个女儿，金花上学了，兰花还在吃奶太小了，给人家也没法带。银花成了送人的"最佳人选"。听到父母商量的时候，金花、银花小姐妹俩嘀咕着都想去。

看着亲戚们带着新衣裳来接银花，金花有点嫉妒：为什么亲戚不要我去呢？妹妹这新衣服怎么不给我穿？

香梅去看过银花几次，每次回来都说银花哭着要跟妈妈回家。银花生日到了，香梅走了几十里山路去给银花过生日，吃完晚饭香梅要走，银花装作特懂事的样子对香梅说："你走吧，这次我不哭了。"香梅一把眼泪摸黑走山路回到家。

金花记得银花走的那些日子，她甚至怨恨父母为何不送走自己呢。她时常一个人发呆。快两岁的兰花缠着姐姐玩游戏，金花心不在焉地唱起最简单的儿歌："点点哦哦，田少谷多，猫几呷饭老鼠唱歌，唱歌么个歌？唱歌伢子打赤脚。"

"桐子树，开白花，恩你姐姐嫁安化。安化起火，嫁给我。我不要，嫁给渔工钓。渔工钓有钱，嫁到衙门前。衙门前有裤穿，嫁到狐仙。狐仙有被盖，嫁给黄盖。"

"蚂蚁崽，蚂蚁娘，打锣打鼓送新娘。黑须蚂蚁吹号子，红须蚂蚁当新娘，威之武之来拜堂。拜就拜成麻花汤，麻麻点点到天亮。"

银花啊银花，妹妹啊妹妹，难道你真的就是嫁出去了吗？不回来看爹娘和我吗？那些和银花一起唱的儿歌金花再也唱不出来了。

银花离开家三个月，香梅就哭了三个月。村里土地调整，村干部来提要求："你家老二既然送人了，就得退一份田地出来，分给村里那些还没有分到土地的人。"

村里怎么这样不近人情？送出去的女儿在亲戚家并没有分到田地，骨肉分离以泪洗面没人同情，还要求退田地？家里的第三个孩子还没有分到田地呢。不分就算了，还要我们退出一份子田来，一家人吃什么？

想把银花要回来的计划在正道香梅心里盘算，可这怎么开得了口呀，当时亲口答应的又是亲戚！以后亲戚都无法来往了。

可这是身上掉下的肉啊，这三个月香梅已经很难熬下去了，当正道香梅把这个想法说出口时，表姐可不高兴了："好不容易银花熟悉了这边的环境，我们处出感情来也舍不得呀。两家商量决定的事情，你们说变就变，让我们如何是好？"

　　一次、两次、三次，正道和香梅每隔一段时间就去表姐家里商量。来回几十里的山路蜿蜒漫长，他们多次失望而归。银花养父母看着她这么大也难以改口喊娘，看着正道和香梅痛苦也于心不忍。他们答应银花回家，同时提出来养银花的这几个月的花销如何算。正道两口子高兴地说这个好说，我们给你们粮食。

　　银花终于可以回来了，正道挑了几百斤粮食过去表示感谢。终于可以带着银花回家了，困难也好，富贵也好，一家人在一起就好。

　　夜很深，疲惫的正道背着银花趁着月色回家，香梅边赶路边和正道说着这几个月来的心情。他们翻过好几座山，走几个小时的夜路，没有手电，只能摸着黑走。香梅边走边念："银花回家啰，满崽回家啰。"

6

　　"金花，欢迎你回来，看看你这个大学生，又在北京当这么多年的干部，能不能给村里出点主意，改变一下村里的面貌。来，中午先去我家吃饭。"

　　金花笑了笑："我只是回来当观察员的啊！"

　　村支书康健找到了金花的老屋，他知道金花回家乡第一站肯定是去看老房子。金花从回忆里回过神来。

土地村的村支书，康金花从记事起是知道几位的。那时父亲康正道还是土地村培养的后备干部，老支书讲党性讲原则，也蛮受村民尊重的。后来换的一任支书爱讲黄色段子，少年金花很讨厌听，常常看见他就躲开。等到金花考上大学的时候，支书又换了一任，村里的大事很多，支书也很忙，金花没机会和支书说上几句话。再后来金花只是偶尔听到每次换届选举时村子里谁谁谁和谁谁谁竞争。竞选的时候，各家的路数和各家族的手段就出来了。选民不好平衡，镇里也不好平衡，不得不安排个镇干部来当书记。

田野乡祖祖辈辈靠天吃饭。村干部如今有了工资，不像以前纯粹靠奉献，这对于村民来说还是有几分吸引力的。

"村子里的新房子多起来了，可是年轻人在家的不多。"康健正说着，一个老人家走过来了："金花呀金花，我听说你回来了，我来看看你。"说话的正是当年的莲花婶子。

"崽啊，你还是帮爷娘争了气，听说你现在搞得不错。"金花想起来当年每次上学路上碰见，她总会给自己打气。看着头发灰白、衣着陈旧的莲花婶，她走过去抱着她禁不住哭了起来。

她家前几年的惨遇，金花是听说了的！

一个儿子读书时成绩不错，但考上大学后挂科，毕业后分配在王化县街道办企业，企业倒闭后回到田野乡，结婚又离婚，后来南下广州，多年没音讯了。

另一个儿子本来在田野乡街上开了个门店，但因网络贷款遭遇黑贷，利滚利还不了，想不开烧木炭自杀了。

莲花婶子哪能想到晚年是这样呢？为何这么背时的事情都

被她的儿子遇到了呢？

土地村村级公路修好了，但村里一没资源二没区位优势，几十年过去，基本还是老样子。

村干部们心里也着急，眼看着万溪村天天获奖当县里的典型，看着谷坡村新来的扶贫干部带着村里搞得产业风风火火，这土地村难道永远都只能靠天吃饭吗？

八十年代的乡镇企业的厂子早已经偃旗息鼓，老党员也已经年老力衰，培养的几个年轻党员，都在外面做生意，土地村哪里有什么活力呢？

"全体党员、扶贫干部，请于明天上午九点到镇政府大楼参加扶贫工作会议。"金花和土地村的干部赶到了镇里，坐在支书的小车里，她有点奇怪：当年走路上学的这条路那么长，今天却几分钟就到了。若不是跟着村干部来开会，这一路她都迷糊了。马路两旁全是气派的小洋楼。乡镇工作干部的工作重心，从早年执行计划生育到近些年扶贫攻坚，他们身上的担子发生了变化。

"同志们，我们要深刻认识到当前扶贫工作存在的问题和面临的压力，距离全面小康之年只有三年的时间，这三年我们怎么狠抓落实，突破瓶颈，带领田野镇的老百姓走向小康之路，需要在座的各位扶贫干部和党员干部认真思考。今天会议后，我们将带领大家去谷坡村学习，在学习现场我们要做好笔记，与当地党员干部群众深入交流，学习经验，找到我们的不足，我们需要寻找适合田野镇各村的发展之路。"

大巴车走过了十八道弯，山清水秀风景如画，康金花的心情舒畅，好似回到了十五六岁的时光，车厢里的乡党们各色的乡村生活段子博来阵阵笑声。

"金花，莫看我们乡里赚不到钱，人还是蛮快活的，不像你们北京城里人，一天到晚在路上。"康健笑着说。

谷坡村自然条件比土地村更差，村子在高山峻岭之上，村民下次山都要半天。外面的飞速发展和这里没有丝毫关系，来到这里似乎一切都按下了暂停键，日出而作日落而息。村里依然是水田，种一季稻，传统的弯腰手插，不见抛秧、直播，更不见机插；旱土里种植玉米，喂鸡喂猪；鸡鹅白天入山，天黑才回来。百余年来未见翻新，世代更替仿佛停滞。

"欢迎大家来谷坡村传经送宝！"谷坡村的扶贫队长徐义皮肤黝黑，满脸憨厚的笑。他在省农业厅工作，已经在谷坡村驻点一年多了。听说是全省优秀扶贫队长。

"金花师姐，我是你江南农学院的师弟呢！扶贫工作有苦有甜啊！"

"哦，这么巧？你快给我们谈谈谷坡的做法和经验。"

金花和大家在村子里行走，远远看见个失明老人拿着一根竹竿探路前行。

徐义介绍说："老人家是低保贫困户，自己坚持独立生活，甚至上山砍柴和种菜摘菜。"

徐义接着说："不瞒你们说，我刚刚到谷坡来蹲点扶贫时，万万没有想到压力山大。走访摸底，了解情况一大堆表格要填。基本台账几大本，还有临时表格，更有表中表，海量数据相互之间'多对一''多对多'的逻辑关系，统计数据跨五个年度，整理难度可想而知。"

"好多表格要填，有人笑我玩表格游戏呢！"大坪村的支部委员接上话。

"很多表格要签字的，驻村第一书记要签，村干部要签，贫困对象也要签，而且要在规定的时间里完成。"

"让人感到更无奈的是，类似的表格今天填了明天又填，昨天才让贫困户摁了手印，今天又要找上门再摁一遍。只能找准办法'黑入户'，瞅准晚饭时间再去，早上七点前和晚上六点到八点定位为走访黄金时段。"

"政策规定要给贫困户拍照片，要留资料，农民有时很反感，但也不得不照做。"

说到这些，大家的话匣子就打开了。

"不过说到底，这几年扶贫工作真的做扎实了。"

大树村的老支书，经历了多年的扶贫工作，他心里有杆秤。

"徐队长，你们蹲点的这个村地理位置这么偏僻，易地扶贫搬迁怎么搞？"

徐义说："群众工作是难做，要求贫困群体搬离世世代代居住的地方更是一件不容易的事。"

徐义边说边想起刘子新老人家搬迁的事。

"住的是什么样的房子？靠什么来养家糊口？新搬的地方不会被歧视吗？"这是易地扶贫搬迁对象集中安置时普遍关注的问题。

谷坡村地理位置偏僻，天然缺水，居住地非常分散，摸底之后，有几户必须实施易地扶贫搬迁。入户宣讲政策时，贫困户拒绝易地搬迁。

刘子新老人一家五口人，因大病致贫居住在山上，挤在不足五十平方米的木房子里。听说搬迁后要拆旧复垦，宅基地政府收回，他对徐义嚷道："我贫不贫与政府无关，搬不搬是我自己的事，你们不能勉强我。"

徐义几次碰了一鼻子灰。贫困户不愿搬迁既有世俗观念的影响，也是对政策存在顾虑。为了突破障碍，镇里把安置点选址在镇中心城区，把安置房一楼改作商业门面，给贫困户自主创业。周边企业多，就业机会多，按照"就业一人，脱贫一户"的原则，从根本上解决搬迁人口的后顾之忧。选址方案确定后，现场宣传讲解，给搬迁对象上了一场生动的"诱惑课"，彻底改变了他们"不想搬""不敢搬"的想法。

"安置点不是贫民区，要消除搬迁对象的自卑感，要全面解决就近就学、医疗保障、就业等基本保障，让我们的搬迁人员既能安居乐业，更要他们活出自信，活出精彩人生。"

这是镇党委书记韩东在镇易地扶贫搬迁大会上向全体乡村干部和搬迁户代表做出的庄严承诺。承诺必须兑现。搬迁对象解决就业，推荐工作。

"我觉得还是要多沟通，了解贫困户的心理动态。群众工作说难也难，说容易也容易，就看是不是能说话说到心坎里。"徐义温和地说。

"你们村有钉子户吗？怎么解决？"土地村的康青明直接甩来一个问题，他已经被村里的告状专业户给苦恼得好几年没安生了。

"哪里都有不配合的人，这样才能显出我们工作的重要性嘛！"徐义憨包似的，金花笑他这棉花糖一样的扶贫队长肯定能把刺毛的群众给甜化了。

村里有个叫梁华的是为数不多的高中生，徐义刚到村里就有耳闻，村容村貌迎检时家家户户都在搞卫生，只有他当着检查人员的面往外丢垃圾，他是乡村两级眼中不折不扣的"钉子户"和迎检的"雷区"。

徐义去梁华家走访时，发现他其实非常肯干，也是一个对新生事物接受程度很高的人，毕竟是高中毕业生，还是有觉悟的，只是对过去的村"两委"在种烤烟的事情上有意见所以不配合。

扶贫队抓住他夏天种植西瓜的习惯，为他提供新品种。徐义耐心和他聊天，发现他不但勤快而且学习态度好，跑市场也很有心得，是个致富带头人的好苗子。

"你该找对象了，我和你同岁，我的孩子都上小学了。"徐义帮梁华送西瓜新品种资料时说了这一句话。这好似梁华母亲在世时对他的嘱咐，这句温情的嘱咐解开了梁华和村"两委"的心结。现在，他不但是食用菌产业的致富带头人，还主动成了村内通组入户路的协调员，鼓励年轻人返乡创业的先行者。

他的转变，让所有人都大跌眼镜。

"你们这个高山坡上怎么扶贫哦！上个山来不容易呀！"大家七嘴八舌问徐义。

"没有条件也要创造条件上啊！选个产业的确不容易。我在农业厅科技处工作，好在平时有些朋友能做些专业指导帮些忙。"选准选好产业成为徐义扶贫队的头等大事。村民有稻田养鱼的传统习惯，省水科所送来了一万余尾适宜放养的鲤鱼，徐义在村里分三个点进行试验。

"我们搞一村一品时想了好多办法，要考虑到运输问题，要考虑到实际情况，所以我们确定主导产业搞食用菌，向省微生物研究院求援。"

"产业扶贫，关键要有专家指导啊！光靠我们农民自己是做不了产业发展的。"谷坡村的村干部感叹。

"从菌包摆放到水分保持，从开门角度到如何摘菇，从大棚搭建到打造土灶，从蒸汽消毒到菌种种植，省里来的专家事无巨细、毫无保留。依靠专家用专业的眼光找准产业，将技术留下来传下去。"

钢架大棚建立起来了，先行到来的菌包就如即将开花的种子，在谷坡村村民的期待中来了。

怎么种蘑菇，这可是谷坡村的大事，老百姓其实都喜欢新生事物，这大大激发了谷坡人的信心，都争着要来搞管理。

要挑选认真负责的人来担任管理员，组织蘑菇生产、采摘、销售。扶贫队长像个管事婆婆，面对积极报名主动要求承担工作的村民，既要合理分工，又要分散注意力，还得寻找新的产业目标，不能一窝蜂。

徐义一直在城里长大，这是他第一次来到乡村扶贫。克服了生活上的困难，但心里对在省城里的父母妻儿，内疚挂念。来了王化后他才有机会了解这是全省最大的国贫县、革命老区县。

这里有邓湘皋敢为湖湘文化皓首穷经，陈天华敢为国蹈海不顾，罗盛教敢为民捐躯冰窟，这都是舍生取义，"敢为天下先"的精神。

如果不是来扶贫，徐义或许永远都理解不了王化县这群人，他们到底有怎样的铜墙铁壁。

"爸爸，你要去山区了，我是很不舍得，我xīwàng你一lùshùn风，早点回jiā。"

徐义的兜里揣着儿子的信和画，画上标着山区、爸爸和自己的距离。离开家和妻儿的徐义饱受思念之苦。山村的夜晚，他推开村办的木门，脚踏土地遥望星空，自己好似那萤火虫，又像天边的一颗星，虽然微不足道，但总在努力发光。

"徐队长，我来办点事。"驼背的奶奶背着两岁多的孙女来村部，老人家累得气喘吁吁。

徐义伸开手："来，小朋友，叔叔抱。"

他接过孩子抱在怀里。初次和城里人见面的小女孩不认生，仿佛看到了亲人。

奶奶办完事后准备接孩子回家，小家伙却不愿意下来，一换手就哭，号啕大哭着叫"爸爸，爸爸"，哭得撕心裂肺。老人家说，儿子媳妇去广东打工，半年没回来了。想着老人家背着孩子走那么远的路太累，小家伙又不愿意放手，徐义和队员周强一个扶着老人家，一个抱着娃送她们回家去。

"周强，你什么时候回来啊?"电话响起来了，是省城的爱人打来的。

周强忽地想起来自己已经三个月没有回家，"我还没有定时间呢，儿子乖吗?"三岁多的儿子正是最可爱的时候，周强每每想到这个小家伙，浑身就是力量。

"莫提了，昨天带他出去散步，看到有个背影很像你，他跑过去拉着人家的手喊'爸爸、爸爸'。别人一转身，他发现不是你，哭了好几个小时哦，我说爸爸这个星期就回来陪他。"

手里抱着乡亲的娃，自己的娃在家找爸爸。周强鼻子一阵发酸。

听到周强家里的电话，徐义想起昨天收到的一封儿子的信："爸爸，外面下雨了。我的心情也是这样。你还要多久才能回来呀？"儿子的来信里附带着简笔画，一间房子里，小朋友站在窗前看雨。另一张图片画的是儿子心里巨大的雨滴。

"一定要让村民能在家门口就能谋生，至少是每周能回来陪陪孩子，幼吾幼以及人之幼。"徐义心里有个坚定的声音。

"师姐，我的想法是，能让谷坡的孩子们有父母的陪伴，这就是我做扶贫工作的动力。"其实，徐义内心深处还有些许遗憾，他对金花说，扶贫，他会尽心尽力。但是，忠孝不能两全也是他最焦虑的。父亲重病在身，他却几年不能陪在老人家身边，他知道尽孝不能等待，但他分身乏术。

7

从谷坡村回来的路上，各村的党员和村干部们交流得热火朝天。"你们知道吗？谷坡村徐队长的老爸，二十多年前就到王化县搞社教工作，那时群众满意度是百分之百呢！是王化县社教的典型人物。"华龙村的老支书回忆起来津津有味。

"龙生龙，凤生凤，老鼠生崽打地洞，这扶贫工作也是子承父业，青出于蓝胜于蓝啊！"旁人接话。

"一看到这小徐，我就好似看到他父亲，一个模子刻出来的一样。"老支书还在回忆。

"你儿子不听你那一套，难道你要培养你孙子当支书吗？"

多嘴的妇女党员哪壶不开提哪壶。老支书的儿子多年闯广东，根本不按照老支书设计的路线来，这不能不说是老支书的失落。

众人一阵哄笑："去广东把孙子抱回来，接受农村再教育，说不定二十年后也是个乡村建设的好典型。"

康金花怎么也笑不起来。她看到的那些乡村青少年的新闻都是真实的，徐义分别时说的那一句话，她真正听懂了。

她回想自己的童年，虽然贫苦，但终归有父母陪在身边。这成长的一路，要经历多少懵懂和迷茫，要经历多少害怕和恐慌，如果没有父母如遮风挡雨的树，或许自己早已被风雨击垮。

八十年代的农村其实比现在更贫困，但是金花的家乡土地村，却有了乡镇企业的东风。

一九八四年中央下发了4号文件明确了乡镇企业的地位。农户联办的企业、社队企业都可以称为乡镇企业。中央要求各级政府对乡镇企业与国有企业同等对待给予必要的扶持。面朝黄土背朝天的农民也可以成为工人。

康正道曾经特别羡慕矿山那些工人，他们有工作服有食堂，可以整点上下班。田野乡在土地村选址开设锑品厂，工厂其实是矿山的一些老职工退休后来开办的。他们带着城里人的思想在这片荒芜的土地上开始新的希望。厂房很快就建设起来了，还建起了食堂。正道当起了工人，他白天在家里忙农活，晚上走路去上班。这也是全家最开心的时光。

八十年代初计划生育是基本国策。金花老家的田野公社算王化县的闭塞乡镇，男尊女卑的思想尤其严重。家里没有男孩，正道和香梅都抬不起头。别说村子里的人瞧不起了，就连家族里的人都笑话。没有儿子续香火，村子里的人背地里骂"短命鬼""绝路的"。一家人走路头都低三分，金花也觉得自己没有底气。

不知为了点什么小事家族里的堂姐姐骂正道："你这个短命鬼。"别人欺负爹爹，金花没有办法。爹的亲侄女也往爹的伤口上撒盐啊。

看着父亲难受母亲在哭，金花和妹妹都哭着说："爹爹你莫火莫急，我们给你争口气，我们会好好读书。"

读书，出人头地不受人欺。读书，走出农村留在城里，爹娘吐气。这就是少年康金花的初心。

乡里计划生育的队伍来了，金花家已经被列为工作的对象。土地村有好几个院落，乡亲们称呼汉宫队、老屋里、新源里。公社的计划生育干部们一进土地村，人还在汉宫队或者老屋里，消息却早已经传到了新源里，院落里的阿婆阿嫂，开始了游击战。

金花看着娘忙乎着收拾家里的锅碗瓢盆，揣摩家里又要大难临头了。为避免猪牛羊被牵走，家畜也要赶上山，走得越远越好。家里稍稍值钱的家具也得挑起箩筐担到山上去。

在新源里的这些嫂子的队伍中，有几户人家是出了名的多女户。金花家已经有三个，桃子婶婶家里有四个，苏云嫂子家里有四个，梅香婶子家里有四个，人们笑话说新源里是女人窝。金花陪着娘往山上跑，出了院子出了家门去山里躲起来后，她再回家和妹妹、爹爹等着干部上门来。

"正道，香梅，在屋里吗？"土地村支书康有才带着干部来了，金花忙着烧开水，银花给沏茶，小孩子不敢说话，听大人的对话。

乡干部说："正道啊，你是党员，又是村里的后备干部，你要带头啊。生女生男一个样，不要再生了。你要做你婆娘的工作，去做结扎手术。"

正道嘴里应着："好，我们去上环。"干部开始讲政策，讲村子里的情况，说就你们村里计划生育工作抓不好。

正道不多言，干部喝口水走了："莫生了啊，莫等哪天连房子都冇得住了。"

正道应声"好好好"。家里的三个女儿，他从来是不嫌弃的，只不过是咽不下这口气，被人小看了自己。

所幸有个乡镇企业的工作，能让正道忘记没儿子的忧伤。扫氧灰是他们班组的工作，金花觉得好奇，去厂里看父亲上班。只见正道从车间里走出来，头上、身上、胡须、眉毛尖子全是白的，像从面粉堆里爬出来。

领了第一个月工资，正道带着金花、银花去了县城里买了几块丝绸料，要给金花、银花、兰花每个做条花裙子。从金花懂事起爹和娘还是第一次给自己做新衣裳。

第二个月工资正道买了辆永久牌自行车，八十年代的家庭三大件之一，他每天扛着来到大马路上骑着车去厂里上班。下班后回来，清脆的铃声响彻了院落，三姐妹欢呼着："爹爹回来啰！"正道把铮亮的自行车放在平地里拿起抹布抹掉车上的泥土，摁了摁铃，孩子们围在旁边想要坐坐，他抱起了金花坐了坐，银花和兰花在一旁拍着小手叫："爹爹，该我了该我了！我也要骑车！"姑娘们身子被架起来好像是飞翔的小鸟。

正道心里涌起了小自豪，三个妹子哪儿比别人差吗？没有儿子不也一样有家庭欢乐吗？真的非要生个带把的才能堵住别人的嘴吗？

　　现实很快又给正道泼了一瓢冷水，乡邻背后的议论让他实在抬不起头。家里能指望的就是上学的金花，她学习还不错，希望能有点出息。

　　金花在离家有十多里地的学校上小学，下午放学回家经过汉宫队的坟山时，总被吓出一身汗。紧张、害怕，感觉鬼魂号叫，又好像鬼影闪烁，金花加快步子猛跑。

　　这片坟地是金花每天最难迈过的必经之路，每次都是一场艰难的考验。金花和爹爹说害怕。正道安慰："莫怕莫怕，你的老祖宗就埋在那里，清明节你去给他挂青。"扫墓后金花好像真的没有那么害怕了。

　　贫穷是金花每天需要面对的现实。交不起学费，正道总是在开学的时候去找在学校当老师的姐夫赊账。

　　开学后金花发现自己班上少了个女同学。"同学们，康元同学生病去世了！"老师宣布。康元高高的个子，朴素而干净的穿着。在金花眼里她是那么瘦，瘦瘦的脸、瘦瘦的手，细黄的头发，她非常安静，脸上常常挂着微笑。前天还来参加了开学典礼，怎么才两天就去世了？大家都不敢相信自己的耳朵，老师说她是得急性脑膜炎去世的。

　　金花感觉到生命的脆弱。在田野乡，看不起病，来不及看病，早早离开人世的，不仅仅是康元一个。他们就似飘零的雨，放飞的风筝，无法把握命运。周围的人除了刚开始会惋惜几声，大多没有时间和精力去做更多的思考和怀念，他们太忙太忙了。农村的活让他们顾不上去想太多，每天都有没完没了的农活。

　　家里老鼠多，打老鼠是家里经常的行动。全家大小你关门，我堵洞，老鼠在水缸后面注视着大家的行动，突然闯了出来溜到大板凳上，停了一会儿，它以为大家开始松懈了，全家人并没有行动，仍然等待着。过了几分钟，老鼠"审时度势"，正在找出路，准备溜到堂屋里去。老鼠撒腿就跑，正道手中的铁钳子早在等着它，"叽叽"，铁钳紧紧地夹住了老鼠的头。正道边夹边唱："老鼠老鼠，你偷吃了我的粮，咬断了我的箩筐绳，刨烂了我的家具，今天你落入了人民的法网，判处你死刑！"重重地甩了几下，老鼠一命呜呼。在没有盖好瓦片的堂屋里，晚上总能听到老鼠相互撕咬的声音。

金花和银花睡在粮仓旁边的一张老式木板床上。有一天两姐妹摸着黑走过了中间的堂屋，来到了粮仓旁边的小屋子里睡觉，刚一拉开电灯，昏黄的光线下金花猛地发现了房间的墙上挂着一条大蛇！"妈呀，妈呀，啊啊，快来，救命，吓死人，蛇蛇蛇！"

金花和银花吓得立马跑到了父母的房里，"哪里有蛇？"正道拖着疲倦的身子爬了起来拿根棍子，香梅找了个装化肥的尼龙袋子走了过去。金花和银花跟在后面又害怕又紧张，担心蛇咬到自己和父母。

这蛇怎么会跑到自己家里来了？正道香梅两人搀扶着爬上了粮仓，商量着："我用棍子拨着蛇，香梅，你拿口袋接着！"那大蟒蛇挂在墙角一动不动。正道也害怕香梅更紧张，金花、银花两姐妹站在房门口不敢进去，看着大人的一举一动高度紧张："爸，小心！妈，你把尼龙口袋撑开一点，爸爸用棍子拨弄蛇的时候，你口袋撑大一点！别让蛇咬到你们哦。"

香梅其实也很紧张，她最怕蛇了。她六岁时和堂妹去打猪草，发现几条蛇在草堆里，两姐妹吓得丢了草篮子，连滚带爬地摔到了几十米深的坑底下，她哭着："妈妈呀妈妈，蛇，蛇！"堂妹早早地没有了父亲，香梅早早地没有了母亲，两个可怜的姐妹都在叫喊着自己最亲近却早早地离开了她们的亲人。

香梅怀着兰花去地里扯猪草的时候，被蛇咬伤过，在家里整整待了三个月没出门，那蛇太毒了，脚肿得老高。

此刻，香梅正闭着眼睛撑着袋子，正道给他自己壮胆。"来来来，架势！准备！"正道喊口令。香梅胆怯地往前挪动了步子，"接！"正道用手里的大棍子使劲一拨弄，蛇正好掉进了尼龙口袋。全家人终于松了一口气。

金花和妹妹差点哭了："妈，我们不敢在这屋里睡了，怕蛇爬到床上来了好怕。"父母也觉得孩子是怕，全家人挤在了一张床上，正道最后实在没办法睡，躺在堂屋里的大木凳上睡了。

蛇也是金花最恐惧的东西。一天她放学后拿起镰刀去屋后面的地里割牛草，看到了一堆嫩草，她兴冲冲地蹲在地上割了起来，割到第三刀惊呆了，猛地她把镰刀丢在一边大喊着"啊啊啊"，拼命往家里的方向跑，边跑边哭。巨大的恐惧感几乎让她摔倒在地。

一堆蛇蜷伏在草堆里，那不是一条！起码有四条，明明看到了四个蛇头！它们蜷伏盘缠着。金花撒腿跑啊跑，感觉蛇一定看到了自己，听到了自己的声音，一定会跟着自己追来。跑啊跑，终于跑到家了。

家里没人，她马上把房门的木闩子闩上。她害怕蛇游走到家里，她躲在房间里盯着门缝看。晚上八点多，屋后传来了黄牛的铃铛声，正道扛着犁头香梅赶着黄牛回来，看到惊慌的金花问清原委，香梅说了声："莫怕了，冇事了。"

几天夜里白天，金花的眼前老是出现那一堆蛇，心里头冒寒气。一朝被蛇咬，十年怕井绳。虽然没咬到，谈蛇也色变。

"起火啦起火啦，大肆（大家）快来帮忙啊！"金花、银花迷迷糊糊听到香梅的呼叫声。等姐妹俩醒来一看，家里的杂屋正在燃着熊熊烈火，正道忙着拿粪桶泼水，香梅赶紧跑去院子里喊人来救火。

姐妹两个害怕地抱在一起，又赶忙也拿起脸盆去塘里舀水来，慌慌忙忙递给大人泼上去。亲戚和邻居都来帮忙救火，几个人排队传水灭火，几个人忙乎着把小猪崽和母猪救出来。

正道和香梅总是想方设法改善家里的经济条件，让生活能稍微富裕些。家里养起了母猪下崽，小猪养一个月后卖给乡邻。母猪刚下一窝崽，十来个小猪挺可爱，需要细心照料。家人都已经睡了，香梅照顾孩子们睡觉后，点起火把照看小猪。家里没有手电，猪圈里也没有灯，她手中的火把举得太高，把猪栏上的干稻草点着了，引发这场火灾。

幸好屋旁边自建有水塘，大家齐心协力很快灭了火。住的房间跟火源地很近，农家的杂屋，一楼养猪养牛，二楼堆放干的稻草，要是再晚半个时辰，连同住的这几间房子都要烧完。

金花、银花庆幸自己醒来了，庆幸爹娘发现火情早。要不然后果不堪设想。

这童年的路上哦，要是没有父母的陪伴，康金花和妹妹们，估计早就被生活中各种各样的考验给吓破了胆。

南方的冬天湿冷湿冷的，房屋遮挡不了寒风。香梅叫："金花，去楼上拿点红薯藤下来，轧碎了泡猪食。"

金花一百个不乐意，寒风刺骨谁愿意去这四面透风的房顶？最可怕的是房子的一楼与二楼之间，根本没有楼梯，只有一个简易的木梯子。

这个梯子其实就是两根长木材之间有几节简单的隔断，爬那个木架子楼梯，金花每次都觉得恐惧。八岁时为了给在猪圈里拉便便的妹妹去楼上扯一些稻草揩屁股，金花从三米多高的二楼摔到地上，右手肿起来老高。她怕爹娘骂，一直趴在家里那条大木凳上，把手放在身子下面压着，希望能把肿起来的部分压下去。

后来银花告诉了香梅，金花摔断了手。正道带着金花走了三十多里地，找了个乡邻特别推崇的郎中曹之远。他那神奇的手把金花的肘一拉一扯，摔断的手一个多月就好了。

每次上下楼梯，金花心里就有一万只小鹿乱撞。她看着简易的木梯子，总担心这梯子随时可能滑倒。这梯子是斜的，没有人在下面扶着，万一失去平衡，又要摔得不省人事。当金花小心翼翼地爬上了梯子，快速抱着一捆干红薯藤下来，眼看快到地面了，只差三节木梯，哎呀，脚一滑，摔到了楼下，屁股摔痛，脚也扭伤了。

轻伤不能下火线，金花中午又得去几里地外的田里拔萝卜。担也担不得，移也移不动，走一步就揪心痛，她急得真想哭。偏巧黄豆大的雨点倾泻而来。金花叹着气怨自己的命不好。

她发誓，一定要尽早离开土地村。

一次和伙伴们去河边砍柴，在天黑前赶回家的路上，金花挑着沉重的柴棍，从河边的芦苇丛中艰难地向前走，忽地芦苇絮飞进了自己的眼睛。她看不清路，使劲揉眼睛，越来越看不清，一路流着眼泪到家了。她不敢告诉父母，怕他们担心。她的眼睛肿了一个星期，眼角开始流脓。正好要开学了，正道带金花去学校报名，顺道去地区医院看看眼睛。医生从金花眼睛里翻出一片芦苇絮，对正道说："你们太马虎了，再晚点来处理，孩子就成瞎子了。"

摔断过手、眼睛差点瞎、房子被烧过，睡房里有大蛇、割草遭遇一窝蛇，金花也算命大。

妹妹银花和兰花，也是历经"磨难"。

村里的孩子懂事早，银花自她懂事起就把自己当小大人，她经常帮家里放牛。一次她看到村里邻居老头牵着大水牛要过同一丘田埂。田埂很窄，银花家的黄牛在田埂上或许不影响他们过路，但她还是很怕黄牛跟水牛斗架，她跑过去赶紧牵着黄牛绳，以免牛起斗性。

老头视若无睹地牵着大水牛迎面走来。不幸发生了！银花和黄牛被老头和他家的大水牛从大概六米高的田埂上一同挤下去了！

田埂上长满了带刺的植物。银花心里默念道完了，这下惨了，不摔死也会被牛压死呀！她闭上眼睛，感觉自己已经没有希望了。老头却跟没事似的走了。

银花全身疼痛，她爬起来赶紧先看看牛有没有受伤，还好牛只是脚上有小伤口无大碍，把牛拴在路边的一块大石头上，她赶忙跑回家照镜子检查自己伤情，发现满脸已被荆棘划得全是伤痕，眼睛、嘴唇旁边的伤口，红红的血在流。银花没去找父母，也没去找村里的医生处理伤口，只有把牛牵回家，她心里才踏实些。

假如牛被摔坏了那后果就严重了，会给家里带来不小的损失呀。可是，第二天要上学，这个样子怎么能去啊，整个脸都是道道伤疤，可又不能不去呀。她怕被同学取笑，她本来就一直被人欺负。

她怀着忐忑不安的心情来到了学校，也许是同学看到她这副模样同情了。这次他们"放过"她没有让她为难。

老师问道，银花这是怎么了，是不是跟你姐打架了？

银花沉默不语。

多年后那位爷爷去世，他出殡时银花在路上遇到。她心里还是有疑问，当初他为什么要把自己挤下田埂还不管不问呢？万一我和牛摔死了怎么办？银花怎么也想不明白。

兰花小时候似个调皮的伢子。香梅给她剪头发，剪刀一刀一刀剪下去，兰花的头发像极了被剥光棕皮的棕树，一层一层难看极了，村里人笑着说是个棕树蔸。

兰花怪妈妈给她剪得很难看，天天哭喊："你把我的头发赔给我，赔我的头发啊。"

她趁家人不注意拿起砍刀砍木块，一不小心砍到手指，却怕挨打被骂不敢作声，一直把手藏在身后。金花看到地上有血迹，才发现她的手在流血，赶紧给她包扎。

家的旁边有自己造的水塘用来养鱼洗猪草。小兰花两三岁时走到水塘旁边玩耍，不小心脚一滑掉下去了，她赶紧抓住水塘旁边的一棵小树根，大声呼叫父母。院子里的人都在山上干活忙碌，谁能听见她的呼救？所幸小树根比较牢固，兰花大约挣扎了半个小时，从山上干活回来的正道回家，才把她救了起来。兰花被吓坏了，夜里总是哭。这孩子，十有八九是被吓掉了魂呀！要想办法收魂。

收魂是梅山乡俗。受了惊吓的孩子，家中的大人要在傍晚时分在外面喊着孩子的名字。正道到水塘边用篾箕捞起水又倒掉，边捞边冲着家的方向喊："兰花回来了吗？兰花回来了吗？"

香梅在家里大声答应："回来了，兰花满崽回来了，兰花满崽回来了。"这样反复好几遍，金花、银花跟在正道的身后觉得很好笑。难道这就把吓掉的魂魄给收回来了？

还有一次就更可怕了，要是那一次兰花没有醒来，金花就失去这个妹妹了。正道和香梅农忙时根本顾不过来照看孩子，香梅就会送其中一个去娘家。金花被送去过，要上学后再回来，银花就是不愿意一个人在外公家，有一次留在那里哭了整整一晚上，只好让她回家又把小兰花送过去。

兰花算听话，有时跟着他们出去干活有时自己在家。大概一个月后表姨慌慌张张跑去土地村报信："香梅，兰花爬在石头上，身上发紫肚子肿胀，已经说不出话来，快不行了，你们赶紧去看看吧。"

香梅和正道刚从地里回来，又饿又渴，听到消息吓得手脚发软，一路哭着跑到娘家，"我的崽啊，你要坚持下去，等等爹娘来接你。"

到了娘家香梅抱着兰花痛哭，兰花却没有任何反应。表姨的奶奶把兰花抱回家，放在堂屋里，对着天地国亲师的牌子祈祷，奇迹般地，兰花慢慢睁开了眼。

8

往事如风，金花在童年的回忆里欲罢不能。那时的贫穷，给了她和家人无数磨难，但在她努力走出农村的成长道路上，她觉得这些经历都是那么宝贵。人到中年，是真的心老了吗？怎么想着想着就想到了童年，做梦都是土地村。

她当年一心是要离开土地村，现在又要回到土地村。土地村最现实的问题摆在面前，王化县整村合并后，土地村已经不是原来的土地村了，周围四个村都合并到了一起，村干部开个会，可不是以前在院子吆喝一声都能听见，现在靠微信和电话联系。村干部们心里都在想什么？他们对土地村最熟悉最了解，金花只是个过客，要听听他们的意见。她这个挂职的支书，总不能越俎代庖。

村办公室是土地村小学改造而成。自独生子女政策执行后，村里的学龄儿童不多，村办小学早就撤销了。村里的孩子们多数选择去镇里的中心幼儿园和小学，有的跟随父母在打工的县城读书。支书、村长、妇女专干、文会、镇里驻村干部、各片区负责人都到齐了。

康健支书先说话："土地村近年来基本遵照镇党委的指导思想开展日常工作，在贫困人口摸底、清查、帮扶上下了一定的功夫，但村里的实际情况，既没有项目资金，又没有风景名胜，也没有矿山资源，只有几丘田几片山，成不了大气候。原来乡镇企业的那块地，几次想招商引资搞活集体经济，可是有村民不愿意，认为当年征地时没拿到补偿，现在谁进场谁必须先给土地补偿。其他各项工作还算正常。"

妇女专干是金花的小学同学，快人快语："老同学，我说句真话，现在的村干部工作，比前些年抓计划生育还难搞。以前抓计划生育，我们只要负责关心妇女，谁该上环了谁该结扎去，那都是心中有数的。现在这扶贫工作，该扶谁、怎么扶，搞不好村民意见大着呢！再说吧，搞活经济抓票子的事，这土地村又不是金山银山，哪里能抓来呢！"

村长当了二十多年村干部，经历了几次换届选举，长期在镇上同学的电器修理店帮忙："村里要发展，关键在思路。可是这么多年来，的确土地村还没找到适合自己的路子。自我总结有几方面的原因：一是现在农村的年轻人不多，没有人来为村里怎么发展想办法，大家都忙着自己养家糊口了；二是党的政策很好，现在的人大多数不愁吃不愁穿，政府有保底，真正困难的人国家有补助资金；三嘛，我也经常出去跑一跑看一看，我们县里的农村，除非那些经济比较活跃的乡镇，其他地方，除了万溪村和谷坡村这两个典型，大体差不多。搞点事难啊！王化县这么多乡镇这么多村，也就只有几个典型村啊！"

金花听着，同情起这些村干部来。干什么不难呢？康金花，你只不过是抱着一腔热血，好似当年满腔热情要去援藏一样，真正地投入进来，哪有你想的那么简单呢！

金花真诚地说："我是在土地村长大的，我深深了解村里的现实情况。我回来的想法，就是希望和大家同甘共苦，共同努力，争取让土地村有个新面貌。"

"好啊，北京的干部回来了，看看村里能沾点光吗。"

"金花，要想让土地村有变化，很简单，用你的关系，去县里省里争取批些项目资金来，有钱就有发展！"

"项目可以争取，但一定要做出样板和成绩来才能申请到资金，现在可不是前些年，搞个样子就能套到钱啰！"康金花给乡亲们泼了一瓢冷水。

"我希望大家从今天开始思考土地村的发展，真正集思广益，我们一起来根据村里目前的困难和问题想办法。一星期后我们再开次碰头会。"

散会了，村干部各回各家。

康金花路过两户人家，心底里涌起悲凉。

一户是田涛的家，空无一人，土房破落。他的死，是土地村乡亲们口中传说的最残忍的死法。土地村的人，骂人最歹毒的话就是："抽你的筋。"

田涛是真的被抽掉脚筋的。

这是一段乡村悲歌。

"黄思茅，像把刀，要钱要米的娇莲莫去抱哦。"

"酒儿淡，价钱高，麻雀子过身抽片毛哦。"

二十年前，云娥和丈夫新华结婚四五年，一直没有自己的孩子，不知道到底是谁的原因。

自从土地村游手好闲的田涛闯入他们的生活，霉运就跟了上来。田涛因盗窃被判刑，蹲了三年监狱，刑满释放后看到别人日子过得都比自己舒服，心里很不服气。

这一年他喂了几头羊，每天赶着羊在岩底下吃草，少妇云娥的身影映入眼帘，田涛搭讪："谁家的新媳妇?"

云娥嫁到村里时间不长，少妇的心思有些活泛，看到田涛心中暗想：这院子里还有这样的男人！高高大大人也精神。她心里头有些柔意，两人开始攀谈。寂寞的乡村，孤男寡女的相识直接水到渠成。年少的金花那时只看到谁家的嫂子和叔公亲热，成年才知道那些眉来眼去都是传情。

云娥和田涛的约会越来越多，山羊在林子里咩咩叫，云娥在田涛的怀里撒着娇，她不再为自己不能生育而自责，田涛让她成了世界上最幸福的女人。

她怎么也没有想到，这个刑满释放的男人对她起了贼心。

一天，两人在林子里亲热后，谈到了农家人的困惑。土地村太偏僻，世世代代务农没什么经济来源，家里开支却不少，买油买米要经济，田涛出起主意："咱们想办法赚钱去。"

"好呀，你想什么办法我都依了你。"

田涛在云娥耳边嘀咕后，云娥有些顾虑："万一新华知道了怎么办？"

"傻瓜，你就说去走亲戚，谁管你？"

听了田涛的话，云娥扮成黄花闺女和田涛去邻县相亲，四古的单身汉田涛的狱友看上了云娥。他买来好烟好酒款待媒人，带上新媳妇买了新衣服和皮鞋，还打发了四千元的彩礼。

田涛许诺："正月初八保证你有老婆。"

转眼就是初八，单身汉没看见田涛送婆娘来，连夜赶来土地村找田涛，田涛连哄带骗把他骗了回去，安慰他过几天就带人来。

云娥上次相亲回来后，新华的老实本分体贴让她自责。农村里没生孩子的女人是没有地位的。自己没能给新华生个一男半女，男人却对自己宽容有度。

云娥的愧疚与日俱增："我不该这样做。"

云娥拒绝了田涛带她去四古与狱友同居的要求。

田涛怕单身汉来村子里闹事没面子，独自去了四古。

气急败坏的老光棍眼见要到手的媳妇没了，彩礼钱田涛也退不回来。

他叫了几个哥们儿把田涛灌醉后开始用刑，抽手筋和脚筋是他们听说过的酷刑，今天要试一下。谁让这个该死的田涛，让他赔光了本钱还折了婆娘。

田涛被剧烈的痛惊醒，他求饶说还钱请他们留条命的时候，脚筋已经抽完了。几天后有人在偏僻的山里发现奄奄一息的他，送往医院的路上就断气了。

对于这个游手好闲的男人，土地村的人没什么怜悯。县里几个部门来做尸体化验，凶手一直也没有抓到。

田涛的弟兄草草埋掉了他，云娥的生活恢复了正常。

夫妻俩商量抱养了一个孩子，家里有了欢声笑语，夫妻感情也融洽了。云娥好像从阴影里走出来了。

幸福没有维持多久，一年后的秋天，新华说有些头痛，云娥去镇上买药回来给男人喝。第二天早上新华去干农活，在一丘田里倒下再也没起来。

好端端的男人这么死了真是奇怪，乡亲们都怀疑是云娥下的毒手。土地村的人说云娥是个恶婆娘，八字克夫，村里的大脸嫂唱起来："娘喊冤来女喊冤，冤字铸箭射妖孽。卢蜂叮你三百尾，鲜血屙你万万年。"

全村的人都怀疑她，公婆弟兄排挤她。她只说："你们看我以后吧，我带好孩子，帮你们家续个香火。"

她早早走进外出打工的队伍，远离了土地村。

好似乡村题材电视剧一样。每一个乡村，都有不同的剧情上演。金花路过的另一户，曾经是她的邻居。那个春伢子哦，如果还在世，说不定也和金花一样能在美好的时代中追逐梦想。

金花的同龄小伙伴淘气鬼春伢子离世时刚满十五岁。正是金花走出土地村的那一年。春伢子其实很有几分帅气，金花看看院子里的这些少年郎，爱说话的不朝气，长得精神的不爱搭理人。春伢子活泼大方，可惜就是早早地没了娘。

春伢子一家五口人，爷爷、爸爸、妈妈和妹妹。日子过得很苦，母亲有痨病出不了门。他六岁妹妹青妹子四岁那年，娘撒手人寰。正需要母爱的孩子没有了娘。

春伢子父亲丧妻之后脾气暴躁，也没有心思照顾孩子。他腿脚不利索常待在家里不出门。

青妹子长到六七岁时，模样俊俏。金花的家与她家原来是连在一起的木板屋，后来搬到了新源里的山坡上。夏天的晚上金花和青妹子总有说不完的话，青妹子送金花回家，金花担心青妹子回家害怕又送她回家。两个小妹子晚上来来回回送了几趟，直到香梅说："半夜了，该睡了。"青妹子才回家睡觉去。

在金花的心里，青妹子是一个多么需要人疼爱的孩子。金花央求着妈妈给她找一些自己穿不了的衣裤。春伢子和青妹子没有娘，捡着别人家的衣服和裤子穿。

命运真的捉弄人，青妹子得了脑膜炎。没有钱治病，金花最好的小伙伴青妹子就这么去世了。金花记得那些天她反反复复问父亲正道："为何他们不带她去看病呀！为什么！"正道无语。

金花其实很想去问问青妹子的父亲，为什么让青妹子这么死去？为什么不救她！一想到这个跛脚的男人的凶样子，金花到了嘴边的话又咽下去了。

别人家的事，童年的康金花管不着的呀！她连自己家的事情都解决不了，怎么有办法帮青妹子！

春伢子的父亲对儿子没有疼爱，有的只是经常打骂，村里人经常能听到春伢子撕心裂肺的哭声。院子里的人去劝，他不听反而打得更厉害。

春伢子的爷爷，六七十岁的老人不管寒冬腊月酷暑炎夏，一直在山上辛勤劳作，也没时间和精力看护孙儿。没有母亲的孩子，谁看着都可怜。冬天春伢子穿着件单衣，被父亲吆喝着出去干活。夏天，别的孩子都在一起丢沙包做游戏，他的父亲不会给他一点时间和伙伴们玩耍，总喊他干活。

院子里的人都教育春伢子让他乖点，多听话少挨打，要给自己争口气。金花看到他经常流着眼泪点点头。十多岁的小伙子力气大了，他也热心给邻居帮忙。邻居老两口的独生女外出打工了，水缸里干得连煮饭的水都没有，春伢子会趁爹不注意的工夫给老两口挑水。

春伢子从来没有上过学，每天只有干活。这天，他坐着邻居的拖拉机去砍柴，拖拉机下坡时突然失去了控制，春伢子看着拖拉机马上要翻到几十米深的悬崖下，他急忙跳了车。细节谁也说不清楚，乡邻听到的是他车祸遇难的噩耗。

乡邻们以前路过他家听到的是他爹的骂声，现在听到的是他爹的哭声和爷爷的悲叹。

如果春伢子能活到今天，他也和金花一样人到中年。倘若命运之神眷顾他，一定也会有幸福的家庭，有儿有女，不再孤单。

这一家五口人，最后都化成了一抔黄土。连个扫墓的后辈都没有。

在金花生长的这片土地上，如果不是贫穷，田涛会去犯罪吗？如果不是贫穷，青妹子和春伢子，都应该好好地活到现在呀！

9

康金花是带着乡愁回到土地村的。她走过沟沟壑壑寻找童年的足迹。她走过每家每户，就想起那些陈年往事，心情激动起来。土地村的现在除了新盖的空楼，几个牙齿掉光的老人，这里好像没有什么改变。

土地村的生命去哪里了？还有几个人记得土地村的历史？

康金花呀康金花，城市那么大，大家都去城里寻找新生活去了，你又回土地村来找什么呢？

从少年想要离开村庄，到今天思考如何改变乡村，只有现在，康金花才真正算是土地村的人！十五岁之前，她真的只是个小观察员。

清晨，乡村凉风习习，金花的手机收到喜讯，这是王化县最大的新闻：王化县万溪村被评为全国乡村振兴示范村！

县里有这么好的示范村，为什么不去学一学呢？人家是怎么做的，我们可以去学点经验啊！

"支书，今天我们俩去一下万溪村，去看看有什么可以借鉴的。"

"好啊，我陪你去，我们支部活动去过一次，现场看得信心满满，回来又是外甥点灯——照舅（照旧）。"康健在电话里回答。

"那说明没有学到家，我们继续学！"

康金花和康健来到万溪村，进村就看到一座荷风莲韵的古建亭，一侧刻着周敦颐的《爱莲说》，放眼望去，荷叶田田，另一侧石碑上方是巨型党旗飘扬，下书"党风带民风、党建带村建"。

几位大学生正在实习，他们正在准备安装垃圾分解污水净化新设备。万溪村村支书李大康正在和学生们说："我们这里是信念的摇篮，也是一片实践的土壤，这是你们难有的磨炼。"

"李支书，您这讲话好似指导老师啊！"康健笑着介绍，"这是我们土地村的扶贫干部康金花书记，刚从北京回来，说要来你这儿取经。"

"取经谈不上，我们借这个机会交流交流乡村管理。"

眼前的李大康，四十多岁的村支书正当壮年。前额饱满，脸庞富实，给人踏实感，有精气神。

二十年前，这里穷得叮当响。

"那时家里兄弟姐妹多没有饭吃，经常饿肚子。七八十年代根本吃不饱饭。有一年开学没有钱，我躺在木楼上正发愁怎么办，一个邻居卖掉自己家里的麦子送来了一百元：'大康，你先拿着去上学，以后有钱再还我。'这一百元，可是大恩呢！"中年汉子李大康说这话时，从心底里涌出了暖流，二十多年过去了还激荡在心。

高中毕业没考上大学，李大康有些灰心丧气。

"崽，大学没考起，你去当兵啊，当兵也是条路子。"娘老子给他宽心。

这么标致的年轻人，总有出路！

报名参军，他很快就被欢送去部队。

乡亲们敲锣打鼓欢送，李大康心里暖暖的。

"你是退伍军人回乡带领乡亲致富吗？"康金花是记者出身，总觉得乡村建设的带头人，一定是要见过世面的，一些陈旧的老观念、老思想如果不革新，乡村建设是搞不出什么新名堂的。

"在外面打拼的这些年，还是对我有启发的。"

李大康始终相信母亲那句话，人只要勤快，不做亏心事，处处讲良心，总要发家的。

人生总有几个转折处，关键的几步往往改变我们的一生。李大康怎么也没想到，那年暑假带孩子回乡度个假，彻底改变了自己的人生道路。他原以为退伍后就留在南方开公司过一辈子了。

万溪水库是消夏的好地方，李大康儿时就和同伴在这里玩水。这次回家，就是想带孩子到自己童年留恋的地方来尽情地放松一下。水库开设了渔家乐，有泳场和垂钓乐园。

村民和渔家乐老板经常发生冲突，村民认为这是万溪的地盘，被渔家乐占了，让他们滚出去！

渔家乐老板怎么能这样撤退？当年明明和村里签订了五年合作协议。这些眼红的村民看着项目赢利，要赶他们走。

这两年来吵吵闹闹，举报告状，镇里领导很是恼火。听说李大康回来了，镇党委书记来找他谈心："李总啊，你在外打拼这么多年，心里最想的肯定还是家乡，家乡是你的根啊！"

这一句话怎么会打动李大康呢？

根是根，可是这么多年，光守着根也不能生存啊！

李大康看着书记笑了笑："书记有何指示？请讲。"

"有没有可能回来呢？"

女书记的"绣球"抛过来，李大康根本没想到。

他十分犹豫，自己根本就没有做过农村工作，能胜任吗？兄弟姐妹一大家子人都在广东定居，生意正是风生水起，哪里能抽身？

"李总，十一月份村里要换届选举，你是万溪村出去的能人，我们还是希望你能回来参加选举，能为家乡发展做出贡献。这是生你养你的家乡啊！"

他问老娘："镇里要我回万溪村，我心里没底啊！"

母亲的一句话鼓励了他："不试一试怎么知道自己干不好呢？"

对呀，为何不能试一试?!

选举结果出来，李大康高票当选。

没有回头路，不干也得干啰！

"要先让老百姓看见，只有看见才会转观念。"

锄头开路、锤子凿水、担土栽树，自力更生，艰苦奋斗！两百多户八百多人，人均年收入不足八百元。村级集体经济负债五万元，得用"绣花"功夫才能织出乡村振兴的画啊。

"大康，这些年是怎么走过来的？"金花问。

"谁愿意一直戴着个贫困的帽子呢？勤劳致富是老祖宗留

下的宝，总书记讲脱贫致富终究要靠贫困群众用自己的辛勤劳动来实现啊。"

"哟，党的政策学习得不错呀！我看你比我还讲政治。"金花笑。

第一个五年，村里终于走上了正轨，环境整治、水电路改造、产业基地都初具规模。但广东的公司却由于运营不善急需他回去处理。当他回到公司后村里的工作却又停步不前。村里舍不下，广东的公司也放不下，真正要把村里的工作搞上去，还是得长期在村里啊。

纠结，两难。

其实，农村工作现状，他是知道的，农村干部如果没有信仰、没有情怀、没有信念、没有责任担当，光靠待遇是做不好的。

农村工作的核心问题在哪里？制约农村发展的问题，不是资源和资金，而是缺乏农村治理模式和举措。村级组织作用不强，政策落地难，村民参与度不高。

镇里三番五次，村里五次三番催促："大康支书，你还是回村里吧，眼看着刚刚有点起色，你要是放弃，又回到从前了。"

这一次，拖家带口回来了，老婆孩子跟着回村。

工作干得好，组织总是会考虑的，这不，镇里说要吸收他为乡镇干部。

现实却给了他当头一棒。他参加乡镇干部录取考试，笔试成绩优秀，却在面试时被刷了下来，听说有人举报。

李大康被推到了冰窟窿里。这么努力图个啥呢？拼命做事，怎么就不能得到回报呢？

他耷拉着头坐在家里，心思散了。图什么呢？

老婆对他彻底失望了："你这个傻子，要你莫回来，你现在看看你有什么？"

李大康沉默不语，的确自己也想不通，镇里既然说关心，为何不能兑现承诺？

"你莫叫得我烦躁，你要回广东你自己回去，我是不会去了！"李大康心烦意乱，感觉在老婆面前大失脸面。

"我看你还搞这个支书干什么！好好的公司不好好干，你是哪根筋搭错了！"

老婆一怒之下把他所有的工作日记一把火烧了！

"你这个疯子，你疯了！你给我滚！"李大康怒了，用力把老婆从火堆旁推开，但日记本已经烧光了。老婆气得跑回了娘家。

他在家躺了两天，他怎么会没情绪呢？人一辈子图什么，不就是要个面子？

可是，他翻来覆去想，群众都在等着看呀！作为一个村支书，你为这点事有情绪，人家谁还愿意和你干呢？

他总算想通了：有什么纠结的呢？这点挫折都扛不住，那还像个乡村振兴带头人吗？

得自己调整心态呀！思想决定行动。李大康呀李大康，真要想让别人服你，你倒是把万溪村搞活呀！

"李支书，现在万溪村是全国乡村振兴示范村，这么多主流媒体都在宣传报道。你们的主要做法是什么呢？"

康金花一问到底，她要的就是模式，怎么落地操作的办法。理想谁都有，她不就是带着振兴乡村的理想回来的吗？

"万溪村振兴关键在党、在人，光靠我李大康一个人不行的，要建设一个好队伍。乡村党建才是乡村振兴的龙头，要真正把有担当、有责任感、群众基础好的人选出来做乡村振兴的'主心骨'。"

"都说有钱好办事，没有钱寸步难行，你们村里怎么搞活经济的呢？"康健关心的是没有钱怎么去办事。

"当前基层工作压力越来越大，从二〇〇七年组建新的班子开始，我们就督促每一位村组干部下定决心，'这里是生我养我的地方，我愿意怀着一颗感恩的心，为全村村民的美好生活奋斗，要让每个党员成为一个榜样'！"

"党员毕竟是少数，党员干部干，群众是不是站在边上看呢？"乡村人心涣散，各家各户忙自己的，怎么凝聚人心，是康金花认为当今乡村振兴的难题。

"一个村的发展，村民群众是主力。充分调动村民参与村务管理的积极性，由'替民做主'向'由民做主'转变，推行民主管理，让村民'自治'。对村里的大小事情，都坚持大伙商量着办，民主协商治村。广泛听取村民意见、集中村民智慧。"

"你说的由民做主、村民自治是个好办法，可是村民怎么自觉参与呢？我看以往的村级事务，都是村干部说干啥就干啥，那些年生产队长说了算，现在还不是村支'两委'说了算吗？"

"是，如何让村民自觉，我们想了不少办法。后来推行积分管理效果不错。"

"积分？又不是超市购物，又不是电子商务档案，怎么给农民积分？"

"我们村里每家每户都有一个特殊的'身份证'——户主文

明档案，由村组干部对全体村民遵守村规、产业开发等情况进行登记，将重大事项写入村民档案。

"我们以户主档案为基础，创新推行积分制管理，为村民建立积分动态管理台账，以定岗干部的出勤，党员作用的发挥，村民群众的山、土地及劳动力投入和遵规守约情况等细化成不同条款、转化为分数、折换成股金，以量分到岗、到项、到户，打分到人的形式，进行积分制考评管理。积分制管理有效促进了党员干部争着干、村民群众比着干、朝着目标一起干。"

乡村振兴的政策，谁去组织建设？自己的人用自己的办法解决自己的问题。促进乡风文明，县里说要培育一支"懂农业、爱农村、爱农民"的基层工作队伍，自己应该爱农村啊！

有的村泼冷水："别站位太高，吹得越响掉得越快！"

李大康首先对自己提要求：有信仰有感情，不发牢骚。村里开会，大家首先要做到不要误工补助，处理好直接利益与间接利益的关系、村与家的关系、奉献与回报的关系。

农村的问题，关键还要农村来解决。上级给支持，政府给指导，乡村振兴关键点在乡村啊！

"乡亲们，村里的事情，我们要自己说事、议事、主事、管事，形成民事民议、民事民办、民事民管的乡村自治格局，村民会议、村民议事会理事会监事会发挥作用。观望的、对立的、事不关己高高挂起的，都可以当家做主了。"

好呀你个大康，你咋就知道农民其实都有一颗火热的心呢！谁愿意当落后分子被人瞧不起哦。谁不希望看到村子里动起来哦！搞活搞活，要搞才能活的呀！

康健一脸坏笑："大康，你再怎么干，你那村里也就两百多户八百多人，人均连五分田都没有，我就奇怪你怎么把村集体经济搞到一百多万？钱从哪里来的？"

"让资源变资产、资产变资金、村民变员工、农户变股东，村民根据积分多少参与村级集体收入分红。党建抓好了，村民参与度高了，产业就好做了，只有抓产业才能富起来啊。"

康金花听着康健的提问，她等着李大康的经验介绍。这是一条走了十年的路啊，土地村，哪怕就是从今年开始都不算晚，就怕迟迟不行动。

"我们发展小农户经济、村集体经济、股份制经济，村里森林覆盖率达到92.8%，走发展乡村旅游、科学规划产业分区，在全村打造了乡村旅游、四季水果、小籽花生、田鱼、甲鱼产业，开发建设了旅游服务公司、生态农庄、供水厂等多个集体企业。我们着力打造观光休闲农业、生态农庄一体化发展模式，利用荒山荒地，大力发展错季经果林，做到四季有花看、四季有果摘。"

"你是招商引资吗？找外面的人来承包土地搞经营？"

"不，我们村里是村民共同参与、市场运作、统一管理，对村集体产业以土地入股、劳动力入股和资金入股的形式，做到村民家家户户都享有入股的条件，并采取产权和经营权分开的形式建立发展共享模式，鼓励、引导、支持村民采取投资投劳、以土地与山林入股等方式，参股村里的旅游发展公司、生态农庄等产业项目，让村民共享发展红利。村民成员工、农户变股东的目的，即不要发工资的员工、不要花本钱的苗种、不要花租金的基地、不要愁销路的产品。"

"李支书，你快过来！沿海来了一个乡村治理学习班，说是看到农业部发的通知要来学典型。"

村里的工作人员急急忙忙来喊李大康，他留给金花几句话："我们村的字典里没有'等靠要'，不向领导提要求，不给组织添麻烦，凡是能在本村解决的，决不请外人帮忙，凡是能用劳力解决的，决不多花冤枉钱！"

"反正你还是个铁公鸡！"康健看着跑得飞快的李大康，高声送给他一句话。

乡村振兴，关键还要靠乡村自己想办法啊！

李大康身上的这股子劲，就是农村的精气神。

我的土地村哦！一定要抓住这个乡村振兴的机会！

10

回到土地村，村干部继续开会，主题就是如何让土地村焕发活力。金花把自己到万溪村学习的感想和大家交流："从万溪村回来，我觉得乡村活力，不仅仅是钱的事，主要是人的事。村里的党员干部首先要动起来，不能混日子。我们自己要振作精神，要狠下决心，不能让土地村的一代又一代人看着村里永远都是这个样子啊！"

"县里的招商引资会议，多次谈引老乡回家乡建故乡，我们村子这么多人在外面当老板，引一两个老板回来不就有希望了吗？"镇里的驻村干部开了头。

"这个倒是真可以试试，我的同学开的电暖器工厂办在县城，我们村里能不能给点优惠政策，让他把厂子搬回来呢？"王副支书问。

"可以啊，原来八十年代的乡镇企业那片地荒废了几十年，近些年有人租着养鸡养鸭，荒着也是浪费，你去谈谈看看，村里尽量想办法为他提供方便。"金花答。

"村里要想发展起来，一定要有产业，我们有这么多企业家，这就是资源啊！自己人在村里办企业，不但能解决工农矛盾问题，还能解决劳动力就业问题，让那些去远地方打工的人陆陆续续回来，陪着小孩读书，这能直接影响村级经济发展和教育啊！"

"是啊，在广东打工的阿嫂们也可以回来管孩子了。有次镇里领导说，有人去广东出差，看到我们村的阿嫂在当街女，我听着一点面子都没有。靠这个盖的新房子被人笑话啊！"妇女专干难为情地说。

"别看村里大多数人建了新房子，可是近十年没考上一个本科生。"

"都赚钱去了，哪里还有爹妈抓学习，老胡子老恩妈（爷爷奶奶）哪里能管得住呢！"

"还说大学生呢，莫流落到社会上去干坏事就好。"

"是啊，你看大家提出的问题都非常现实。我觉得村里要抓住机遇，总书记讲过：全面小康首先要解决乡村小康，解决农民小康，小康的标准绝对不只是住了新房子，应该是实实在在的幸福感。要让村里的孩子们在家里有父母的陪伴，就要求我们思考如何发展乡村经济、提高村民收入，让他们在家门口就能赚到钱，这是关键。除了刚才说的厂子问题，大家看看还有什么办法。"金花说。

"荒废了几十年的田土,能不能学着万溪村的样子搞点果木种植呢?"康健动了脑筋。

"别人能做的事,我们也能做。选择项目上我们要找专家论证,看土壤适合搞什么。我倒觉得我们同子冲那片林地是不是可以养牛羊?"金花毕业于江南农学院,自然想到种养结合。

"我们每个人要搞个土地村发展的建议书,至少要提出一个有操作性的建议方案来,不管是什么性质,比如留守儿童的关心,或者孤寡老人的照顾,或者产业项目,争取三个月之内形成土地村发展的新规划。"

"多讨论几次,还是能找对方向的。"

村干部有点信心了。

"金花,金花,赶紧想办法,我们组里的黄小花勤工俭学在广东干了一个月,听说被人谋杀了!村里能不能安排人去广东处理一下!"会议还没开完,五星组的组长跑得上气不接下气来汇报。

在去广州的火车上,康金花和康健不停叹息,黄小花是土地村近十年来,最有希望考上大学的,她成绩好,人也长得秀气。母亲早逝,家里只有父亲和两姐妹,姐姐、姐夫带着孩子在广东打工,小花马上就高三了,父亲身体不好,小花说反正姐姐在广东,去那边找点事赚点学费。

一个月的超市收银员工作拿到了两千六百元,结算那天黄小花兴冲冲地告诉姐姐,领完工资,和同事吃完晚饭就回姐姐这里来。姐姐左等不回来,右等不回来,妹妹的手机也无法打通。

两天后，有人发现了黄小花的尸体。

这一路思绪缥缈，康金花和康健赶到广东时，黄小花的案件已经破了。

作案人就是黄小花的主管，结算完工资说请黄小花吃饭，吃完饭起了歹心，强奸并杀害了小花，抢走了两千六百元工资。

要是土地村有能做工赚到学费的工作，黄小花何必千里迢迢去广东打工呢？

这件事更坚定了康金花和康健的决心，一定要让土地村的人，在村里找到生活的信心！

第二部

1

王副支书带来了好消息，他去王化县城专门找同学康国兴谈了一次，电暖器厂子夏天订单不多，下半年是旺季。县城里租的厂房，县里统一规划都要拆迁，他正考虑在县城周边寻找合适的厂房。

"你搬回去呀！搬回村里去，你需要什么优惠条件，我去帮你找村里和镇里协商！"王副支书头脑灵活，多年的村干部，群众也还算信服。

"要是村里能帮我协调好厂房，我就回去！"

村里商量，把原来乡镇企业的厂房收拾一下，重新修葺，招商引资让康国兴回来办厂。厂房是八十年代乡镇企业的，九十年代荒废，后来有人租着养鸡鸭，现在有人在周边开了家沙石场。收回来应该不是难事。

大多数村民表示同意，欢迎康国兴回来建厂。

合作协议签署完，康金花感觉完成了一件大事。厂里同意就近接收员工，同时本村村民购买电暖器可以九折。南方的冬天没有供暖，电暖器深受大家欢迎。

新的希望就在眼前，曾经热火朝天的乡镇企业厂房，沉寂了二十年后，又要动工建设了！

土地村的人茶余饭后都要谈论几句，等着这片土地又捣鼓点什么动静出来。他们更多的是观望。

当然，现在的土地大多是荒着的，土地村的下一代，大多去了县城省城，有的打工，有的做生意。相比在乡下种地，他们挣钱快多了。

村干班子分工：王副支书负责电暖器厂项目跟进；康金花负责农业项目开发；妇女专干负责统计全村人口，落实二胎生育政策，鼓励生育；康健负责日常村务，配合金花开展全村脱贫工作。

"金花，我要问问你，当年厂里的那块地，镇里面征用办乡镇企业的时候，就说乡镇企业征用我们不要补偿，现在要给私人企业办电暖器厂，是不是应该给我们补偿啊？否则，我们就阻工，我们要上访！"

发问的是单身汉康清，高中毕业的他在村里务农，多年前为了宅基地和邻居吵架，双方发生争执，他认为镇里处理不公正，这十年来一直在不停上访。

他去过北京好几次，第一次刚到西客站，镇里的干部就接他回来，给他做工作，要他好好安心在家里种地，镇里给他一些农业技术指导，他不听。第二次，他找到了金花在北京的单位，金花看到熟悉的乡亲请他在西单吃湘菜。

"金花，你不知道我心里是咽不下这口气啊！凭什么他打了我，他还恶人先告状！我这辈子，宁可不建房、不讨老婆、不出去赚钱，也要告他！"

康清坐在金花的对面，说要请她帮忙："你能帮我介绍一下我去哪个部门反映一下吗？"

"康清哥啊，过去的事情就过去了，不要总纠结在那点小事上了。你要向前看才有希望啊！为一块宅基地，你耗费了这么多年，不值得啊！"

"金花，你从农村出来，你知道，村里的人，个个都有小算盘啊，我就不相信没王法了，明明是他先动手，还要我赔钱，我死都不服这口气！"

"你去信访单位反映情况是你的权利，但是我真的不能帮你，我还是劝你好好生活，趁着年轻自己去闯一番天地，别为这样的鸡毛蒜皮搭上一辈子！"

后来，康清再也不找金花了，他或许觉得，这个康金花，在北京城里高高在上，早就变味了，城里人都是势利眼。

回到土地村，金花和康清已经碰面两次了。这一次，康清可是毫不客套。

"村里的土地当年镇里征用的时候就已经与村里签署了协议。这么多年荒着你不过问，现在想发挥作用你却责难起来了，你是希望继续荒下去吗？"金花没有好语气。

"我们要看看来的企业有没有污染，不要破坏我们这里的环境！否则我们要举报！"

"这个请你放心，企业有企业的管理办法和程序，肯定要经过严格的环保测评。"

"我今天就是先预告你一下，你们村干部自己要注意，到时莫怪我们。"

"我们"看来不止一个人，或许有一群人。

金花心里咯噔了一下，看来还有一场硬战。

她现在顾不上这么多，村里的农业项目，她已经约了母校的专家，她要赶着回一趟江南农学院。入得农学院大门，就是一片橘园。离开学校二十年了，这是第一次回来。当年那些年轻的老师，如今都已双鬓白发。

康金花的思绪不由自主地回到了一九九二年。

那年，金花考上了江南农学院，但父亲重病垂危，家庭经济困难，她以为自己会失去上大学的机会，每天都提心吊胆。好些人建议说莫读书算了，看看合适的人家招个上门女婿赶紧来撑起家庭。

田野乡有个代课教师，他的姐姐、姐夫在县人事局工作，托人来问金花愿意不愿意和他结婚。乡政府一个干部的儿子比金花高一届，正在读技校，说可以和金花见个面。

太早了啊，太早了。金花对自己说：我得去上学。未来的路还那么长，我怎么能被婚姻绑住？我的爹啊我的娘，千万别给我许诺早早嫁人。我得跑着离开这土地村。

邓小平南方谈话，处处生机勃勃。春江水暖鸭先知，看清方向的人已经蠢蠢欲动，这是中国公司的元年。《有限责任公司规范意见》《股份有限公司规范意见》出台，这对于康金花来说是异常陌生的，她只是一个小女子，但她有新的希望。

当一批资源丰富嗅觉灵敏的国家干部已经下海时，康金花才刚刚成为一名国家干部，她好不容易才跳出农村。

金花怎么也没有料到的是，入学还是统包统分的国家干部，曾经的铁饭碗已经在学习中变成了泥饭碗。国家每年的分配制度都在发生变化。

一九九三年，国家出台了《中国教育改革和发展纲要》，要求改革就业制度，由分配改为双向选择。一九九六年又出台了《国家不包分配大专以上毕业生择业暂行办法》，要求毕业生回到生源所在地进入人才市场，在多种所有制中自主择业。一九九八年推行双向选择和自主择业。

带着走出农村的喜悦和国家干部的光环，金花来到这所被誉为地方行政干部"黄埔军校"的江南农学院。学校举行开学典礼，学生处处长给新生们介绍了学校情况，老师让康金花代表新生上台发言。

金花站上台，克服了紧张，向老师们表达节日的问候后，开始讲自己的梦想："我记得考试的作文题目是《我的梦想》，我梦想着自己成为一名农村干部，奔走在田间地头，为农民解决问题和难处。也许这只是一个梦，但是来自农村的我，深深知道农村的艰难。等我学有所成，我一定要让农村的人喜笑颜开！"台下掌声如潮。

东方风来满眼春，金花在学校却高兴不起来。她担心父亲的病，又为自己不能照顾病中的父亲而内疚，内心深处更怕失去父亲。

十月份，党的十四大召开，"市场经济"写进了党章。每周二的政治学习内容金花到处找资料，学校订的《人民日报》是了解时事政治的好材料。中学时代,《人民日报》只有校长办公室才有,哪里轮得上金花看?这是一份神圣的报纸。能看《人民日报》这对于从农村走出来的康金花是件很庄重的事。

高年级的同学们开展"我看十四大"的演讲比赛,不断提到市场经济,报纸上也写要发展市场经济,市场经济究竟是什么?金花并不懂,她模糊觉得就是自由的,是有竞争力的,不是靠关系的,不是靠批条子的,是谁有能力谁就上的。

此时,在体制内有着体面待遇的一些先觉者,已经开始下海创业。

金花收到母亲的来信:"你爹爹的病还是老样子,已经没有钱治病了,正在想办法。"泪水打湿了信纸,金花仿佛看到了焦虑无助的母亲。

金花失神恍惚中一不小心打破了同寝室伊方的热水瓶,怎么办?她很慌张,不知道怎么表达心中的歉意,说一声对不起,不足以解决问题,应该去买一个新的赔她才是。可是自己没有钱,怎么办?金花像犯了错的孩子,等着伊方的训斥。

下课后回到寝室,金花发现伊方已经买了新的热水瓶。

金花感动于她的善解人意,又不知道怎么表达心中的歉意。

她知道这世间有一种包容,就是默不作声。

在学校里,金花是班级团支书,要落实学校团委的相关工作。组织部有青年突击队,她加入了做一些志愿服务,节假日在校园里清扫操场,搞搞卫生。宣传部有青年文学社、学校广播站,还主办一份散发着油墨香的《江农青年》杂志。活动部常在节庆时举办大型活动。金花感受着与家乡中学完全不一样的生活。

学校新老学生干部经验交流会，全体新老学团干部参加，列席人有校长、学生科长、团委书记。林少是学生会干部，即将接替毕业班的谭国任学生会主席。金花算个新人，但听着学生干部的讲话，熟悉每一张面孔，懵懵懂懂能听懂一些。在这些老学团干部身上，她仿佛看到自己的未来。一九九三年学生会进行新一届选举，康金花当选卫生部副部长。

学院田院长是个严肃的老头，典型的知识分子。学院书记是位儒雅书生，他做师生思想工作深入浅出，深受师生爱戴。

金花记得当年第一次去院长家十分紧张，田院长平时不苟言笑，大多数学生都怕他，金花也一样。接触后才知道他是多么平易近人。田院长亲自给金花泡了茶，他教导她应当怎么做好学生会工作，既要坚持原则，又要合理办事。只有这样才会让人心悦诚服。

"你工作大胆文笔也不错，希望你戒骄戒躁，将来一定会取得成绩的。现在你必须努力把成绩搞好，要全方面发展，心中要有党有大局。"听到院长对自己的肯定与鼓励，金花有些信心了。

在农学院的三年，学生下田是分内工作，院里每个班分了几亩地，从水田平整、育秧苗、插秧、除草施肥到秋收，这些农家来的孩子，基本上都是干活的好把式。育秧苗搞双抢是最难忘的了。双抢，既要抢收，又要抢种，是种二季稻的庄稼人熟悉的名词。

林副院长是学校的科研专家，全国科协的常务理事，一直是科研标兵，在学校及省里都很有名气。他当年写了很多科普文章，也用自嘲写出了自己的性格："神州处处经商忙，远走高飞去他乡，各路英雄齐下海，痴傻寒士守书房。"

走在校园路上，金花真想告慰老院长，告诉他一声："您看，我不还是回到专业的路上来了吗？"一晃眼二十多年了，母校哦母校，当年在你怀抱中时嫌弃过你，总觉得天天学这些没用的东西，难道还要学习一辈子当农民吗？现在想起来，农学院的青春时光是最快乐的。遗憾的是，老院长已经作古。

金花先去看望现任学院领导，"欧阳书记，我还记得您给我的题词是：'树立远大理想立志建功创业'。很惭愧我现在一事无成，在村里扶贫，准备搞点农业项目，要请母校专家们指导！"

"你们年轻人响应国家扶贫战略，为农村做点工作，是非常好的事情！说说看，你准备做什么？"

"我们村里有一片很好的林地，我想看看能不能养牛羊。另外，以前的田土荒了很多年，不知道能种点什么经济作物。要结合当地的实际情况，请母校专家老师帮我们设计个项目。"

"可以邀请一下土壤学家黄湘、畜牧专家李仁、果木专家姚民等同志帮你分析一下，或者去现场看看。"

"好啊！我这就去邀请！"

当年的江南农学院除了有农田，还有杀猪宰羊阉割课。畜牧专家李仁教授，是牧医专业的学生们喜欢的大哥哥。农学专业的学生们一听到学院里有猪叫，就笑着说肯定又是牧医班的同学在虐待动物了。这是他们的必修课，怎么给各类动物看病，怎么给猪配种，怎么阉割，等等。

"金花，很高兴你想做农业，养殖业要做成规模，其实不容易。"李仁教授提醒。

"金花，在北京工作好好的，要回家乡来圆梦吗?"温文尔雅的黄湘教授，当年可是全校师生公认的典型中国气质美女啊，这么多年矢志不移，一直在研究土壤，已经是省里有名的土壤专家了。

"这个周末，我要请大家去我的家乡看看，请帮我把把关，看看土地村适合做点什么。"

"农业项目周期长，且受自然环境影响大，你要有心理准备，另外，投资资金从哪里来，投资规模多少，要周密考虑。"专家团出发前欧阳书记提醒金花。

一支专业的农业队伍向土地村挺进。好多年，这片土地都无人问津。土地村的乡亲看着金花和这一队人，把土地村的水田旱田、林地看了一个遍。黄湘教授带着学生选了土壤样。

2

金花十六岁离开家乡前，这哪一丘田、哪一块土不熟悉呢?

春天里田间地头热闹了，秧苗绿油油的一片一片，好似待嫁的姑娘。农家插田季节是最忙的，插田的饭菜比得上过年的丰盛。请人帮工伙食是一定要好的，大伙儿吃饱吃好干起活来也有劲。田野里飘过来阵阵歌声。

香梅唱起来《扯秧歌》:

　　秧田里扯秧要唱歌，有歌不唱稗菜籽多;

只要有人起了调，哦呵喧天众人和，
好比南天门上打大锣。
秧田里扯秧叫秧苗，莳天道田里叫禾苑；
姐在屋里叫满女，嫁到人家叫贤娇。
树倒出山叫木头。
秧田里扯秧秧缚秧，多多拜上插田郎。
弯头弯里要打短，凸上莫莳喇叭行。

村里的康日新点子多，说起笑话来笑死个人，听了香梅的歌，也来了歌对唱《莳田郎》：

田里扯秧秧合秧，多多拜托主家娘。
一来莫拿腌菜来打底，二来莫把骨头来垫盘。
郎乃四脚落地难顶当。

日新婆娘也是个直性子，接着唱：

田里扯秧秧合秧，多多拜托莳田郎。
一来莫莳浮苑子，二来莫插喇叭行。
主家三餐茶饭难顶当。

日新笑着喊："香梅嫂子，快回去做饭呢，肚子饿瘪了咕噜咕噜叫。"旁边人也跟着唱：

一眼望见午时中，想起午时肚里空。

多多拜托厨房嫂，拿把干柴灶里红，

手脚麻利做好茶和饭，一催饭来二催工。

一天要当二天工，打起锣鼓莳天田哦。

那时金花是娘的好帮手，从家里到农田起码要走四十分钟的山路。山里插田的帮工，怕回家吃中饭耽误时间，一般就让送饭去田间。香梅在家里烧好茶饭放在箩筐里，金花挑起来送到山上去。帮金花家插田的叔伯婶子直起腰来，坐到田埂上开始吃饭，边吃边问金花："金妹儿，这次考试第几名？卖不卖得掉锄头把哦？"

秋收的季节，从稻田里挑谷子回家，这样的体力活也是最考验人的，金花家里没有男孩子，全靠父亲康正道一双肩膀挑担子，可想而知有多累，几千斤稻谷呀！

金花和妹妹银花总想给父亲减轻点负担。可是从田间到家里这足足四十分钟的路程，十几岁的女孩子挑稻谷子，可真是考验呀！

每每这时候，香梅就会羡慕村里那些生有男孩的人家。

一连五六天，金花担当了家里的运输员，和父亲一起挑稻谷回家。

农历九月里全家抢收红薯。在山上挖红薯时香梅看到同院的和金花一般大的男孩子挑起了一担五六十斤重的红薯，羡慕地说："你看看到底是伢子能挑重担！"

在一旁听到这话的金花埋怨娘小看了自己，指了指一担一百多斤重的红薯说："这担我都能挑起来！"

金花鼓着一口气把那担红薯挑回了家，几里路居然不歇一口气。其实她几次都想歇下来，真觉得整个的身体都要被这重担给压垮了。但为了让母亲看到自己的力气，她没有停，咬着牙关挑着重担一路快走。

"要死就好好地死，别到这里累个半死的麻烦我！"

一向疼爱金花的康正道看到女儿如此逞强，担心她身体被累垮，在极其愤怒的情况下发火了。

逞强的结果是腰痛得直不起来，金花坐在竹椅上惆怅。为了给母亲一个证明，她用了全身的力气。她不能设想下一次还有没有能力再次这样证明。

金花和银花那时经常挑些猪圈里的农家粪去浇菜，两姐妹常常搞劳动比赛。

康正道有时也会带着孩子一起挑大粪。金花跑得快，挑着粪桶往前赶，正道在后面叫："傻巴崽慢点走，慢点走。"

金花脚步不停又晃晃悠悠跑了起来，正道又急又气，妹子不听话："嘿！你跑这么快做么子呀！"

金花忍不住笑继续往前跑，银花在后面也猛跑着追，姐妹俩觉得这晃悠晃悠着一股劲挑到菜地里才好，因为越慢越觉得担子重，快一点反而觉得有节奏，扁担在肩膀上有节奏地运动比慢慢挑着往前走要轻松。

三人到了菜地里，正道又怒又气地说："喊你莫跑莫跑就是不听，担着大粪还哈哈哈的，干活不踏实。"看着爹爹严肃的样子，金花又忍不住笑了起来，正道看着姐妹俩快乐的样子也笑了。

金花多么希望有个哥哥能帮帮父亲、帮帮自己。她幻想她拎着篮子打点猪草，跟在哥哥的后面。或者，给爸爸和哥哥送点饭菜，不要挑这么沉重的担子，而且是一担接着一担挑。

太阳毒晒，晒得头都要炸裂；口中干渴，早上带的一壶茶水早已经喝光；肩膀痛得连穿衣服都痛，可承重的扁担还得继续往上放。

肚子咕咕叫，正道说田里的谷子还没打完，放在水里过夜就会发芽。金花只好跟着父亲继续埋头干活。

回到家里筋疲力尽，金花饿得眼冒金星，母亲却还没有做好饭。金花发起了牢骚："怎么还没饭呷啊！饿死了！你在家里是不知道在山上干活的人有多累！"

"你看看家里，猪都要跳出来了，我得先煮猪食。"

看着忙碌的母亲，金花懊恼自己刚才的指责。她躺在那张破旧的竹靠椅上，迷迷糊糊睡着了，她太累了。她梦见有人来接她："来，金花，我带你进城去，我带你去看看外面的世界。"

一大桌子美味，满大街高楼大厦，花花绿绿的时装任她选，心爱的男生拉着她的手，向幸福走去。

"金花，起来呷饭呢。"母亲唤醒了她，金花顺手擦了一下刚才睡梦中流出的口水。

记忆的闸门瞬间打开，哦，那些乡村的日子，都已经远去。多少年了，她在城里走的每一段路，好似忘记了根在乡村。但今天这里的每一寸土地，都那么熟悉。山呀还是那道山，田也还是那丘田。

李仁教授说："金花，我认为你不管做什么项目，当务之急是必须修路，你们村里的田土离村里人家太远了，从家里去一趟田地就要一个小时，来回两小时，上下午回家吃顿饭，一天的时间就过去了。"

金花去过一些北方的乡村，那可是一马平川，都是机械化操作。康正道和香梅去过北方的亲戚家，看着他们各式各样的农用机械，夫妻二人感叹：这可比南方的农村轻松得多呀！

土地村虽然是丘陵地带，可修条山路出来还是可以的！

"这是个好点子！我立马准备！"

金花最大的优点就是执行力强，她想要干的事，很快就能确立目标制定办法。

"我觉得你养牛羊这个方案可行，林地面积大，散养牛羊具备条件，但是你要考虑水源和牛棚建设。"李仁接着说。

"大约预算要多少？"金花愁钱，一动就是钱啊！村里人说经济哪里来。

"规模可大可小，根据村里的情况和投资人的资金来做，先可以少一点。买牛的成本你按三四千元一头算。

"你可以安排一片地先种草，准备饲料。可以先种甜象草，也可以种皇竹草，一亩地可以养两到三头牛，十亩地就可以养三十头。要是你养菜牛，一个月可以长三十斤肉。新的皇竹草亩产超过二十五吨，营养价值高，牛也爱吃。"

看来养牛计划可以实施。

康金花想起来几个朋友曾经提出养牛的想法，可以找他们一一对接了。

"这里过去主要种红薯和花生、黄豆，还能种点什么果树吗？"金花问黄湘教授。

"估计适合种橘子树，找个好品种。"黄湘回答。

这片土地可从来没有产过水果哦！如果能做起来，那也是土地村开天辟地的大事呀！

当务之急是修路！

要修一条机耕路，连通土地村的村组人家与农田。

送走专家组，村里召开会议，商量怎么发动群众力量，把农田的路修通。要想富先修路，交通便利是大事！

支持的声音不少，反对的意见也有。

"山里的田都荒着没人种，修路有什么用吗？"高保一向来出工不出力。

"筹钱修路，不如去把岩底下的坝修起来搞水力发电。"康日胜琢磨这个小发电站很多年了。

这一片集中的农田，实际上只是土地村一个院落的。不需要发动其他院落的村民来集资，思想动员工作，就针对土地村里的村民即可。

预算三十多万元，村民秋收后赋闲在家，可以来义务帮工，有钱出钱有力出力！

大多数的村民是有些兴奋的，眼看着这一片荒山野岭要动起来！

这么多年山头上不见人，终于有人来了！

大约三公里的路段，沿路石山多，地势高低不平，需要挖掘机作业，马路修个六米宽，方便农用车互让车道。

修路的计划就这么定了！

三十多万元的资金去哪里筹集？院落组长康玉叶起草了倡议书发在村民群里，同时张贴了几份在路口，愿意出资的村民倒是有不少。但毕竟村里人口少，凑不了这么多费用。

如何发动在外工作的乡亲支持家乡建设？这是他们日夜思

念的家乡的大事呀！家乡的变化或许也能让他们有乡情互动，那些飞出去的金凤凰，应该对家乡也是关心的吧。

康金花回土地村前，在微信上就和土地村早年通过考学出去工作的乡亲有些联系，他们笑着说：金花，你是回去寻梦的吧！文华揶揄说："你是嫌当年担粪桶还没担够吗？"

"殊途同归，你们都要回来养老哦！"

"我们集资，请你出力。"

村里、镇里、县里有没有类似的资金扶助？康金花和康健去镇里寻求支持。

交通局、公路局、扶贫办，只要有一线希望，就要去努力争取。

这些年，康金花在机关里待了多年，找她帮忙办事的人多，现在是她请人帮忙，虽是有几分难为情，却又觉得充满信心，脚踏泥土，日晒雨淋，心里踏实几分。

挖掘机作业开始了，老老少少来看热闹的人多了起来。院落组长康玉叶开始组织排工。老党员们来了，老村干部来了，入党积极分子来了，在镇上开门市部的、在县里做小生意的，也抽休息时间回来了。

挑石块，填土坑，拉直线，田地里热闹起来。大家兴致勃勃地说，好多年没搞过集体行动了，这干劲有点像当年的生产队！

"来来来，大肆呷擂茶！"聪老太颤颤巍巍地挑着箩筐过来了，她满脸皱纹，牙齿脱落了几个，快八十了但人还精神得很，老伴参加过抗美援朝战争，前些年享受些军属待遇。老伴去世后，日子艰难，但老人家心态蛮好。

"我冇得钱资助修路，我给大家打擂茶喝。"

"聪嗯妈，好多年冇呷过嗯打的擂茶呢！好香！"

村里的后生咕咚咕咚喝了两碗。原汁原味的擂茶，现在的人家少有人打。

"莫只图嗯一个人呷饱呢，我也要呷。"挖掘机师傅在叫，"呷了您的擂茶，全身是力气哦！"

聪嗯妈笑着看着这些后生，感觉村子里尽是人才！

"你们赶上了好时代，以后可以开拖拉机收稻谷呢！莫把这些地给荒了哦！"

"放心吧，老人家。路修好了，这些地都会种的！"

这几天测量放线，修马路要征用不少村民的土地，有高姿态的早就表态了："村里修马路，我家的田土随便划随便征，我们不要村里一分钱！"

但也有不同的声音，这不，贵老三就拉着康玉叶不让走："来来来，你看看，我这里二分多地呢！要是搭个边边角角我也就算了，二三分地，现在国家高速公路征用标准是几万一亩？"

康玉叶没回答。

贵老三自言自语："五万一亩，这怎么着也得补我一万元。"

"其他村民都是免费让田让地，给你一个人不太合适吧？"康玉叶为难地回答。

"他们是他们，我是我！他们有本事挣大钱，我没本事啊！"

贵老三几十岁了没见过几个钱，好不容易修条马路征他的地，也是个捞收入的机会。

村组商量：对于真正有困难的家庭，自愿来加入修路队伍帮工的，还是要按劳动力行情发放劳务费。对于党员干部，以记功的方式体现。对于土地征用有补偿诉求的，也可以适当考虑一些。

资金筹集有了些进展，县里交通局、扶贫办、一事一议办公室陆陆续续批复了二十万元资金，村里筹集了十多万元，基本没有多大问题。

我们的任务就是把路修好！

十个月后，当镇里、县里的老板们回家的时候，小汽车可以直接从家里开到几里地外的阳子坳了，这可是件大喜事呀！

土地村好久没有这样让全村人争相说道的好事了。

几多欢喜几多愁，电暖器厂那边，却有人正在阻工！

康清带了几个人在厂里阻止建设，厂房建设迫在眉睫，还差几个月就要正式开工剪彩了，省里相关部门还批了科技攻关项目。市县级领导都要来，这可不是开玩笑的！

康金花，你可得拿出点手段来！农村工作可不是你以前写新闻稿，也不是在机关里应付人事关系，这可要真枪实弹呀！

如果毕业后不是阴错阳差当记者，金花今天估计也是处理基层矛盾的老手了。可是这么多年和文字打交道，在机关里写公文，好像已经有几分书呆子气。

有人笑着说："百无一用是书生。"

康金花，考验你的时候到了！

当她气喘吁吁跑到厂门口时，康清和几个老人家正在那里叫："这是集体的土地！凭什么要送给他一个人办厂发横财！村干部们你们是不是拿了什么好处？把吞下去的肥肉吐出来！今天不给我们结果，我们直接到省里去上访！"

金花心里早有准备："康清，我告诉你，这个电暖器厂的项目可不是土地村的事，是全县的大事。县里环保部门做过测评，对本地的环境和土地没有任何污染。厂子搬回来后，能够优先在土地村解决五十个村民的就业问题，会促进村里的经济发展。不管你们怎么想，这件事必须办！谁要阻止土地村的进步，谁就是历史的罪人！你们可以去上访，可以去告状。但是，你们的子孙后代，会戳着你们的脊梁骨说：'真没本事，这样的好事居然也要去搅黄！'"

听了康金花的话，康清和几个老人面面相觑。金花想想得给他们个台阶下，便接着说："有什么困难和要求的，可以在厂传达室等我，待会儿和大家再详细说说整体情况，继续无理取闹的，我们也会有办法，到时别怪我不给乡亲面子！我说到做到！"

看着她这个斩钉截铁的神态，听完话音，乡亲们心里是有数的。康金花决心要做的事，九头牛也拉不回来，正如她当年一心一意要跳出农门，当她成为一名优秀的记者时，却放弃工作，继续去读书，一路奔跑留在北京城。

嫉妒她的人说她有双三角眼，眼睛火辣，佩服她的人说她心机多，脑瓜子活。村里也有人说，她一路上总有人帮助，男人都爱为她出力出智谋。但她却不是靠脸蛋吃饭的女人。

不管她是个什么人，总之她现在是为土地村。

几个人走进了传达室，一会儿，屋子里传来了欢声笑语。

"你们还是要考验我，这些年我经受过无数考验，没想到还是要回来接受乡亲的考验哦！"金花笑了。

"金妹子，有你这个态度！我们就放心啦！你大胆做吧。"

3

八十年代末九十年代初，计划生育政策是基本国策。村里有人在叫："计划生育的来了，计划生育的来了。"在这四五年里，金花家最怕的就是这个。

康正道与香梅，这两个在乡干部看来思想最顽固的对象已经生了四胎。每年躲躲藏藏追追赶赶，正道每次不是说老婆回娘家了，就是说去城里走亲戚了。

乡干部来了，院子里违反了计划生育的人家自觉地结成了同盟打起了游击战。志新家，四个孩子都被发派去了山上干活，婆娘正挺着肚子往山坡上走。家里的一头母猪，志新正在赶着往山坳里藏。向清家四个女娃都在学校，婆娘已经上了环，早几天前就带着自家杀的猪肉打点了村支书和村长，应当没有什么大事，他们不用着急。云南家也是四个女儿，其中一个已经过继给了堂哥，现在老大老二在学校，最小的有公公婆婆管，云南老婆在外做生意，日子也还过得去。

只有康正道一把硬骨头撑着，非要生儿子却还万事不求人，从来也不想着去乡里跑跑腿拉拉关系，所以乡干部的上门名单每次都有他家。

土地村里这四户人家，在田野乡也是出了名的。每个人家生了四个女儿，这也成为大家的笑料谈资。

家里最值钱的就是那头老黄牛，正道已经安排金花赶着上山了。志新家最值钱的是他婆娘的嫁妆，一个老式的精雕细琢的碗柜，那是乡里人家客厅里最好的摆设。志新找了几个叔伯兄弟把家具抬到了房屋后面的树林里，用树枝和稻草遮盖了起来，婆娘花娥早早地挺着肚子跑到了离家有二里地的山里。

金花赶着黄牛上山，正好看到挺着肚子一边扯着猪草一边抹眼泪的花娥，她轻声问："金花，你妈躲起来了吗？一定要她躲起来。你们家一定还要生一个。这些乡干部，他们哪知道我们农民的苦？你还是不错，给你爹娘争光了。"

金花安慰："嫂子你莫哭，等他们走了好好把娃娃生下来。"两人都压低了声音，生怕有人听见。

黄昏，饿得有点发昏的金花回到院子里，三三两两的人都从山里回来了，赶着猪羊赶着牛群，抬着值钱的家什，不明白的人还以为是把家搬到了山上。田野乡正在掀起春季计划生育运动的高潮，学校周围每户人家的砖房上都贴写了口号：

"干部带头扎、党员自觉扎、群众积极扎。"

金花自己家就是计划生育工作对象，父母受封建思想影响，千方百计想要生个男孩，香梅已经生了五胎，按政策是非扎不可的。可是正道的肾结石经常犯，香梅身体也差，如果再去做手术，几个孩子谁管呢？

自金花懂事起，工作组已经去家里三次了。尽管她还是个孩子，也是担惊受怕的。她愿意承担赡养老人的义务，也经常劝父母不要再生了，可想不开的父母却觉得没儿子，自己脸上没有光彩受欺负。

康正道家第五朵金花出生后，正道和香梅商量只能让银花莫读书了，反正她读书也不发狠。最小的女儿呱呱落地的那一刻，正道脸上一点笑意都没有。

前几天姑妈哭诉："金花，我和你爸爸商量了，把你这个妹妹送给别人带吧。现在计划生育抓得紧，你们家可有大麻烦啊，你们一大家子可怎么办？你爹爹可怜，一家子的负担全都在他身上。"

姑妈哭金花也哭："不，姑妈，我们不送。"

姑妈又嘱咐："金花你要争气啊，你要发狠读书。"

金花不知道自己能不能给父母争上这口气。

金花不知道怎么和父亲沟通，于是给他写了一封信：

爹爹：

我十四岁了，不再单纯幼稚。造物主很不公平，无论我们怎样地盼，也不赐给我个弟弟，我理解你们的心情，院子里有人在看着呢。可怜的爹娘，这只是我们家里的小局，我们每个人都应该顾全大局，就是要从人民利益国家利益集体利益出发。你们也应该想想，生这么多孩子国家怎么负担？每个小孩张嘴就要吃，全国十一二亿人口，粮食怎么够呢？

爹娘，我们已经有姐妹五个，不必要再生了，延续家族的事，你们也不要过多地考虑，我——你们的长女到时候自然会安排的，只要你们的女儿人才好品行好有文化，何愁招不到好女婿上门呢？

你们现在安心养家，把我们五姐妹好好带大。你们的女儿不是痴子傻子，都是有血有肉有感情的，你们的痛苦我们都知道。但是，年轻人的惰性，想减轻你们负担可能有时候又不想动，我们也会改正自己的缺点！

敬祝：健康快乐！

女儿金花

金花、银花、兰花、菊花、满花，"五朵金花"是齐了，日子越过越穷。满花刚生下来香梅正在坐月子，菊花才两岁多正是在妈妈怀里撒娇的时候。香梅脸色惨白，家里一穷二白，翻箱倒柜也找不出来一点可以补身子的东西。正道的肾结石病又犯了，痛得在床上打滚。

他千方百计想生个儿子可就是不能如愿，商量着要把最小的满花送给人家抚养，金花并不赞成。可那是大人的事情她能有什么办法？出生在这个家庭，金花怨恨自己的父母思想这么狭隘，也恨爹爹明明知道娘刚生下孩子，没有安慰也没有体贴，张口就说要把孩子送走。

香梅总是哭，谁舍得自己的亲生骨肉呢？正道又在念叨："我给这小毛头到城里去找户人家。"

香梅说："莫讲得唁吟（害臊），真是烦死人。"

金花也反对："爹爹，你要送掉这么小的妹妹，不如干脆送掉我们几个大的，你们多养几个孩子继续成为国家的累赘，反正我也不想在这家继续生活下去了。"

正道说："好了好了，少啰唆，你们等着罚吧。"

香梅擦了把眼泪抱起孩子喂奶，"你一个男人家没一点主意，听这个说听那个说，就晓得送送送。"

金花、银花、兰花几个急得也和母亲一起哭。

香梅提心吊胆，风声很紧。自从生下老五满花，自己的身体糟糕得不成样。娘家传来消息：香梅的亲戚只有两个男孩，准备抱养个女孩。香梅纵是再舍不得也没有办法了，她实在没有力气和能力再养这个孩子。

这一次，她只能把满花交给亲戚家了。

送娃娃这种事只能晚上偷偷地做，正道给满花穿了衣服，里面写着生辰八字。正道和岳父、香梅的堂妹红梅、金花，四个人一起带着小小的满花走了十多里地去到亲戚的村子。本来大人们不要金花去，可她说："让我去吧，让我知道妹妹在哪里，等她长大了我去看她。"或许大人们不忍心阻隔金花和满花的姐妹亲情，许可她跟随在后。

金花跟着大人们抱着满花来到了亲戚家门口。金花边走边哭，此刻多么不舍自己的妹妹，小脸儿粉嘟嘟的可爱极了！"满花，家里真的是太穷啊，妈妈的身体已经垮得不行了，没有办法把你带大。如果继续带着你，妈妈可能就没有了，亲爱的妹妹你就委屈一点吧，等你长大了我来陪你！满花，我情愿爹妈送走的是我，可是，爹妈说送你出去，是为了给你更好的生活，和我们在一起太苦了。"金花在心里默念。

好几个月的时间，家里的气氛都不好，香梅想孩子，金花也想妹妹。娘哭，金花银花兰花菊花四个跟着哭。满花六个月时大病了一场，香梅听到消息后去看了看，回来说情况很不好。金花上课总是走神，妹妹什么时候才能好起来呢？千万要活着呀！

周六金花放学回家的路上遇到了村长娘子，金花叫了声："伯娘。"

伯娘面色难看地说："金花，家里的事情你不要管，不要分心，你只要一心一意搞好学习，不要有其他顾虑……"

金花立即领会了，计划生育工作组去了自己家。她强忍着眼泪说声"谢谢"撒腿跑回家。之前听娘说村子里的四大女户都被告发了。

路上邻居跟金花说："金花你赶快去卫生院，你娘被抓走了。"

这些年一直提心吊胆的事情终于发生了。

金花得知爹爹带着银花去城里走亲戚，家里只有两个小妹妹。娘被计划生育队带去做结扎。她又飞快地跑到卫生院，等她到时香梅已经做完手术，被安顿在病房里。可怜的娘躺在床上，母女俩哭成一团。

清冷的夜，听到娘的痛苦呻吟，金花更加悲伤。早春的寒冷，人生的无望，生活的焦虑，让康金花心里升腾起一个声音：争口气，争口气。

周末金花从学校回到家，只听到香梅在数落爹爹正道："你和别人吵什么呢？人家家里条件比我们好，你非要和他去吵什么？"

正道满脸沮丧："你想想，他总是一副老爷样子，我欠他什么了？他行医赚几个钱，有什么架子摆的？什么时候对我开过笑脸？"

香梅说："你管他那么多做么子？你少说几句，忍忍不就过去了？你比不上人家家里好，你低头让几分不行吗？"

金花一问才知道，是为了一点鸡毛蒜皮的事。金花家的田和村里清伯的田紧挨着，正道用锄头挖田坑边，清伯认为挖得太多，在一旁数落正道："这么穷？把我的田边挖松了，想省几毛钱？"

正道不服气："你看看我动了你的田吗？你的地我怎么会碰呢？"

清伯一听破口大骂："你这辈子就这样没出息，连个儿子都没有，穷得响叮当！"

听着娘说起这些家长里短，金花心里也冒出一堆火。

在土地村里，家境好的和家境差的人家是有鸿沟也互有成见的。这种成见，在平时的家长里短的谈论中，在乡里人家日常的迎来送往中，在各类酒席或红白喜事中，都是有印记的。

4

少年时代的康金花，生活在"越生越穷，越穷越生"的贫困户家庭，品尝了生活的各种苦涩。但有一种苦涩，随着岁月越来越浓。谁说女子不如男？我倒要这世间的人看一看，女子就不能出人头地吗？

清明节的乡村里又要热闹起来。平日冷冷清清的坟山，有人来认祖归宗，有人来踏青扫墓，有人来哭坟跪拜，来来往往好不热闹。

金花上初二这一年，听爹爹说今年清明节全家准备给爷爷奶奶修坟立碑，这是金花远在湘西的大伯父提议的。听着大人们的议论，乡里的风俗习惯女孩子不能上碑。

金花心里有些不服气，难道女孩子就不是祖宗的孙吗？自己人微言轻怎么反驳大人的意见？这是祖祖辈辈留下的规矩，谁能破？她给家族最有发言权的伯父写信。

敬爱的伯父：全家好！

关于为爷爷奶奶立碑修坟的事情，家族里的意见不太统一。我这个小侄女，还是赞成大伯的意见。每次他们一提这个，我都想要发表意见，他们说你一个妹子家，都不是祖宗族谱里的人不要插嘴。给爷爷奶奶立碑，以前的规矩是妹子人家都不上祖宗碑的，祖宗后代只能刻男孩的名字。

伯父，我觉得女孩子也是爷爷奶奶的孙女，不比男孩子差，我们的名字也应该刻上去，您的意见呢？祝您万事如意！

侄女金花

没过半个月，院里的庆叔叔边走来边喊："金花，金花，你的信！"金花急不可待地抢过信，拆开一看，是伯父的回信。信里明确地回复："为你爷爷奶奶立石碑，我们要树新风，打破老传统，在农村兴新风，女孩子的名字也要记得刻上去……"

"太好了！"金花高兴地跳了起来！

"什么事这么高兴呀？"香梅问金花。

"嘿嘿嘿！不告诉你们！秘密！"她等着女孩子扬眉吐气的那一天。

金花和妹妹放学的路上是饥饿的，也是焦急的，太希望早点回到家见到爹娘吃到热乎的饭菜。回家的路是那么漫长，奔跑在回家的路上，想象着今天爹妈给自己留的是什么美味的饭菜。

家里吃肉的周期一两个月一次。这个季节白萝卜和白菜苔是最好吃的了，从自家地里摘下的白菜苔新鲜脆嫩，猪油爆炒后格外爽口清香。田野乡附近就是有名的蔬菜基地桥头河，"桥头河的萝卜一上街，药店老板要收摊；桥头河的萝卜不放油，筷子夹起两头流。"这句俗语很早就流行在三湘大地，这里的蔬菜很著名，所产的萝卜更著名。如今被评为"省十大蔬菜基地""放心菜生产示范区""万亩无公害蔬菜基地"。

干红辣椒炒鸡蛋，土鸡蛋的香味，是金花人生中最深刻的美味记忆。香梅做的豆豉用油炒起来放半个月都不会坏。青春期的金花，吃什么都香食量也大，香梅每天会留一小碗菜在饭锅里，放在煤火旁边热着。

金花和妹妹放学回家总觉得菜不够，会在柜子里到处找呀找，剩饭菜、刚从坛子取出来的腌菜还没来得及炒熟，金花姐妹都吃。贫穷的山村，饥饿的青春。一天只有在放学回到家的时候，姐妹俩才能把自己的肚子填饱。中午在学校看到住在学校附近的同学走回家里去吃午饭，肚子不争气地咕咕叫。

母亲香梅预留的花生种子，她会藏在用重重的木板盖住的粮仓里。金花会使出所有的力气顶起木板来偷吃一把，她感觉到从未有过的满足。走亲戚带回来的红片糖，香梅会藏在柜子的最底下一层，上面堆满了大米和家什物件，金花会用肩膀顶着柜子门，翻开那些物件，取出来一小块放嘴里，甜腻得心里全是蜜。金花听说当年外婆饿得发慌时，连自家种在地里的花生种子都刨出来偷吃掉了。要换作金花在那样饥饿的时刻，也会这样做吗？

"金花，去喂猪。"

"金花，来洗碗。"

"金花，去担水回来。"金花想着要帮母亲多干点活，可是香梅不停地唠叨让她脑子昏昏沉沉。清晨起床上山，晚上八九点才能回家吃饭，十一二点才能睡觉。特别是这几个漆黑的夜里，劳累了一天从山上干活回到家里，金花又饿又累，但还得挑起那对早已被撞得变形的水桶，走向一里地外的水井里去挑水。

金花苦恼："为什么家里的老大要这么累呢？可怜可怜我这老大吧，我又要学习又要做家务还要干农活，真的好累！"

"田家少闲月，五月人倍忙。"白居易说得一点也没错。这不，金花刚和爹娘去给红薯地锄草松土回来，吃上午饭已经是下午两点，还得和银花上山去砍柴。天气真热，知了在树上叫个不停，金花和银花一身汗珠，两姐妹不停用衣袖擦拭脸上的汗水，衣服湿了又被太阳晒干，干了又被汗滴浸湿，自己都能闻到身上的汗臭。

银花问："姐姐，你说我们怎么这么累啊？"

金花拍了拍身上的灰土："哎呀，爹妈也没办法，你看看他们每天也很辛苦啊。"

其实金花自己想的何尝不是和妹妹一样？但是她做姐姐的，就得和妹妹说说家里的难处，让妹妹理解爹妈。

农家靠天吃饭，农家的风车、农家的打谷机、农家的新年对联，写的不是恭喜发财，写的是风调雨顺。七月的夏天热了起来，禾苗庄稼需要水。可是老天不下雨，地里地里干，田里田里干，庄稼人看着太阳出来就焦急，这么干旱没收成啊！金花看着爹爹叹气："今天又是个晴天。"

一个多月没有一场雨，人也十分疲乏和焦急。

金花默念："太阳太阳，你躲一躲吧，让乌云出来，让大雨倾盆，让禾苗喝水，让人们欢喜！"

暑假是孩子们幸福的时光。有苦有累有忧愁有快乐。农活劳累后总有时光可以舒心躺在田地里晒太阳，或在草堆里睡个懒觉。家里的不愉快和农事的繁忙带来的压力，在懒觉或水田里捉鱼后会突然轻松而美好。

家里的一方稻田"新开丘"已经快干涸了，禾苗蔫了，娘安排金花去捉鱼。现在这个家里，也只有金花这个老大干点事情大人比较放心。十四岁的金花下过田插过秧，还和爹妈在稻田里捉过鱼。

金花带上一个小水桶打着赤脚来到了"新开丘"，挽起裤腿把鱼篓系在腰上，开始向鱼进攻。"啪啪啪"，水田的鱼一听到声响受到惊吓发出了声音。拨开茂盛的禾苗往里一看，金花看到有十多条鱼在那儿喝水嬉戏，怎样才能不惊动它们，一次把这些小家伙装进自己的鱼篓？

要是一条一条捉，一定会有漏网之鱼。金花想出个办法，她取下了挂在腰间的鱼篓，迅速往鱼群前面一放，趁着鱼还没反应过来，一把推过去，一堆鱼儿蹦跳着全部进入了鱼篓。她把鱼放到了带来的水桶里，用树枝叶盖住了水桶盖，防止鱼儿跳出来。

她再一次下水，这次脚一滑，整个人都摔倒在了水田里。满身泥巴满脸脏水的金花，双手捧起了田里的泥巴水洗个脸又开始捉鱼了。一个下午从四分田的泥泞里来来回回，不知道走了多少遍，满满的一桶鱼承载了一天的收获扛回家去。

为了在秋天收割的时候更整齐，农家人祖辈们有个传统：翻红薯藤，把长长的藤一摞摞翻向另一个方向，红薯藤就会朝着那个方向长。大人小孩弯着腰，要把每一块地里的红薯藤翻遍，一天下来腰酸背痛。

香梅和正道总是一边干农活一边鼓励金花："崽啊，要努力啊，丢掉个锄头把。"

暑假那么漫长，田地里的稻谷都变得金黄，转眼到了秋收。家里的稻谷面积不少，香梅身体不好没有办法出劳力，正道一个人扛着一百多斤的木制的打谷机去田地里。沉重的机器崎岖的山路，康正道常常累得眼冒金星。一个人的田野永远那么单调，金花现在是家里的运输员，正道也很高兴有这么个好帮手。

金花最期待的是放假能去趟县城。从土地村到王化县城要坐三个小时的汽车，路上坑坑洼洼也很不好走。

对于乡里的孩子来说，进城是个很难得的机会。正道和香梅说，带去城里的一定要学习好，去城里是给奖励。三姐妹都争着要去。

金花已经好久没有进城了，这天清早金花和娘悄悄收拾好正准备出门，银花醒了，揉了揉眼睛迷迷糊糊地问："妈妈，你要去哪儿？"

"妈妈要去王化呢！"

"姐姐也去吗？"

香梅担心孩子们相互攀比闹腾着都要去城里，她连忙说："哦，银花，大姐送妈去公社坐汽车呢！"

"不对，我不信，你肯定是带大姐去城里玩！妈妈骗人。假装送送，待会儿送到城里去了。"

"银花，大姐老师在公社，她去问作业呢！"

"我不信，你们就是偏心眼儿。"

银花气得趴在床上号啕大哭。

哭声惊动了邻居："银花呀，你不要哭了，长大了自己进城去。"

银花哪听得进去？她直到哭累了为止。

金花如做错了事的孩子一样赶紧离开家，和香梅赶忙向公社走去坐汽车。

银花无奈地和爹爹留在家里。她恨爹妈偏心，大人说手心手背都是肉哪有区分呀，其实就是分了。银花和姐姐金花经常会吵架打架，有时是自己错了，受到批评心里还服气。可有时明明不是自己的错呀，大人老是批评她，为什么？她心里很委屈。难得的寒暑假去县城的机会，也总是给了金花。

到了王化县城，金花很快就被眼前的景象迷住了，这个古色古香的街道，究竟是什么年代的？青石街、南门口、青瓦顶、白粉墙、砖木结构的铺面、精巧玲珑的阁楼、镂刻精美的花纹图案，古老的街道铺面诉说着沧桑。小巷错落有致，建筑风格古朴典雅。金花并不知道王化建于北宋年间，曾以九街十八巷号称湖南第一大县城。

"卖杯子糕啰杯子糕，穄子粑粑、蒿子粑粑、油炸粑粑、马面黄……"此起彼伏的吆喝声让金花应接不暇，一元钱能买五个杯子糕，白白嫩嫩的冒着热气，金花恨不得一口吞下去。香梅提醒着："莫着急莫着急，太热吃了烫嘴巴的。"金花顾不上那么多了。

香梅带金花出来看世界有教育目的："崽，你要发狠读书，放下锄头把。要是能当个工人，在这城里住上楼房，我就知足了。"

5

金花、银花每天走几公里去上学，学校没有午饭。早上从家里吃完饭一直到下午五六点放学后到家才能吃上晚饭。这对成长的孩子来说很伤身体。金花的姑父是学校的教导主任，见孩子们每天饿着回家很心疼。

他要姐妹俩去他的教员室吃午饭，正道和香梅感谢姐夫对孩子们的关照，就挑些大米去。虽然是亲人，可小孩子在大人面前很是不自然，每天中午金花和银花去姑父那里吃饭，小姐妹俩总看着姑父的脸色，小心地揣摩着姑父的心情。姑父忙着处理自己的工作，又温和地叮嘱着孩子们要吃饱。

家里没完没了的农活，只有上学的时间可以逃避，回到家里却怎么也躲不过去。金花知道回家要干农活带妹妹，总是没有时间写作业。

有天路过十家井的小石桥，金花忽然灵机一动，这就是最好的写字台哦！这里离家里不算太远也不是很近，不需要担心父母来催喊回家，也不担心有人给父母通风报信。每天放学后，金花就蹲在地上，在小石桥面上写作业。遇上汉宫队的村伯赶着牛回家喊她："金花妹子，天黑了，该回家了。你这读书会发狠啊！"金花才起身回家。

银花学习的难度越来越大，尤其是数学课，不仔细听课题目就不会做。回到家要帮忙干农活不是放牛就是打猪草，小小孩子牵着一头几百斤的大黄牛，内心有多怕，大黄牛要是看到了同伴还想去斗牛，银花就更胆战心惊。有时在课堂上银花脑子里还在想回家是打猪草呢还是放牛呢。

老师讲什么已经听不进去了，成绩也落了下来，老师布置的家庭作业还特多，到家吃了饭要干活，天黑才能写作业，半夜也写不完。

香梅训道："作业都写不完，别读书了。"银花心里开始有点赌气。家里总是有干不完的农活，银花还要照顾妹妹兰花。

因为带妹妹，银花不知挨了多少次打，她和兰花在屋里来回追跑，家里有用砖砌起来的水缸，平时很少用，到腊月才用来腌制腊肉。兰花不小心，撞到水缸角头破血流。香梅立即带着兰花去求医，正道在家用竹编的扫把对着银花一顿狂抽。

屋子里传来银花撕心裂肺的哭叫："为什么打我，又不是我要让她撞上去的……"

银花和兰花吵架打了起来，银花骂了兰花："你看看你，什么活也不干！"兰花也不示弱："你自己干不要喊我。"银花拉着兰花的头发，兰花双手拽着姐姐的头发也使劲拉。香梅怎么劝也劝不开，两个妹子相互扯着头发不放，僵持了一阵都大哭了起来。

几个妹子打架是常有的事情，金花常劝妹妹们别吵架。因为超生康正道被厂里开除了，垂头丧气地回到家，家里吃饭都成了问题。正道的党员待遇也没有了，没有机会再去开会。对于孩子之间的吵闹，正道和香梅没有时间也没有心情去管。

每天上学，金花和银花带着兰花从家里走，到公路上走了将近二十分钟的路程了，兰花还在挣扎："我要回家，我要回家。"金花和银花奋力拖着她往前走，这样的场景几乎天天有。

学业越来越重，金花要去学校寄宿了，自己准备好了被子、书包，日常用的洗面巾、牙刷，干菜、大米，一大堆坛坛罐罐，挑起担子准备去学校。

父母不停地嘱咐："金花，发狠读，为你自己争气，也给我们争光。"

香梅昨晚忙着给金花炒菜干一晚没睡。在田野乡寄宿的学生，家里人会帮他们备好一个星期的下饭菜。炒黄豆、萝卜米、豆豉，这是常吃的菜。

香梅端着盆里的五个鸡蛋："金花，读书要费很多脑子的，这是我昨晚给你煮熟的鸡蛋，带到学校去呷。"

"不，我不要。"金花摆摆手，"你自己留着吃吧。"

香梅一下子变得严肃起来："来，要注意好身体，身体不能垮坏了。"鸡蛋已经放到了金花的书包里，金花急忙放下手中的袋子，跑过去抓住妈妈那干瘦的双手："你这么瘦自己留着补身子吧。我不要就是不要，我可要发火了。"

为了尽孝心，金花常常用发火来拒绝父母对自己的疼爱。香梅拗不过只是叹息："傻巴崽，本来要给你多煮几个的，可是母鸡这几天没有下蛋哦，只有五个。这五个蛋也是我对你寄托的希望，五是表示满分的，妈妈希望你的成绩得满分，好崽，莫退了带着！"

劝说命令齐来了，鸡蛋还是放在了书包里。

早餐时间，生活总管来检查，每个人给学校交煤球费十元钱。

八九十年代的田野乡中学，乡村学生家里和学校距离有些远，大多数的学生没有条件吃午饭，学校实行这样的办法：学生自己从家里带米和饭碗，学校食堂统一为教职工和学生蒸饭。每到午间，学生去食堂端饭回寝室，拿出自家带的干菜下饭，比如金黄色的萝卜米、褐色的豆豉、农家的稻田鱼干，或者坛子里的米粉肉。不过还是带豆豉的最多。学校食堂统一蒸饭，每个学生给学校食堂交十元钱的煤球费。金花其实已经向妈妈要到了十元钱，可是一直攥在手里还没交，想着能给妹妹省下来就好了。

学校布置了一项艰巨任务：操场要修成水泥坪，每个学生去学校附近的山坡上敲三百斤石头来填操场，学生平时要上课，只能用周六日的时间备石头。

金花愁了有一个月了。父母连自己家里的事情都忙不过来，离学校又那么远，还是自己想办法解决吧。

她找学校附近的同学借了个锤子，跑到山坡上去敲打小石子。金花敲敲打打，俨然是个小石匠，她敲下来一些小石头，又一小块一小块地捡起来堆放在一起。

她此时想起了曾祖父康家升石匠和祖父康兆明石匠，难道这功夫也有遗传吗？她干起这个活来并不觉得有多难。她蹲在地上捡啊捡，敲啊敲。中午的时候凑够了两百多斤。她回到学校匆匆吃了一口饭继续工作。怎么把这些石头运到学校去呢？谁也找不上，那就自己挑吧。

同学亮真想起了这附近就有个同学，让金花去他家里借箢箕。

金花连续担了三担，箢箕已经被挑坏了。她想起了读小学的妹妹也要完成一百斤的任务，又去附近另外一个同学家里借箢箕，继续敲打山坡上的小石头。

敲打中，心里想到了班上的同学李想，昨天的一幕又浮现在她面前：下课了，班上学习最不用功的两个男生李想和西平在教室里追打着，李想跑到了金花这边，金花正在和一个同学聊天。忽然一只手搭在了金花的肩膀上，又猛地弹开。金花气愤地抬起头来，看到了帅气的少年李想，她追上去向他的背上捅了一拳："二流子，自重点！"

李想的父母在工厂工作，他的穿着比别的同学要时新一些，干净的衣服，高高的个子，俊秀的脸庞，但就是不爱学习，经常在班上捣乱。他们也会唱一些很流行的小虎队的爱情歌曲，每次西平、李想、和生、吉荣几个人凑在后排一起唱着："对你爱——爱——爱不完……"

金花作为班长，听着这样的歌词自然心里很别扭，可是又有什么办法能制止这些人呢？

这些男生老喜欢和金花作对，几个男生围着金花周围打闹，金花表面上很严肃，心里却也和他们一起开心。大人的话又在耳边响起来了："你是家里的老大，要给我们争口气，十五六岁的女孩子了，不要和男同学一起打闹，和他们保持距离，要以学习为主。"

金花耳根有点发麻，这是异性的吸引吗？青春很矛盾，既想靠近又怕靠近，这些男生很有活力，如果自己也是男生，就可以和他们一起疯玩了。

好像李想青春的荷尔蒙撩拨了金花的少女心。可她要摆着班长的派头，拒绝着自己被青春朝气融化。

金花没有朋友，只有经常书写日记吐露心声。日记本交给班主任林老师，他用红笔给金花留言："言为心声，日记反映了你——自强好胜的性格，对父母的体贴，对老师的尊重和希望，对姐妹不和的忧郁，对世俗歪风的厌恶，对人生的思索。读后感慨良多，努力吧，胜利永远属于强者。无须气馁，务必坚定，逆境出人才，巾帼多英杰。"

这段话在金花心里久久回响，是要坚强，只有努力才能站立！金花有时候也思索很多，常想以后自己会在什么地方，是坐着电车上班还是扛着锄头走向田野？是在办公桌前忙碌还是在村里早早嫁人？

她希望时间快点过，好早点知道以后的样子。

6

金花家终于可以安装电灯了！十多年来他们家一直是用煤油灯，有时没有煤油没有办法写作业，香梅就捡几根木柴点着给金花照着写作业。干木柴还好，不要烧着头发就可以。湿木

116

柴带着潮气不容易点着还冒烟，香梅和金花被呛出眼泪喷嚏。

终于有电灯了！傍晚回家，金花还在赶着写作业，渐渐地天色黑了下来，金花喊兰花："妹妹帮我拉一下电线开灯啰。"

香梅立即叫："天还这么亮，就要开灯啊？交电费可要钱的呀！"

"这么晚了，还不开灯？我写作业看不见。"

"你休息一下子再写，人家看到这现象也不好，怎么天还没黑就扯灯了？"父亲正道补充说。

"唉，为什么对面伯伯家里每天的灯都照得这么早？"银花问。

"他们家，有个收电费的就是自己家里人呀！"

金花不满："那也是浪费电啊？"

"姐姐，你去里面那间房写作业，关好门别人就看不见了。"银花给姐姐出主意。

"可那也是浪费电，还是给爸妈省点钱吧。"

金花放下了书本，跑出去和妹妹们玩耍了。

"银花，去砍几棵白菜。"

"银花，把牛赶出去喝点水回来。"

"银花，把那灶台上的碗洗了。"

银花现在成了家里的主要劳力。不知道从什么时候起，父母达成了统一意见：金花学习好，可能考上学校，那就让她好好读。银花上学不加油那就干家务。银花和兰花老是埋怨父母："你们偏心，你们就对大姐好，她要写作业就写作业，要买本子就买本子，要去老师家里问作业就问作业，你们什么时候管过我们？不公平！"

以前银花还老反抗，父母喊她写作业，她和院子里的小伙伴去聊天；叫她早些放学回家来放牛去山坡吃草，她问为什么不要姐姐早点回来放牛；叫她带着妹妹们出去扯猪草，她问妈妈为什么姐姐可以写作业不干活。金花知道妹妹不满，也觉得不好意思。金花在学习上有着特别的自觉，她心里头想的是："妹妹呀，你不知道爸妈的心，他们没有儿子需要我们给他们争口气，争气的办法只有一个——考个好学校，争取当个国家干部，国家给工资和粮食啊。"

　　银花现在却顺从了，连金花都诧异。妹妹什么时候转变思想了？

　　现在金花放学一回家，咦？家里怎么这样安静？她轻轻地跑到窗前一看，花格衣黄裤子的银花正在一心一意地打扫卫生。吃完饭银花就懂事地收拾碗筷开始洗碗。金花笑着说："银花你这精神可嘉，希望永远保持下去。"

　　"姐姐，你只管读书读书，读了几年书，莫要变成了一头猪。"银花在奚落金花。

　　周六金花从学校回到家里，父亲正准备带着银花出门。听说湘西的亲戚打电报来，让金花去城里给亲戚带小孩。正道到学校和姐夫商量，当老师的姐夫果断决定不能让金花去。马上要升学了，暑假还要补课万万没有时间。大家都抱着很大的希望让金花去考学校，还能去这样消磨时间？

　　正道和姐姐、姐夫商量，反正银花辍学了就让她去吧。金花回到家里，看着爹爹带着银花要走，心里惭愧起来。虽然金花平时和银花也会吵架，但姐妹感情很好。银花很勤快，在屋前屋后种了庄稼。为了减轻父母的负担，让金花不愁学费安心读书，主动辍学。

金花非常苦恼，希望银花再读书，可是家里的条件没法供她们两个读书。平时也没想到姐妹会有分别的这一天，很多东西真的只有失去的时候才知道其宝贵。她很想和妹妹说几句，可是没有时间了。金花好希望亲戚能找个合适的事情给妹妹做，看以后有没有办法能找个好一点的工作。

金花感觉自己欠妹妹银花的越来越多。

她和母亲在家里盘算着爹爹和银花应该已经到达了湘西。前年金花和爹爹去过一次亲戚所在的城市，妹妹还是第一次去，她一定会被火车沿途的景色所吸引。她这一走不知道要多少个日子才能再见面了。

香梅哭，金花也哭，金花想起自己平时太任性了，香梅怨恨自己老说银花做事不利索，其实银花也是尽了力的啊。她们想起银花的种种好来。

金花盼着爹爹快点回来，站在家里的二楼上能看到对面马路上的班车，盼来盼去好几趟，可是等到的总是失望。一天清晨，爹爹和妹妹忽然跨进了家门，金花又惊又喜，妹妹怎么也回来了？一路奔波的父亲进门就抱怨："哎呀，没好好吃过一顿饭，人都要坏了。"

原来亲戚觉得银花太小，刚到城里又什么都不会，让正道带回来了。此刻金花也有了更多的想法，靠别人，谁都靠不上，只能靠自己。香梅之前也曾经多少次巴望着城里的亲戚能给他们一些帮衬，终归是一场空。香梅抱怨正道："冤啊，真冤，原以为你城里有亲戚可以帮衬着点，哪想到是这个模样。"

正道耷拉下头："莫烦躁了，快做饭。"

只要不会饿死，农村有农村的好。正道心里是这样想的。

日子继续着，日复一日。

七月的土地村，田地里还是干涸了。其实整个田野乡的农村都是靠天吃饭。要是风调雨顺，农民收成好，粮食丰收就有饭吃，要是遇上旱灾涝灾农民只能干着急。六七十年代国家大修水利，农田灌溉依靠修的水库蓄水能解决一些燃眉之急。金花听娘说几十里以外的杨理清水库放水了，水利部门和乡里面规定，水库的水先供给干旱最严重的、离水库距离最远的土地村。为了去护水迎水，土地村必须组织人员去水库的水渠沿路守水，避免中途有人挖渠沟抢水。多少年以来，无论乡里的名字怎么改，田野公社到田野乡，后来到田野镇，已经形成了这样的规矩：只要水库放水，各村必派人去水渠上沿途把守。

香梅天刚亮就去离家里有二十多里地的吉新一带去接水了，金花刚起床，就听村里的伯伯在叫："金花，你也要去看水呢，今年土地村人心不齐，几个生产队分的小组都是各管各的水。我们八组人少，六组瞧不起我们，说我们水要得多看水的人没几个，你也去吧。"

金花赶忙做了饭给妹妹们吃，又用一个大瓷碗给娘带了一碗饭，带到离家有十多里地的五星村的水渠上去，想着娘一定会沿着水渠走到村子的驻守点来。

水渠在每个村庄的半山腰，只有这样水才能往下放到各村的农田里。金花走到水渠上，看着清清的水流一路顺着水渠向前，仿佛看到自己家稻田的禾苗有水有救了。找了个水渠边的草地坐了下来，看着蓝天白云，青青的山，清清的水，忽地觉得这日子还真美。

天黑时她跑了十多里地回家了，在山里守水护水一整天，组里原来规定安排人去各家各户收集饭菜，再由一个人挑着给山上护水的人送午饭和晚饭。可是天已黑了，送饭的人迟迟没有上山来，想想乡亲一整天没有吃饭，估计要饿晕了，金花又赶紧跑回村去通知人送饭。

山中的夜十分宁静，水渠上的人也不多。相隔一里多路才有一个人蹲守，偷水的人却都在晚上行动。金星村的这些男人很蛮横，带着锄头上来就挖水渠说要引水浇自己的旱田。金花大声地争辩，那些人才不好意思地走了。

深夜了，金花和村民守在水渠上实在困了，和金花同时守一个关口的是村里的三元姑。她个子小，但人泼辣也能干，还没找对象。两人一起聊聊天，聊着聊着，金花就靠在她肩膀上睡着了。这护水的夜晚是多么惬意和美好。金花从山沟里走出去的这些年里，哪还有时间再享受这么一个宁静的夜晚呢？当山里的孩子们在长大的过程中，哪里还有这样的环境，能让家长撒手把十五岁的姑娘放在这深山的夜晚里？

小憩了一会儿感觉好多了。为提高警惕，金花在水渠上来来回回走动。偶尔有打着手电筒往上来的人，两个女孩就故意发出咳嗽声，不敢说话，怕对方听出是两个小女孩，会过来欺负她们抢水。咳嗽的声音可以"麻痹"敌人，等来人走远了，两人又笑起来。

凌晨村里的日新过来壮了两人的胆子。年轻的男人爱开玩笑，守了一晚上的水，疲劳和担忧都被他的玩笑赶跑了。三个人一起去看香梅那边的情况，没想到回来时看护的关口被人挖开了，幸亏下一水渠口的家伟过来又给堵上了。自然，金花挨批评了。

天渐渐亮了，人又打起了瞌睡，偷水的人更多了，水渠上热闹起来。骂架的、吵嘴的，你争我斗的。日新看着水渠水流小了，赶紧安排人向上一段水渠去追查情况，几个大人追到桃苗岭去了，只剩下金花和三元在山上奔波，跑到前头湾，跑到枫树山，看到水渠口不断地被人挖开，赶紧在附近找石头，挖一些草坡堵上缺口。

中午其他人都不见了，金花和三元坚守岗位。金花坐在水渠上又饿又累差点掉到水渠里。金花在山上饿得发晕的时候，村里六组的人上来了，八组的放水时间已结束，该六组放水了。

金花跑了十多里地回到家，发现自己家里的田一滴水也没放进去。金花和娘去前方护水一晚上，后方没有人照管，水还是没有流进自己的田里。上山去看了两个晚上的水，结果自己家的田地没放进去一滴水，金花和娘都很生气，现在的人怎么都是各顾各呢？不管别人家呢？一家六口人，五亩田，干得田里都裂开大缝隙，每个组都有规定的放水时间，为什么组里没有人帮忙看看呢？

一个月后，上面发下通知，土地村又可以放水了。队长在村里叫喊："八组的人啊，听好了，这次要齐心啊，上山去护水，女的不如男的，多去几个男人。"

金花听着不舒服开口就反问："怎么了，上次还不是我们女的护水到最后？"香梅息事宁人，劝道："金花，你就在家里煮饭吧。"

金花说不，她偏要去护水。她听到有人就在讥笑队长："清新队长，你这人怎么搞的，就派些这样矮墩墩的女孩子去护水？她们打得赢人吗？人家来挖水，这女人家怎么对付？"金花翻了翻白眼："护水难道是去打架吗？只要我们能把水护回来，关你什么事？"

爹爹出去打工了，家里没有男人，金花现在就得让自己像男人的样子。

火辣辣的太阳晒得金花眼冒金星，肩膀又不能动，挑担时受了伤，一动就疼。更气人的是都中午了还没有人送饭，她躺在水渠旁的草地上睡了一觉，还是没人上山送饭，负责送饭的杰奶奶怎么还不来？下午回到家里，金花顾不上吃饭急匆匆跑到五里地以外的山上去看自己家的田是不是放上了水。还是没有。眼看着给自己组里的放水时间已经过去，自家田里两次都没放到一点水，香梅气得哭了起来。

金花只觉得特别饿，狼吞虎咽地吃饭。伯娘看着香梅哭，不知道怎么安慰。傍晚乌云密布，大雨下起来了，全家人欢呼起来："老天爷啊，大救星，穷苦人家就靠你啊，就靠你！"香梅、金花和妹妹几个人齐刷刷地跪在了地上，给老天爷磕头。真真是老天爷救了命啊。香梅笑了，四个孩子跟着她笑了。

"小妹今年一十七，梳头打扮去看戏啊，哎嗨呦，做点个小生意呀呀！"香梅快活地在家唱起了山歌，金花、银花、兰花、菊花都跟着唱起来。村里的邻居们听到母女们的歌声，在自家屋里笑："听听看，香梅家里又卖沙罐子了。"

每年的暑假太漫长了，农活永远没有尽头。金花想到外面五彩缤纷的世界去看看，听说花姑要去新江，父母也放心让金花跟着去走一趟。为了省几块钱的车费，花姑带金花走到了三里地外的锑品厂里坐便车。正好遇到厂里要出车去矿山，找师傅说了几句好话就爬上了车。

车开到彭关，一大堆人围了上来要搭车，他们带着锄头去矿山干活。司机师傅早已习惯这种场景，停下来让他们爬上车。

在田野乡，农民要出门很难，每天只有一趟班车去城里，何况车费还不便宜，一两元钱对农民来说都是个大数目，能坐上这样的免费车要靠运气。早上的空气很湿润，乡村公路灰尘多，前面开的车带来一路的黄土，飘乎乎地吹落到身上，伴着早晨的露水，头发衣服都黄了。到了矿山下车，去北矿广场花一元钱就可以坐到新江了。

田野乡的人习惯把这里叫北矿，把飞水岩那里叫南矿。从金花记事起，这里就是热闹非凡的地方，每次坐车去新江，总能看到三三两两的穿制服的工人在休息，或者去厂里上班。这一带的菜市场也很热闹，赶集的时候人和车水泄不通。

这里是湘南近代工业萌芽的代表，开采了一百多年的"世界锑都"，当时因为锑、锡读音相近，民间都叫锡矿山。金花那时根本不知道锡矿山的百年历史，幻想过自己如果有一天能在这里当个工人也是极好的。起码每天不愁没有饭吃，还有工资发。锡矿山由来已久。一八九四年的甲午战争后，"实业救国论"成为流行的理念。维新派人士谭嗣同、熊希龄等在湖南倡导实业，提出"富强的捷径就是工业化"。

光绪二十一年湘南新任巡抚陈宝箴上任后推行新政兴办实业。至一九〇八年锡矿山产锑已占全世界产额之半，被冠以

"世界锑都"之名。那时候其实宣传并不多，金花从田野乡来只知道到了锡矿山就是进城了。

想到城里来换换心情，城里人很忙。城里人和乡里人心理上有些距离，不知道从哪里开始说起。这次去城里，金花有了更多的想法，只有自己努力，才能真正去城里争得一席之地。

7

"行行好哇，行行好哇，好人有好报，好人有好报。"黄昏金花放学回家，看到三个衣衫褴褛的妇女正往家门口走来。"小妹子，你妈妈在家吗？"

"妈妈，有人来了。"香梅出来看到三个叫花子，准备给些米面打发了她们。

天色已经黑了下来，金花不禁有点为这三个阿嫂担心，她轻声说："妈妈，今晚让她们住我们家吧。"

香梅有些为难："家里没有空床啊住哪里？"

家里现在确实只有两张床，三个阿嫂留下来住哪里？

"我睡木板凳，让她们和妹妹睡我们那屋子。"金花回答。

香梅说："那你定吧。"

金花欣喜地和阿嫂们说："今晚你们就住我家吧。"

"小妹几心肠好，我们正是愁今晚有地方住呢，大姐，你这个崽以后有出息，心善啊有出息。"阿嫂们喜笑颜开。

香梅做好了饭菜，金花负责盛饭，她把剩饭留给自己，把新煮的白米饭盛给了三个阿嫂。阿嫂直夸香梅两口子好福气，养女儿就是有福，女儿又这么善良孝顺。正道和婆娘平日里被乡亲们瞧不起的自卑感，此刻消失在阿嫂们的话语中。

看着三个阿嫂一路奔波有些劳累，金花说："阿嫂，你们三个去我那屋睡我们的房吧，我和妹妹睡大木凳子就行。"

"不行不行，小妹儿，你这么好，我们已经过意不去了，我们睡凳子上就好了。明天清早就走，你好好睡觉，明天还要上学哇。"

"没事，你们去睡床，我已经想好办法了。"

"不行不行，你的好意我们领了。"

双方都相互推让着，最后大家分别挤在两张床上才算解决。金花没怎么睡着，尽管对三位阿嫂信任，但也有一丝疑虑。

次日一早，三个阿嫂任凭怎么挽留都不吃早饭就告辞了，她们千恩万谢："你们是我们这一路遇到最好的人家，你们以后会有福的，有大福，大德有大福。"

二十世纪九十年代，村子里有些人先富起来了，吴家有个亲戚在铁路部门，他当起了倒爷。煤炭运输十分紧张，批一个车皮，能赚一个差价。吴家依靠亲戚拿到低价运输的车皮和煤炭，转手一卖赚了不少钱。

而村里另外两兄弟龙彪和龙虎，血气方刚，十七八岁身高马大，在附近县城里被人收买，替人打打杀杀，冲锋陷阵，直到公安来村里抓人，乡亲才知道要判刑，好好的小伙子一下被抓走了三四个，这也是土地村的失落。

"金花，你要给自己定个目标。我们王化县的人还是很有骨气的。晚清和民国初期就有将近百人出洋留学，你也要争取考出去。陈天华、谭人凤、成仿吾可都是我们家乡的高才生啊，你要努力。你知道吗？张干、袁吉六、罗元鲲这三个老师还教过伟人呢。你看看这三个老师多荣耀，你也要给我争光呢！"

林老师经常鼓励金花。这些先辈的名字，金花是听说过的，他们都是国之英雄，金花哪里能和他们比？她不敢想自己的未来。

终于，迎来了高考，大考之后金花终于可以松口气，虽然心里头有千万种担忧，不知道命运将去向何处，不知道这次考试能否让寄予厚望的人满意，不知道自己是不是有改变家庭前途的能力。填报志愿可是重要的选择，选择什么专业呢？

"金花，建议你填师专，在本地区招生名额多！"

"金花，建议你学医，有门技术才是真本事。"

"金花，我看你还是学法律吧，以后替人主持公道！"

老师们各个热心建议。

"金花，你还是学农业，农业干部将来大有前途。现在基层干部都要懂农业。"一位德高望重的老师，鼓励金花当个乡镇干部。金花心里那点自信，被老师鼓励起来了。行，就填农学院。

录取通知书给这个家庭带来巨大的喜悦。正道的身体偏偏不争气，他在这个节骨眼上倒下了。起先是头痛、喉咙痛、发高烧，打针吃药一直没有效，高烧不退。三次住进田野乡卫生院，熬了个把月还不见好转。卫生院每天二十元的开支，正道心疼得不行，几次闹腾着回家，回家却病得更严重。香梅四处忙着借钱治病。

金花没有了考上大学的兴奋，为自己家庭的现状而忧虑起来。母亲在医院照顾父亲，金花带着妹妹们在家里捉鱼、烤烟、锄草、淋菜，忙得团团转。

录取通知书上写着四百元一年的学费，就像个天文数字一样。能不能去上学，还是一个未知数。

只差十多天就开学了，家里的农活实在安排不过来了，金花累得就像散了骨架。家里没有米也没有油了，妹妹们都还小，不知道柴米油盐事，金花需要想办法，一大早便去田野乡买些肥肉榨油。晚上等着妹妹们都睡了，金花翻了翻录取通知书，无奈地又放在枕头下。

每天在家忙着干农活，姐妹们盼着母亲快点回来。娘不在家这个家已经不像个家了。这一天忽然听到有人喊："喂，金花在家吗？你们家有信！"金花赶紧跑出去拿信。

信是母亲的好朋友云开写来的，她在信里告诉金花以香梅的名义打个报告到乡政府去盖章签字，明天去王化县城找她。信里详细交代了金花怎么打报告。

金花立即行动起来。第二天清早她拿着报告到乡政府找谭秘书盖章，盖好后马上坐车去王化县城里找云开大妈，县民政局批了一百五十元钱。村里的宪新伯伯也给金花送来了学习用品。学费已经凑了二百，还差二百元。现在最要紧的是筹学费，还需要一点生活费。

学费那可是一元两元五元地凑起来的呀！

我一定要去上学，只有上学能改变命运！

要上学这个想法在心中升腾，金花开始安排秋收倒计时。马上就要开学了，家里的稻谷还没有打完，得安排好家里的秋收才能放心去上学。

金花请亲人来帮家里打稻谷，又去田野乡里买些肉来做菜。六个人一上午就打完了一丘田，下午打大丘。金花组织抢收，银花带着妹妹在家做饭。爹妈不在家的日子，金花、银花撑起来一片天，农活倒是一点也没耽误。

她们已经长大了，生活逼着她们必须像男人一样担当，贫穷逼着她们必须像地里的红薯藤一样向着太阳，野蛮生长。

金花上学家里只有妹妹们送行，她们眼泪汪汪地告别。金花和银花抱得最紧，自己远离家门，所有的家务事都要落到银花身上。银花懂事地安慰姐姐："你放心去读书吧，家里有我呢！"

哪里能放心呢？最大的妹妹银花也才十三岁，最小的妹妹菊花才四岁。兰花每天上学走那么远的路是不是安全？家里的农活那么多，银花怎么办？家中老大不能替父母解忧，也不能照看妹妹们，却要独自一人远行去寻找自己的梦，金花很内疚。

金花把自己的粮食关系、团组织关系、户口关系一并从土地村和田野乡学校转出时，庆幸自己终于有机会走出了土地村。

与一个多月前走到哪里都有乡亲祝贺的扬眉吐气的场景相比，今天金花心里格外落寞。冷冷清清家徒四壁，家运未卜前途迷茫。她时刻担心会不会有一天家庭彻底垮塌。

家里没有箱子也没有一件像样的衣服。她带着户口迁移材料和通知书到了王化县城。云开大妈张罗着在一个老乡那里找了些旧衣服让金花穿到学校去。亲戚们又都凑了些钱，金花第一年开学的学费四百元和杂费合起来六百多元钱终于凑齐了。她松了一口气。

田野乡方圆几十里，几乎没有人不知道金花一家遭遇的难。土地村的人都谈论着正道的生死，谈论着金花算是给家里争了一口气，可是这样一个家庭，即便争口气又能怎么样呢？

8

正道在县城的医院住院，香梅照顾病人，家里的一切就交给了十三岁的银花。苦难是一所大学，它同样教会了银花坚强，如同姐姐金花一般。

土地村，银花正在当家做主带着兰花和菊花。

银花撑起一个家，她要给两个妹妹做一日三餐，放牛、喂猪、剁猪草，银花有干不完的家务活，到哪里都得拉扯个四岁的小尾巴菊花妹妹。挑水，要去二里地远的大银杏树旁的十家井。银花挑着水桶拉着菊花，一步一步，新源里到汉宫队的石板路那么漫长。

菊花还走得不太稳，挑一担水，路上要歇三次，来回要一个小时。银花额头的汗珠怎么擦也擦不掉，银花好像是和菊花说，又好像是自言自语："爹爹什么时候才能出院呢？妈妈哪天才能回来？"

菊花似懂非懂，听到了"妈妈"两个字，又开始哭起来："我要妈妈，妈妈回来，妈妈回来。"

"妈妈快回来了，妈妈说，好满崽，莫哭莫哭，莫哭妈妈就买包子给你吃。"银花学着妈妈的口气，把菊花抱在怀里轻拍，菊花好似感受到了母亲的温柔，停了哭闹。

银花身心俱疲，但只要想一想病床上的爹，想一想娘对自己的嘱托，想一想姐姐金花已经是国家干部，家里有新的希望，就浑身又有了力气。

金花走之前，安排好了家里的秋收，稻谷总算是收完了，但晾晒谷子就得靠银花自己了。她每天早上从家里把谷子一箩筐一箩筐担出去晒。把谷子晒干，有很多程序呢。

首先得把谷子里的粗稻草清理出来，把自家晒谷坪里的晒席一床床打开，等几个小时过去再来回翻转稻谷。

这几千斤谷子，十三岁的银花用稚嫩的肩膀扛来扛去，一担一担，一箩筐一箩筐，来来回回，日复一日，铺开晒席，倒出稻谷，用蹚子铺平，中午翻晒一遍，下午又翻晒一遍。

有时遇上雷阵雨，手忙脚乱要把几床晒席赶紧盖上，否则前功尽弃，谷子还容易发霉。一碗白米饭，真是粒粒皆辛苦。太阳好的话一天就可以晒干，下午在太阳落山时可以收起来，还要用风车把穗屑吹干净，然后再担回家放到粮仓里储存起来。

这些活说起来似乎比较简单，可对银花来说得费九牛二虎之力啊……风车那么高，她只能一点点放到风车顶上，模仿着父母的样子，手握住风车的把手来回摇，这样那些穗屑就从另一个出口吹出去了。

她用嘴嚼一下谷子，要是嘣脆的声音，说明已经晒干了，如果不是，第二天得接着晒。不然无法保存到来年。

把粮食入仓也是她最艰难的活。以前村里有一个公共粮仓，每家每户都有一小间。后来搞联产承包责任制后，粮仓离各家太远容易被盗，渐渐荒废。几年后，村里那个公用的粮仓拆除了。

家里的粮仓太高，银花首先把箩筐放在一条凳子上，再用力把箩筐往粮仓里倒。

晒谷子只是一项农活。菜地里的庄稼还需要锄地、淋粪。银花的身高其实和粪桶差不多，农村的粪桶，除了桶以外，还有高高的竹架子。银花学着父亲的样子，举着长长的粪勺去猪圈取粪，臭气熏天，恶心连连，银花想捂着鼻子，可捂着鼻子怎么干农活？

银花咬咬牙关，好不容易灌满了粪桶，可是自己根本挑不起来，只好又舀出去，再试试，能挑起了。妹妹菊花又闹腾上了。

"菊花，来，和姐姐上山淋菜去。"

"我不去，我不去，臭死了，我不跟你去。"

"那你不能一个人在家，我不放心。"

菊花一路哭一路叫，银花好不容易才淋完半块菜地。

周末等着兰花放假，银花想着让兰花照顾菊花，自己可以安心去收地里的花生。岂料这一天，差点酿成大祸。

银花出门前千叮咛万嘱咐："兰花，你带着妹妹在家里耍，我拔完花生就回来。"

"好，我和妹妹在家里，你早点回来。"十岁的兰花答应着。银花刚走不久，院里的小伙伴们就来找兰花玩，几个小孩子用作业本纸烧起了火，兰花也凑过去看热闹，忽然，兰花的长头发点着了！孩子们手忙脚乱把火算是扑灭了，可下午银花回来时，兰花的头皮起了个大包。兰花哭闹着说疼，银花束手无策，怎么办？找妈妈？没有电话，写信不知道几天才能到。找不到妈妈，找姐姐？她在学校能有什么办法？

银花拉起妹妹去伯母家问，伯母带着兰花去院子里找人，有的说涂牙膏，有的说涂点油，有的说快把头发剃了。先剃了头发，兰花一直在哭，涂了牙膏，头皮肿胀更厉害了。后来，找到村里的草药郎中想办法才止住了头皮溃烂。

银花心有余悸，不敢离开兰花和菊花半步了。

白天还好，晚上干完一天的活安排妹妹睡觉后，银花最害怕。村里偶尔有人半夜来偷牛羊。正道的家在村庄最上头，被山围绕着，一想到有小偷银花就很害怕，常常睡觉到半夜，一听到拴在牛身上的铃铛响就会被惊醒，吓得心怦怦直跳。她想把兰花叫醒做个伴壮壮胆起来看看，又心疼妹妹。银花只好自己一个人起来，带着颗怦怦跳的心，从门缝里往外看，万幸牛好好地在呢。

周末兰花在家不用上学。早上起来家里没有猪草，银花趁着自己还有点力气，想先去地里弄些红薯藤回来喂猪，要是等饭后再去怕猪会饿着。

她带着两个妹妹走了近一个小时的路程，菊花太小在路上一直要背。银花挑着篓子，人还没有篓筐高呢，怎么还能背得了她？等她们慢慢走到地里时，没有吃早饭的三个女孩子，饿得实在是没有力气干活了，在地里扒出一两个小小的红薯生吃补充体力，躺在地上休息一会儿，接着干活。

有些农作物需要肥料可以用大粪充当，可小麦一定得用化肥。这就麻烦了，银花发愁了好几天。不能再耽搁了，父母不在家，农作物不能落下赶不上人家。要不等来年，连吃的都没有啊！

这天早晨银花决定带上四岁的菊花去镇上买化肥挑回来。

去的时候菊花走不动，银花挑着箩筐背着她，艰难地前进。终于到了镇上付了钱买了五十斤化肥，银花挑着箩筐正好比地面高一点点。

一路上小妹妹菊花一步步慢慢地走在她前面，不时回过头来："二姐，我走不动了，背背我吧。"

银花笨拙地挑着箩筐走，她硬着头皮挑，哪还能背得动妹妹呢？

"乖，你慢慢走吧，二姐实在没有办法背着你走啊，你看都挑不动担子呢。"

两姐妹一路上一个要求背，一个一路哄才到家。

听大人们说地里种庄稼来年要种不同的物种，这样长势更好。银花按自己的想法，将家里的土地进行了安排调整，把小麦种在离家近的菜地里施上化肥，蔬菜被她改种到离家更远的地方了，她赶着牛牵着小妹，挑着肥料带上白菜苗，将白菜种在离家有好几里路远的田埂旁。后来，她才发现干了一件最傻的事。

看着白菜地周围常有人放牛，银花心想牛会不会来啃吃白菜啊？如果放牛的人好好看自家的牛，最多只啃一棵两棵，总不会全部被吃掉吧。担心的事偏偏发生了。

辛苦种的菜，全部被牛吃光了。除了这块菜地毫无收成外，其他的庄稼长势还算可以的。

爹娘哦，你们放心，等你们回来，家里要粮有粮要菜有菜！

9

正道病情恶化昏迷不醒，香梅要照顾病人，又要筹凑医药费，治疗一段有些好转，大家也都高兴。后来病情反复，医生和亲戚们都已经失去了信心。

正道躺在病房里如死去一般。香梅每天守在床边默默呼唤。

没有钱输液了，医院里同情香梅的大夫和护士帮忙凑了点钱，"大姐，去给大哥交费打针吧，能多治一天算一天。"

条件好的病友们，把亲友们来探望拿的水果都送给香梅："大嫂子，你吃点东西吧，你的身体不能垮，还有一大家子等着你呢！"床单厂一个姓孙的厂长，医药费能报销，孩子们来看望他给的钱，他悄悄跑到医院收费窗口帮香梅交了一些医药费。

香梅很奇怪，这几天没见护士来催着交费，护士告诉他，邻床帮她垫了医药费。孙厂长太同情香梅了，这个农村来的阿嫂，一直在细心护理男人，擦洗身子，照顾输液，喂汤喂水，端屎端尿。

她有时在一旁轻声细语："正道，你要醒来啊，你要坚持，金花考上学校了，你要回去管孩子们，我一个人管不了的呀！"有时，孙厂长见她在阳台上发呆，偷偷抹眼泪。

护士长在病房夸香梅："你们所有家属，都要向康正道的爱人学习，虽然病人现在恢复不好，生命垂危，但香梅从来不放弃。她的护理，是我这么多年来见过的最负责的，你们可以去看看，在病床上躺了这么久的病人，身上干干净净，没有一点异味。"

王化医院都知道这个住院时间最长的病人。内科向医生帮香梅找了一堆孩子们穿的衣服："这是我家孩子的衣服，你的女儿估计都能穿，你要坚强。"瘦得皮包骨的香梅，连连感谢："向医生，真的要好好感谢你呢！等孩子们长大了会记得你的。"

眼看大半年要过去了，正道却依然没有什么好转，医生护士都觉得没有什么希望了，劝香梅："大姐，你别太苦自己了，你还有几个孩子还要生活，孩子她爸一定会理解你的。"

亲戚们也已经想出了最后的办法，如果正道不能活下去，金花姐妹几个就只能每个亲戚家寄养一个，银花和妈妈一起生活，兰花、菊花分别放在伯父家、姑妈家。一个家庭即将支离破碎。

可是香梅不甘心，她认为她的男人不会死。不管男人有没有知觉，她每天坚持为他擦洗为他喂水，用棉签蘸水给他湿润嘴唇。当然，每天发愁的还有治疗费。

学校放假，金花本来为了省车费不打算回家，但实在不放心住院的父亲，坐车去了医院。快到医院的马路上，金花看见一饭店门口挤满了人，怎么回事？凑过身去看，饭店里正有人把一个妇女往门外推。店主嚷着："嗯各家阿嫂也是有味，你男人没钱治病关我么子事！你走，你莫在这里。"妇女被推了出来，金花目瞪口呆，那不是自己的娘吗？

"妈，你在这里做么子呢？"

"崽，你回来了，娘不是故意丢你面子的啊，你现在是国家干部，你好好读书不要有思想压力，你爹没钱看病了，要是不打针，就只能看着他死啊！我舍不得，我上午照顾他打好针，就出来讨钱，讨几块钱，又能买个包子给他呷，又可以有药费。"

"妈妈……"母女俩抱头痛哭。金花想起来母亲嫁到康家所受的委屈，想起来瘦弱的母亲的无助……现在，母亲为挽救父亲的生命放下尊严去乞讨！

为了给正道治病，城里的亲戚们都尽了最大努力。每天给送饭，忙着找医生给正道会诊，香梅实在不忍心再给他们添麻烦了。她想到了大街上的城里人，会不会理解同情她？

起先几天她在医院门口的小路上乞讨，路过的人看着她这个样子，听她说着男人生病住院没钱打针的话，同情地掏出一两元递给她。

从金花入学到现在，香梅安置好正道，她就去大街上乞讨。

金花来到正道病床前：爹爹竟然这个模样，瘦得皮包骨，眼睛黯然失色，无精打采，有时候不省人事，这还是原来的那个爹爹吗？原来的爹爹乐观、年轻、潇洒、英俊。该死的病魔把他折磨成这个样子。

金花正愁苦郁闷，香梅在一边呼唤："正道，正道，你看看谁回来了，你的大崽回来看你了。"

正道好像听清了声音，努力地睁开眼睛，从喉咙里发出微弱的声音嘱咐："发狠读书啊，发狠读……"

一家人或许是有心灵感应，金花正在陪着父亲帮他喂水。银花带着兰花背着菊花，从村子里赶来看爹爹！病房里顿时热闹起来，病友们看着这一家子终于团聚了，正道脸上仿佛有了笑意。香梅爱抚地抱抱菊花，亲亲兰花，和银花说着家里的农活。银花告诉妈妈不要操心，只管好好照顾爸爸，家里有她呢！

吃过中饭，银花带着两个妹妹回家，金花送她们去汽车站坐车，姐妹相拥抱头痛哭。

看着开往土地村的班车快速驶出去，金花边哭边向妹妹挥手。她又一次痛恨自己，在家庭最需要自己的时候，为什么自己当了懦夫？她痛恨自己，在妹妹们最孤单的时候，为什么自己不能陪伴在她们身边？自己为了个人前途去上学，难道这不是自私吗？

可是娘又说，"你是全家的希望，你必须去读书。你在家里，你就能救活你爹吗？"金花想想也是，自己有什么用呢？

可怜的妹妹，没有爹娘在身边，三个这么小的人在家，她们会好吗？康金花只恨自己没用。这一年金花十八岁。她在内心里暗暗发誓，等有一天自己真的有出息了，一定要带着自己的妹妹们努力成才。

回到学校，金花又坠入了自卑的深渊。她担心着自己的父亲撒手人寰，她眼前无数次出现母亲在饭店门口被人推搡的样子，她心里无数次呐喊：娘啊，难道除了乞讨，没有别的办法了？

金花收到了表姨新梅寄来的生活费。新梅的工资也不高，一家开支那么大，工厂里有时候还发不出工资，她却每个月固定地寄钱给金花。表姨在信中写道："金花，你不要自卑，生活上比人差一点没事的，在志气上不能低于人家，一定要给你家里人争气。你父亲的性命虽然保住了，但要恢复原来那个样子很难，你要给你妈妈减轻负担。你的妈妈，真的很伟大，她知道你父亲生命的重要，才这样不顾一切……"

医院下了通知单，要求转院或者回家。香梅没有办法，带着男人回到土地村。

到处求医问药，走了多少山路，她没有算过。

四处求神拜佛，有过多少悲伤和失落，她没有记过。

她只有一个信念：正道，你一定要活下去。

一个邻居告诉她，附近有个好中医，姓曾，医术高明，可以去试一试。从土地村到曾医生家里，大约有五十里地，香梅听到消息，举着火把，一个人连夜赶路，凌晨走到了曾医生家里。

"曾医生，您是我家的救星，我家男人要靠您才有救啊，在医院住院大半年，没有办法了，今天无论如何都要请您帮我去看看。"

曾医生其实是个乡村教师，他的外高祖童廷选是光绪元年的举人，家中世代从医。他的母亲也懂中医，曾老师自学成医。他研读的医书有上千册。

曾医生个子不高，他看到农村的人因病返贫的事情太多了。他二话不说，背起药箱与香梅一起赶路。来到土地村，他看完正道的病说："我开的药吃半年，应该会好转。"

中药，此时就是拯救正道的希望。

香梅看到了一丝丝希望。只要有一丝希望，她就要全力以赴。

每天煎药四次，五个大药罐子轮流煎服。

土地村有个风俗，熬过的药渣子要放马路上踩踩，病人才能好得快。一天两天三天，药渣堆在门前小路上一直在延伸。

路过的村人每天看看药渣，看看正道，感觉他一天比一天好了。

"正道，正道，你要听我说话，我知道你能听见，你要坚持啊，你的满崽考上了大学，你要挺住，你要去她学校看一看。"

正道能喝下中药水，但说不出一句话。

三个月后奇迹出现了。正道有一点点知觉了，头能偶尔动一动了，慢慢地，手有一点点知觉。慢慢地，他能翻身了，能吃东西了，能吐出一两个字了。慢慢地，可以说几句话了。慢慢地能活动了，能坐起了。

一天，正道突然蹦出简单的几个字："我在哪里？我要回家。"

他能和香梅交流了！正道说话了！

香梅的坚持、陪伴，终于等到了阳光。

信心一天天增长，一年半后正道终于可以站起来了，这周围几十里地的人都说真是个奇迹。两年后，正道慢慢康复，但是还干不了农活，家庭里外香梅一个人撑起。三年后，正道奇迹般地痊愈了。

正道身体慢慢恢复起来，但家里依然一贫如洗。银花决定去湘西表姐家里做保姆。银花去城里没多久，父母安排金花去给湘西伯父贺生日。金花去表姐家里看银花，妹妹却硬留着不让走，银花在这里做保姆每月四十元都寄给了金花做生活费。

金花也不敢在这里久留，毕竟妹妹是在人家家里做保姆。金花这个角色意识还是有的。表姐很热情也知书达理，但毕竟妹妹不是这个家庭的主人。表姐家的儿子正值青春叛逆，经常"欺负"银花这个没有威信的阿姨。

"姐姐，我一个人在这里不好玩，太孤单了。"金花只好留下来陪她。

银花有机会和金花说说自己的心事，她说自己很想回家，在城里虽然吃的比农村家里好一点，但是小男孩淘气老是欺负她，在这里没有尊严。

金花劝她："没办法，银花，在外面做事，难免受点委屈，努力改变自我，好好干吧！"

其实金花怎能不牵挂妹妹？可现在的她哪里有能力来帮助银花？爹爹生病时银花是主要劳动力支撑着家庭；现在银花又挣着保姆费来给自己做生活费，金花心里难受，可有什么办法改变呢？

第二天一早，姐妹俩分别，妹妹继续在这里打工。

"桐子花开白花，怎你姐姐嫁安化，安化起火嫁给我，我冇得钱嫁给王五钱……"

姐妹俩最爱唱的这首王化儿歌，好似唱不起来了。

生活的压力，已经让金花、银花各有各的忧虑。土地村的孩子们哦，希望不要再咀嚼这么多苦涩的味道。

10

土地村的项目引进比较顺利，电暖器厂厂房建设稳步推进。经过十个月的努力，农田的机耕路差不多修好，在春节的喜庆气氛中，村里搞了个小型通车仪式。农业项目已经做规划，一部分旱地继续推广种植小粒花生，一片林地开发种植橘树。养牛的项目，村里几个村民准备合资做股东，成立了三牛合作社。架电线、拉水管、打地基、建牛棚，牛草已经趁春季里种起来了，水塔建好了，标准化的牛棚建设也快完工了。等一切准备就绪，股东就去贵州采购黄牛了。

土地村这些农村家庭的孩子，有的父母在外打工，他们与父母的连接就是电话。

乡村青少年情绪焦虑，行为过激，抑郁人数触目惊心，家庭教育、社会教育、学校教育，如果还不深刻认识到此问题的严重性，逐步爆发的社会问题会更多。

金花握起笔向有关部门建议：呼吁《家庭教育法》立法加快进程，家庭教育要普及到社区学校和企事业单位，发挥校园阵地作用，加强家庭教育，营造良好家风，对青少年的人格、人生观、生命意识及心理健康都将起到重要的影响。留守儿童关爱措施要有的放矢，国家贫困地区留守儿童需要更深层面的政策关心。

"全县乡镇党委书记、全县扶贫队长请于今天下午到县委大楼二楼大会议厅开会！"从田野镇到王化县城，班车要两个小时，开车也需要一个多小时，接到通知的康金花从牛棚基地现场回来，顾不上洗漱，田野镇的李书记开车捎上金花往县城赶。

今天的会议主题是，振兴教育助力脱贫，全县捐资助学动员会。

康金花的家乡王化县是全省最大的国贫县、全国三大移民后扶县之一，也是革命老区县、武陵山片区扶贫攻坚重点县。

这片英雄的土地涌现过伟人的三位教师，也有湘学导师邓显鹤，更有教育家、中国人民大学校长成仿吾，方鼎英、陈正湘等将军更为王化人津津乐道。

合村改革前王化县有将近一千二百个村，三千六百多平方公里的土地，一百五十多万人，境内有高寒山区、水淹库区、石灰岩干旱区"三大贫困带"。

两百多个贫困村的建档立卡贫困人口将近二十二万，两项指标分别居全省第一位、第二位，贫困人口多，贫困范围广，贫困程度深。

"扶贫先扶志，扶贫必扶智。"扶志就是扶思想、扶观念、扶信心，帮助群众树立摆脱困境的斗志和勇气；扶智就是扶知识、扶技术、扶产业，帮助和指导贫困群众着力提升脱贫致富的综合能力。

这段精准扶贫的论述，时常让王化县县委书记王光明和县长丰志国思考王化县脱贫摘帽的关键。他们两位三年前到王化县上任，乡亲们起先并不觉得有什么不一样。铁打的王化流水的官，谁来谁走都一样。

可是县委办、政府办、财政局、民政局、教育局、交通局的局长们却面临着前所未有的压力，他们不知道新来的领导怎么有这么大的干劲和热情。他们没有双休日没有节假日，连续几个月没有休息，三十多个乡镇将近七百个村，两位主要领导一一走过。他们发现，相对而言，王化偏僻乡镇的民众思想比较满足于现状。贫困乡镇的老百姓，几乎不关心外面的世界，也从来没有去过外面，种着自己的一亩三分地，只要风调雨顺就心满意足。

如何脱贫，明显需要下大力气带领群众解放思想，发展教育。

县委县政府、人大、政协，县级领导们空前团结一致，有干大事的决心。

"各工作队、对口帮扶单位倾注情感，放下架子、扑下身子，多出点子，找准路子，扎根田间地头。帮扶工作要坚持志智双扶。解决物质贫困和精神贫瘠，实现物质脱贫与精神脱贫同步推进。"

再穷不能穷教育，再苦不能苦孩子。这个口号深入人心很多年了。可是，王化县多年来教育拖后腿。学校普遍大班额，教育欠下的账很多。全县摊子大、基础薄、财力弱，大班额存量化解困难重重。王化县义务教育阶段学生数量迅猛增长，已经成为国家和省里高度重视、社会广泛关注、家长特别关心的焦点、热点和难点问题。

寝食难安，如芒在背。

王化县领导感受到了前所未有的压力和紧迫感。

要是在任期间不改变王化教育现状，那真的对不起组织，也对不起王化人对自己的信任呀！

县委县政府决定全县开展捐资兴教，全面点燃全社会关心教育、支持教育的热情之火。康金花几十年来第一次看到王化教育动真格了。

会议主持人给大家报告了王化教育的家底。

全县共有各级各类中小学校五百所，幼儿园两百所，中小学和幼儿园超过二十万学生，中小学教师和幼儿教师达一万五千人。

但学校的教育教学设施明显不足。还有相当多的学校和教学点没有达标。经测算，要想对这些基础设施进行有效改善，全县需投入资金超过二十亿元。

近年来，受入学高峰、城镇化高峰和外出务工人员子女返乡就读高峰"三峰叠加"影响，义务教育阶段学生一直以每年八千人左右的速度迅猛增长，大班额问题日趋严重。

根据教育部规定的班额标准，小学四十五人，中学五十人，超过五十六人为大班额，超过六十六人为超大班额。

县城大班额现象尤为严重，有的班多达九十九人。

学生增量之多让人"触目惊心"。

随着二孩政策放开，各学段学位缺口将更大。

县领导们在会上强调："我们县级领导会切实做到三个一定：只要开会一定说及教育，只要到乡镇检查一定调研教育，只要与商企人士见面一定恳请援助教育。县级领导更将带头捐资兴教，各级各部门发动全县各政府机关、企事业单位、人民团体，动员广大党员干部职工和社会各界力量，广泛开展捐资兴教活动。全县举行行政事业单位、国有企业干部职工一元捐活动。各乡镇广泛发动捐款捐物。

"广泛调动县外有识之士的爱教助教热忱和家乡情结，发挥各地商会平台和各地校友会、师生联谊会的优势，县级搭桥引路，乡镇主动作为，争取县外爱心人士以点对点的精准方式，对所选定的学校，在财力物力上给予支持。"

与会人员会后参观了三所城区中小学和城郊小学，看看王化教育目前的实际情况。

走到王化二中时，金花心里有点激动，当年寒暑假到王化县城里来玩耍，每次都会来王化二中感受一下环境，这里每年都有尖子生考上好学校，金花来这里也算个熏陶。

三十多年学校一点都没有变化，还是那两栋教学楼。走进教室，金花就被密密麻麻的课桌所震撼。在北京城里的中小学，

145

从来没有这样拥挤不堪的教室，一般都是四十多人，金花仔细数了数，这个班上有八十张课桌。

可以想象在炎热的夏天，八十个青春期的孩子挤在这个教室里上课是何等情景。

这不仅仅是学习环境的事啊，这关系到青少年学生的身心健康，他们需要新鲜的空气，他们需要舒展的空间，在这样相对狭窄的环境里，他们连伸腰踢腿的空间都没有！

康金花手里的倡议书，每一句话都拨动心弦。

尊敬的各位企业家、社会各界人士：

教育是国计更是民生。当前，王化教育在新的起点上蓄势待发，改善硬环境、提升软实力、实现新跨越，都需要大量资金投入。为确保通过全省教育两项督导评估和义务教育均衡发展评估验收，按时完成省里下达的消除大班额工作任务，我县城乡中小学校需投入资金总额达二十多亿元。

王化是个贫困大县、经济弱县、财政穷县，发展教育仅靠财政投入远远不够，还需不断拓宽投入渠道，亟须社会各界以各种形式的善举给予大力支持。

乐善好施、扶贫济困是中华民族的优良传统，厚德重义、崇文重教，更是梅山儿女薪火相传的传统美德。为此，县委县政府研究决定，在县内外广泛开展捐资兴教活动，在此谨向您倡议：捐资兴教、发展教育。您付出的是善举，播撒的是爱心，留下的是美德，收获的是尊重。您的大爱会点亮一盏灯、浇开一树花，迎来教育的明媚春天。

捐资兴教，功在当代，利在千秋；全民支教，情暖今日，恩泽明天。

中共王化县委

王化县人民政府

倡议书在网络媒体发布后，疑问随之而来：

"家家有本难念的经，为何政府办教育要全民化缘？"

"自己的崽读书要负担是天经地义，别人的崽读书我管不了。"

"捐赠的钱花到哪里去？我们要明细账！"

无论有多少不同的声音，我们要坚定一个方向，那就是：王化的教育，如果不在我们这一届有所改观，无动于衷是无情，无所作为是失职！抓教育就是抓经济，抓教育就是抓发展，抓教育就是抓民生。

县里主要领导走到哪里必谈教育，遇到乡贤先说教育。

"捐资兴教活动任务非常艰巨，甚至可能会遭受质疑。王化要发展，教育需先行。让我们怀揣对教育的无限深情，凝心聚力、攻坚克难，共同推动王化教育爬坡过坎再创辉煌！"

有钱出钱，有力出力，捐资助学高潮迭起。

化解大班额，当务之急就是建学校。贫困县财政紧张，运转经费严重不足，建校资金去哪里筹呢？

除了通过倡议书募捐以外，是否还有可能争取到各镇乡贤的支持？王化县在外工作创业成功的人不少，能不能激发他们的爱乡之情呢？县领导按照各自扶贫蹲点的乡镇实际情况，开始一对一地面谈。

清明节、春节是乡贤回乡祭祖或家庭团聚的日子，王化县的各个乡镇热闹起来。县领导们走访乡镇，和各地乡贤以心换心："这是生你养你的家乡哦！教育的振兴需要你们献计献策！"

谈县里情况、谈产业振兴、谈教育问题、谈乡村希望。在天津创业颇有成就的邹总，就被书记的真情感动了："这么多年来，哪有一个县委书记，为了建学校，找企业家们苦口婆心说实情的呢？当年自己早早辍学，就是学校离家太远，家庭也贫困！自己在创业的路上吃的多少苦，就是因为读书读少了呀！老家的孩子们，一定要比我们强才好。"

朴素的愿望，在一片绿色秧苗的希望中展开理想的梦。城里少买一套房，乡村多建一所学校！

康金花的心情久久不能平静，她想起当年自己考上大学，如果不是亲人和社会的帮助，怎么可能有机会走进学校呢？

土地村目前失学儿童倒不多，但因父母对子女教育的投入不大，引导不够，在外务工家庭的子女升学率不高，几个贫困组的孩子求学更存在明显的困难。

金花的手机里还保留着一封感谢信。

"尊敬的康金花女士：风雨同行，感恩有您，值此爱心阳光助学团队成立四周年之际，特向您送上我们最崇高的敬意和最真诚的祝福，我们将永怀感恩之心，将这份爱渗透到田野的每一个角落。"

那是她在北京工作时，在微信朋友圈看到田野镇的毛老师发布的爱心倡议书，大江村的一名男孩亮亮，父亲因车祸丧生，患精神疾病的母亲失踪，家庭困难，眼看着亮亮就要辍学。毛老师到处奔波想办法，找到乡镇学校帮亮亮安排寄宿，希望能让他完成学业。

看着亮亮的照片，康金花心里涌动起不安，如果条件许可，她真希望能接他来北京，和自己的孩子一起读书生活做个伴。可是现实哪里许可呢？他没有办法在北京求学。她怀着不安的心情给毛老师转账两千元，请她安排好亮亮继续求学的事情。

怎么在土地村开展捐资助学？怎么激发田野镇这个偏僻乡镇办教育和重视教育的热情？镇党委镇政府有怎样的决心？

康金花想去了解了解全镇的情况。

田野中学在发动校友捐资助学上做得很有成效。一位在广东做实业的校友，连续五年每年给学校捐赠一百万元，用于学生奖学金的设立和困难教师的救助及对培养优秀学生有突出贡献的老师的奖金发放。

但大浪村、月光村等一些偏远山区的教学点，就面临着非常突出的困难。金花和镇里的干部去这些村里调研，感觉还是和当年金花上学的时候差不多呀！这里的孩子上学，要翻过几座山跨过几道水才能走到学校去。

为了翻建学校，村里已经发动乡友捐赠了一百五十万元，村支书王贵带着校长跑广州、跑天津、跑上海，哪里有乡友开厂的地方，他们都去化缘。

新建学校的资金终于凑齐了。

可是，这些村里的孩子，不是这家父亲有病，就是那家的娘住院要钱，孩子们上学的费用依然吃紧。

两个村有六个孩子，考上了县里的一中，可就是没钱去就读。

"金花同志，你在外工作那么多年，人缘好，请帮忙想想办法，能不能找个有爱心的老板，帮这些孩子一把哦!"

金花想起二十年前刚去北京时在火车上偶遇的赵锋教授，几年前他们在北京科技创新大会上相遇，这些年来都有互动。他从大学下海后，一九九八年创立了自己的科技公司，如今公司已经上市。

这些年，康金花心里一直记着他在火车上说的那句话："既然来了北京，就好好奋斗! 坚持下去一定会成功的!"

不管康金花遇到多大的困难，她只要一想起这句话，心中就有无限的动力。

她给赵锋发微信："赵教授您好，我现在在家乡王化县田野镇扶贫。家乡县委县政府正在全县发起捐资助学的倡议。我在媒体上看到您多次资助贫困学子的事迹报道，是您的爱心改变了贫困学子的人生。

"根据我对田野镇的调查了解，目前有六位学生因家庭特别困难，没有办法就读高中，而这几个孩子的学习成绩特别优异。我想，如果他们有机会读高中考大学，将来也会成为对社会有用的人才。

"今天冒昧给您来信，恳请您施以援手，请您费心关注培养这几名学生。我代表家乡的孩子们感谢您!

"现将几位需要帮助的孩子的资料发给您。

您的大爱将是他们的希望之光。我和孩子们随时欢迎您来家乡做客!"

赵锋教授看到金花发来的一张张稚气未脱的山里娃的照片，

他们那紧锁的眉头和忧郁的眼神，他好似看到几十年前的自己。考上乡里最好的二中时，母亲到处给自己借学费。

他何尝不理解这些孩子的痛苦？那就如他当年的青春，一面要承受着学习的压力，一面要思考着家庭的重担。

"没问题，我来负责资助这六名困难学生高中三年和大学的学费生活费。请你把受资助学生每学期的学业成绩发给我。我找时间去看看孩子们。"

赵教授要来看孩子们，他和田野镇居然能建立这样的感情，金花和乡镇干部们心里都一阵激动。

八月的一天，田野镇的热浪一阵一阵，赵教授在微信里说，今天他飞到省城长沙，随后坐高铁到王化站。

镇里安排车子去接赵教授。

赵锋教授穿着发白的牛仔裤和运动鞋，腰间的皮带陈旧，像个退休的老头背包客。

镇长拉了拉金花的衣角："金花，这不像大学教授啊，更不像个上市公司的董事长，你没搞错吧？"

金花笑了笑："没错，他湘西家乡的领导还说他像个牛贩子呢！"

"牛贩子"传了好多年了。赵教授听到金花取笑自己，咧嘴笑起来，和个山娃子一样。

如果不是金花刨根问底，赵教授永远都不会说。其实，他在湘西家乡已经捐资助学十多年了，共捐助学费一百多万元。

第三部

1

少女康金花一心想要离开土地村去大城市。她感恩有读书的机会。人接受教育的程度，直接决定思想开化水平。她想想自己的这一路，如果不是江南农学院的影响，她怎么可能带着理想主义再次回到土地村呢。

女共产党员康金花一路跌跌撞撞，却怎么也忘不了江南农学院那些时光。

一九五六年农业合作化运动达到高潮，各地急需大批善于经营管理和熟悉农业科技的人才，筹建创办"专区农业合作化干部学校"。金花的母校当年开办短训班三期，每期一个月，共培训了一千三百多人，后改成农学院进行招生。

一九五八年成立的专区农学院搬迁到新校址，学生们从市区步行三十余公里，依靠肩挑手提，在十二天时间内把一万余件物资全部搬到新校址。师生迁来后，分住在农科所及附近十多处民房，他们放下铺盖就投入了紧张的建校工作。雨天上课晴天制砖，当时流传着"能文能武挑黄土，又红又专烧红砖""红砖大学扁担科，学与不学差不多"的顺口溜。

"下午上专业生产课！"劳动委员一宣布，大伙儿高兴地纷纷跑到寝室去换衣服。专业课就是去农田，这对于农校的学生来说，比坐在教室里有意思多了。同学们一出门，就谈笑风生起来。育种的宁老师给讲了理论，留校的实习生分任务，一路出发来到了班级试验地。

风风火火下田干起活，每两个人三块厢地，主要任务是开沟分厢，平整田地，为播种做准备。三月的水还有点凉，金花和男同学们挽起裤脚就下田了，水田整得平如镜面。

在农学院的三年，育秧苗搞双抢是最难忘的了。每个班分了几亩地，从水田平整、育秧苗、插秧、除草施肥到秋收。这些农家来的孩子，基本上都是干活的好把式。

农学院的学生下田是分内工作。双抢，既要抢收，又要抢种，是种二季稻的庄稼人熟悉的名词。稻田水深根本迈不动腿。五个女生只有金花和天真在水田里，其余三个在学校晒稻谷。田野里稻浪层层，同学们个个干劲冲天。下午大家再次拖着疲惫的身体来到稻田，院长亲自上阵在田间督战："同学们过来集合！"

时机不利，电闪雷鸣。这或许是对大家的考验，金花平生第一次经历这么大的暴风雨，黄豆般的雨点直打在头上身上，阵阵发痛。

两分钟三十多个同学成了落汤鸡，狂风伴随着暴雨来了，斗笠被吹飞，人站在水田里被吹倒了。陈班长和勇为、赞委却越干越起劲。

　　金花正在风雨中把打谷机里的稻谷一筐一筐挪到田埂上去，云飞却推着要金花走开，风雨实在太大了，很多同学劝金花回去算了，刘老师也喊："金花，你回去算了，女孩子身子受不了。"

　　金花迟迟没有离开。

　　"他说风雨中这点痛算什么，擦干泪不要怕至少我们还有梦"，郑智化的《水手》唱起来铿锵有力。在这风雨中站在水田里，金花和同学们一起收割水稻，唱起这首歌，虽然累得筋疲力尽，却又淋漓痛快。

　　学校的周末是漫长的，囊中羞涩的金花对去逛市场没一点儿兴趣。金花和班上的四个女生商量周末做点儿什么。学以致用，附近的村庄有没有农活需要帮忙干的？她们去了学校附近的石鼓寨村寻找需要帮助的人。

　　村里的人指点着五保户吴爷爷家："他们两个老人年纪大了，没儿没女，你们去看看吧。"

　　同学们来到吴爷爷家，老人家正准备烧水做饭。吴爷爷七十多岁，奶奶驼背有点哮喘。两个老人相依为命，家里从来没有这么热闹过。天珍和伊方挑水，小圆子和丽影烧水做饭，金花便和吴奶奶唠家常。

　　吴奶奶知道附近的江南农学院，看到金花和这几个孩子，亲切地叫起"小孙女"。

她干瘪的小嘴露出些笑意："你们学习紧张我晓得，你们学校要种田的，你们还要下田播种，你们也累，要在学校里搞好学习。"

金花问："奶奶，你家的豆子、花生种好了吗？"

"还要挖土，要挖好土才能种呢。"

"好，我们今天去挖土。"

金花和同伴们上山，她带头挖土种黄豆，先将硬结的土地挖松，把大块的土块整碎，然后按间距和行距，挖出小土坑，圆子在每个坑里放上两三粒黄豆种子，天珍负责盖土，丽影和伊方负责淋水。

附近的农家小朋友都来看热闹，姑娘们又为吴奶奶挑水洗衣，做完家务后，坐下来和小朋友一起背古诗。院子里响起了诗书声。

一天，金花刚刚下课，有人喊："金花，金花，有个老奶奶找你。"金花赶忙跑下楼，看到吴奶奶牵着头水牛来了。

"奶奶，你怎么来了?！"

"金花，家里的水牛生病了，我听说你们学校能给牛看病，麻烦你帮我找人看看？"

"好，你在这草坪里等着，我马上去叫老师。"

牧医班的李老师过来了，他用手掰开水牛的嘴巴，又仔细查看牛的全身，告诉吴奶奶："老人家，我帮你配点药，你带回去，每天给水牛喂两次，两天就好了。"

"还是文化人好啊，我们在家里只会干着急。这头牛陪了我们十多年，就和亲人一样了，我们也舍不得啊。"

金花牵着牛绳，拉起老人家的手，一路送她回村。虽说农学院有畜牧专业，养牛养羊，可是看到金花这个农作专业的女生牵起一头牛，还跟着个驼背的老妇人，校园里的学生们还是有些诧异，不知道金花这姑娘又在搞什么怪事。

金花这一届被抽查参加全省统考，学院举行大决战前的加油会议。为保证同学们的营养，学院为参加统考的班级购买补脑口服液，并为同学们专门熬制绿豆水和西洋参水。

农学院的学生大多来自农村，很多同学是第一次听说西洋参这东西。

入学这一年时间，不少同学已放松了学习的热情，紧张的高中学习后终于考上了大学，成为国家干部，大多感觉可以松口气了。

但学校要应对全省统考，要求大家重新调整学习心态，回归当年努力读书的状态。这可有点难，就如从农村好不容易跳到城里去的人，谁还愿意回农村去受苦呢？

同学们课间一边喝西洋参水一边打趣："要发狠学呀！不要对不起学校的西洋参水。"

"多喝几碗，搞个全省第一。"

全校师生摩拳擦掌，老师的教学热情被激发，学生的学习热情高涨，学校的后勤保障给力，一切都为全省统考开绿灯。

考试结束，梁老师从省城带回来振奋人心的消息：学校囊括了全省统考的六个第一！金花所在的九班囊括了四个第一！金花英语获得了全省第五名！学校为金花评定了甲等奖学金，发放了三十元奖金。

这是金花人生第一次获得经济鼓励。记得乡里评选优秀团干部，乡团委给金花奖励过一个搪瓷脸盆。

"金花，金花，你过来。"学校党委书记站在校园路上喊，"下午要开表彰大会，地委的领导们要过来，你叫几个同学去把下面餐厅收拾收拾，墙面擦干净点。""好！"金花飞快地去教室招呼同学们，赶到餐厅，打扫地面，擦拭墙面，摆放桌椅，食堂焕然一新，转眼变成大会议室。

学校的表彰大会开始了，这也是金花求学生涯里最难忘的日子。省教委的领导，地委行署赵专员、庄专员，农委何主任、秘书长等领导都来学校进行总结表彰和嘉奖。老师们坐在前排戴着大红花，金花和获奖的同学坐在老师后面。

在学生们看来，康金花个子不高，总是风风火火穿梭在教室与寝室，周末的时间她在石鼓寨村子里当志愿者，她组织各年级的爱心志愿者去村里挖地、挑粪、收庄稼。他们举着学校青年突击队的旗帜，干劲十足热火朝天。

对于那些说金花喜欢出风头的人来说，她的确又找到了一个大出风头的机会。一堂户外土壤肥料测定课，又让康金花大出风头。

土肥老师黄湘温文尔雅，是农学院为数不多的气质美女型老师，黄老师一路走，一路问金花的理想。金花说希望毕业后能当名好乡镇干部，金花问老师的理想，黄湘说她的理想是要去省城，要去省农业大学教书。

土壤肥料测定完毕，同学们三三两两地在荒山野岭上漫步。

金花无意中发现一处烈士墓。在烈士的墓碑上看到英勇事迹介绍。

王家栋烈士一九二九年生，一九四九年新中国成立前六天牺牲。曾任湘中二支队三大队教导员，在执行任务时因叛徒出卖被捕。尽管反动派严刑拷打，却始终不肯出卖组织和同志，最终被反动派枪杀。他的照片和事迹长期在长沙烈士公园的革命历史陈列馆展出。

长眠于此的另一位五四运动的先驱匡互生，他曾点燃了赵家楼的烈火，是一名真诚的爱国主义者。是他独具慧眼，知人善任，不因循守旧，敢于创新，破格聘任青年毛泽东为一师的国文教员。巴金著文称他是"一位有理想有干劲、为国为民的教育家"。

著名诗人朱自清在《哀互生》一文中写道："互生最叫我们纪念的是他做人的态度。他本来是一副铜筋铁骨，黑皮肤衬着那一套大布之衣，看去像个乡下人。他什么苦都吃得，从不晓得享用，也像乡下人。他心里那一团火，也像乡下人。那一团火是热，是力，是光。"周予同说他"是中国现代史上最值得纪传的一位人物"。

金花的青春热血加速涌动。如果自己面对战争面对考验，能不能这样抉择？

康金花决定等清明节组织全校学生来瞻仰烈士墓。她把活动计划报告学生处后，立即组织干事开始筹备活动。

离活动还差三天，学生处处长找她："金花，学院党委决定，将瞻仰烈士墓的活动作为学校革命传统教育活动，扩大到全校师生参加，请你做好准备。"

金花有些激动，也有些紧张。她没想到自己的一个小主意，得到了学院书记和院长的肯定，但是她又有压力，她怕有人说她爱出风头。

转念又想，走自己的路，让别人去说吧。

她和同学乐天在学院开了个介绍信，去了解烈士的一些相关资料，寻求当地有关部门的支持。县文化局一个老伯亲自带着金花他们两人找了文化市场管理专干，又找到文化馆负责人，学校开展这样的活动，他们理所当然要支持。

学校党委王副书记、学生处的老师指导这次活动。金花忙着组织同学们晚上制作胸前佩戴的小白花。

清明节全校组织瞻仰烈士墓。同学们举着"缅怀先烈，继承遗志"的横牌，胸戴白花整队去扫墓。学校安排金花去接烈士生前的老战友并代表学生致辞。

金花愁着没有一件衣服能穿得出场，要当着这么多人发言，可真要注意形象的。她忙着筹备活动，心里很紧张，如今还要为一件衣裳发愁。丽影看到她的烦恼，拿出来自己喜欢的一件衣服："金花，你试一试这件。"丽影比金花高一个头，衣服虽然不合身，但总比没有好。

金花跟随谢老师去县城接烈士的生前战友。

在一阵哀乐中悼念仪式开始，学生处处长主持，金花作为学生代表发言。在烈士墓前，同学们聆听了烈士生前战友张柏如的讲解，烈士的英勇事迹催人泪下，学生们心潮澎湃。

学校接着又组织了瞻仰烈士墓征文活动，农学院的学生们开始思考人生。

青春应该如何抉择？青春应该是什么颜色？怎样才不负青春？金花只知道，唯有充实每一天，不叫一日闲过，或才叫无悔青春吧。

我们的康金花，现在是学校学生会卫生部的副部长。虽然是个不起眼的芝麻官，可在学校也是颗闪亮的小星星！尽管她还带着贫穷的自卑感，却不影响她积极向上。

班主任李老师找金花谈话："现今社会，有人认为取得个文凭就够了，但我认为你们还是要有追求要奋斗，尽自己的努力实现理想和愿望。不要放弃要有信仰。但愿你成为优秀人才。"

听着老师的点拨，金花斗着胆子向学生科党支部递交了入党申请书，参加青年积极分子学习班。支部书记给学员们提出希望和要求：学习党的基本知识、党的决议决定和政策，多看革命领袖的传记，看中国和世界的近代史和现代史，时时处处要以党员标准要求自己，要从行动上入党。遵守学生规范，遵纪守法，在大是大非面前立场坚定；刻苦学习，为国效劳，争当标兵；勇于牺牲敢于吃苦；树立良好形象，为人正直主持正义，尊师爱友，戒骄戒躁；爱好广泛拓宽知识面；对目标要追求不懈。

没想到人生还有这样的功课，康金花感觉自己朝先进又靠近了一步！

团委书记刘海要去上海读研究生了，这是学院的骄傲。江南农学院处在偏僻的小乡镇里，学生有学生的梦想，老师也有老师的梦想。改革开放的春风、下海的大潮激荡着每一颗不安分的心。一些老师也想去试一试海潮。

最先走的是畜牧专业的李老师，去了一家全国知名的饲料公司担任技术经理。后来又听说化学老师也去了省城一家公司，英语老师也去了长沙。

康金花有种朦朦胧胧的意识：只要有能力，哪里都有机会呀！

学生会有三位副主席，这几届都有一名女副主席，上届高欢欢离校实习后，范美美接任。如今范美美也要离校实习，学生们就在猜测这个职务非康金花莫属了。

康金花有点惴惴不安，她没往这方面想。学院里比自己条件好的有实力的女生可不少呢！但康金花又觉得，不管有没有机会，多向学姐请教，对自己也是有帮助的吧。

范美美爱笑，她的幽默和随和就是魅力，好多学生喜欢和她打交道。相比而言，金花就多了几分严肃和刻板。

范美美对金花说："金花，其实我也很佩服你的工作干劲和辣劲，但是有时候你要多从别人的角度考虑考虑。牧医班的学生，他们的家庭环境不一样，学习成绩也不是特别拔尖，逆反心理比较强，你要有工作方法。

"原先有人认为你太张扬，现在很多人说你改变了很多，这是大家希望的。有时需要冷静一点思考问题。建议每天晚上总结一下，这一天哪些事情做得对，哪些话不应该说。平时多看书，提高自己的涵养。"

金花意识到自己的鲁莽。她上周被安排去餐厅维持秩序，等候排队打饭的学生都端着饭盆在排队，几个高年级有点调皮的学生故意插队，整齐有序的队伍顿时乱成一团。金花知道这几个学生不好对付，他们不太理睬学生会干部那一套。

金花想一想，怎么办呢？用温和的口气，肯定解决不了问题。用严肃的态度也吓不倒他们。她心想既然你们认为挤能解决问题，那我给你们示范个看看！

她站在队伍里，也和人群一样使劲往前推，边推边喊："来呀来挤，看看这样的队伍是不是很过瘾。"

"金花，你是学生干部，你怎么和我们一样呀！"

"哈哈，金花小妹，来呀来呀！"

畜牧班那几个刺头在取笑。

显然金花的方法失败了，金花无地自容。

眼前的范美美，的确是比自己更有智慧的。

昨天学生会主席林少告知金花，学校的学生代表大会就在下周六。金花想着是不是又要经历一场惊涛。

学生代表大会对金花来说是机遇更是挑战，她有些迷茫和担忧。她想如果机会降临到头上那就去干，如果要四处活动到处联系拉票，她做不到。

学校第十一届学生代表大会开幕了，金花在满腔的担忧中当选为学生会委员，第二副主席，主要分管女生部工作。

金花刚刚履职就发生了风波。为发动全校同学重视省里的督导评估，团委宣传部黄部长准备大显身手，可是学生会的学习部星部长却先行一步，将已经出台的切实可行的方案上交了院长。

隔天，星部长请金花和李强去学校广播室播音，没料到宣传部黄部长不准，还说要给金花挂上"侵犯宣传阵地"的罪名。金花和林少协调不好，只能反映给学校老师和领导，学生处处长说只要把同学们发动起来掀起学习高潮就行，部门之间主要要自己协调好。

俗话说新官上任三把火，康金花真的很迷茫，不知道怎么才能烧好三把火。

2

学生会副主席康金花，多少有点进步青年的模样了。她留着学生头，表情是故作深沉的镇静，虽然她爱笑，也很喜欢和同学打打闹闹，但是，学生会干部的身份告诉她：要注意形象！

金花可是有点主见的，她有自己的小九九。她骨子里还有点当年康正道那后备干部的劲头，也有点母亲香梅代课老师那点自认为优秀的矜持，她可不愿意随随便便就和人打得火热，虽然她就是个农民的子女，但进步青年是又专又红的，她现在并不比人矮三分。

没人知道康金花现在正面临什么样的烦恼。

她收到学生会主席林少的便条："原先写了一张条子给你，叫你找我谈话。你是不是忘了？我是不会忘的。"

金花不知道林少到底要找自己谈什么，为什么非要递条子呢？平时工作交往中就能谈话呀。金花虽然有自己的想法和办法，但不敢贸然和他对抗，也不敢单独见他。

随着时间的推移，他们之间好像有些沟通的障碍。金花不愿意被人牵着鼻子走。听个别干部说：金花当上学会生副主席是林少的支持，是依靠他的力量上去的。

金花极度不舒服：我可不是靠男人上位的花瓶。

她不愿意委屈着接受这样的论调去和林少见面。

班级里的大为，最近和林少走得很近，他们最有话聊。当年对金花表示好感遭到拒绝后，大为就成了金花的对立面。

学生会的工作，金花总是想尽自己最大的努力去做一些，可是别人眼里的她总是锋芒毕露爱出风头，很多事情将责任归到她身上。

金花心里清楚，坐在学生会副主席的位置上，是需要智慧才能巩固这个位置的。金花觉得自己缺乏这个本事。

林少一直找人带话要金花去找他谈话。刘宝来说过，吴民来说过。金花不知道林少心里在想什么，她不愿意单独面对，担心自己处理不了。金花心想彼此经常见面，有事情随时可以说，为何非要去找他单独谈？

金花迟迟不响应林少的邀约，金花是有几分固执的，林少也是有些恼火的。学生会工作中，金花感受到了排挤与孤独。

林少在会议上褒扬另一名副主席："庆国主席是学生会的功臣，挑大梁，执勤汇报，还给其他部门出点子。还有卫生部生活部学习部等部门都不错，现在请庆国主席发言。"

庆国发言："学生会工作过程中发现的问题比较多，各部门要做好协调。作为干部不要斤斤计较，宰相肚里好撑船。"

林少有意把发言机会给其他部门负责人："下面请各部门总负责人发言。大为你先讲。"

大为的发言好似受人委托："林少是学生会主席，指导和帮助我们的工作，庆国主席也辛苦。我们像一群大雁，孤雁南飞是会失败的，衷心希望个别干部能够回到学生会这个大集体来。"

学生会干部王中华比较中立："林主席工作有能力，庆国主席干事扎实，金花主席也做了不少工作……"

林少总结："对个别干部所犯错误的剖析，一是工作上经常闹情绪；二是对一些决策不能理解，妄图另起炉灶；三是思想觉悟低，以自我为中心。"

　　金花知道林少不希望自己发言，但还是要说几句："刚才林少主席和庆国主席讲了目前我们的工作和学生会内部存在的问题，问题摆在这里，需要我们自己去解决，总的希望是扎扎实实干工作。有些问题可以想得单纯一点，学生干部应该豁达大度，宽容一点，不要看老师领导的脸色去猜疑干部和同学，做人做事都应该光明正大一点。希望学生会干部共同努力，将学生会的工作推上一个新台阶。"

　　金花一方面感恩学生会的工作让自己成熟起来，一方面也有些厌倦。学生会干部总把这个年龄该有的青春收藏起来，故作深沉的面孔虽添了几分成熟，却没有应有的生气。尽管自己也在其中，却不愿意过早成熟。

　　金花问自己为什么不能和别的女孩一样欢呼雀跃，不能和她们一样轻松生活？难言的寂寞和孤独，金花感觉自己像迷路的女孩，内心充满六神无主的惆怅。

　　学校行政科的食堂改革成立了监票小组，金花当选小组长。学校强调的是监票小组的同学要火眼金睛，眼明手快，不吃软也不吃硬。

　　金花在餐厅检票几天就发现问题，有些给学生卖菜的食堂师傅收取了学生的饭票后，不放进食堂财务的票据箱却自己侵吞。她开始认真盯着每个师傅手里的票据，催促着他们把票据放进票据箱。

"你催什么哦，没看到我在卖菜吗?"卖菜的师傅显然不愿意被一个学生妹这样盯着。

金花也憋不住回敬几句:"师傅你要注意一点，你损公肥私不要以为学校领导不知道!"

师傅不服气:"你以为你了不起?"

"你以为我监票是为了来混饭吃吗?"

人群汇聚，有人帮助金花说理:"这是工作负责，应该这么做的。"

金花低着头含着泪水把情况反映给后勤科长。科长为了工作方便，调整金花去另一餐厅监票。金花思考起自己的工作方法来，火眼金睛的人不适合，其实应该睁一只眼闭一只眼呀。

金花被推选为优秀选手，代表学校去地区参加演讲比赛。这场比赛意味着什么，她当然知道，对于她自己来说，是考验是机遇也是表现的机会呀! 康金花自从走出土地村，她就一步步在为自己累积资本。

演讲水平比自己优秀的学生也不少，金花感觉压力很大。这个没关系没背景没人打招呼的山村孩子，居然就这样受到学校的青睐和照顾。她有点怀疑自己的能力，也担心辜负学校的期望。

学校党委阳书记带金花去地区参加比赛。他带金花拜访了地区农委赵主任、林业局刘主任。刘主任是学院的老党委书记，调地区林业局工作不久。

金花这次最大的收获是认识了刘主任的女儿刘方方。自己是农村来的村姑，方方毕竟是城里姑娘，开朗大方，为人处世十分成熟。她虽比金花小一点，但是能力强很多。

她对金花的演讲一段接着一段地指正，纠正发音，告诉金花怎样抒发感情，怎样控制表情，还忙着倒水润喉。又给金花吹头发设计发型。

康金花可是第一次在城里交到这样的好朋友。她有点受宠若惊，方方是城市的小公主，却全然没有金花曾经见过的城里人的傲慢，也没有城里人的冷漠，她仿佛就是金花的同学和好友。

金花本来心里有些怯怯的，感觉自己和城里人是有距离的，第一次来领导家里，应该小心翼翼些才是。可是看到方方这样真诚贴心，她全然没有了紧张。她奇怪，怎么会有这样的幸运，遇到这样的朋友呢？

比赛在星星影剧院，方方陪在她身边，金花心里踏实多了。

金花坐在剧院里等着比赛，走向讲台时她很紧张，心里怦怦直跳。第一次参加这样的比赛，身上有艰巨的任务。她代表的是一个学校，学校的领导老师对自己寄托那么大的希望。

万万不能出差错啊。

她慢慢控制情绪后冷静下来，投入感情演讲。当讲到山村的失学儿童在大山里砍柴黄昏中迷路哭着喊妈妈的时候，听众们都为她那几声催人泪下的呼唤而落泪。

最后结果，金花荣获三等奖。

在这所学校里，康金花不断给自己增加筹码。如果说人生是一场赌注，那么，她的第一个筹码，来自当年土地村的锻炼；第二个筹码，来自乡村学校的积累；而更多的筹码，是在江南农学院获得的。

时代催人奋进，多少人急奔下海，多少人跃跃欲试，去市场里遨游，也许会呛水，也许会失足，但都跟上趋势风雨兼程。学校是片小小的天地，市场经济的冲击，让校园里也多了躁动和不安。

华美是学校的播音员，是江南农学院颇有文艺气质的老师，金花经常和她在一起聊天。

金花问："听说您要下海，手续办好了吗？"

"报告还没经党委讨论，自己决定了。"

"真佩服您的这种闯劲。"

"我觉得趁着自己年轻的时候多出去看看吧。学校的工作很安逸，但是这几年来我觉得太单调、枯燥，好像是一台被操纵的机器，精神有些压抑，对工作没什么激情。"

"出去闯也要付出代价啊。"

"我也是麻着胆子，外面肯定不如这里安逸舒适，可能漂泊不定。"

随着时间的推移，现在的康金花，自信心逐步加强了，她再一次向组织递交入党申请书。要求向组织积极靠拢，希望得到组织的关心、培育和指导。她决心以一位共产党员的标准严格要求自己：时时事事处处起模范带头作用，全心全意为人民服务。牢记宗旨乐于奉献真诚待人。加强学习，提高工作水平。维护党的利益，不损党的形象。

一年多的考察后，学生处党支部李书记找金花谈话：根据你本人的积极要求，支部对你进行了考察，广泛征求了老师同学的意见，并汇报给学校党委，最后决定吸收你为预备党员。希望你能戒骄戒躁，把这当作一个新的起点，以一个党员的标准严格要求自己。

李书记停了停继续说："另外我在这里要提醒你，平时要和同学打成一片，有人反映你清高。女生部的工作要进一步抓好，不能松懈。"

班主任李老师对金花说："现在你应该多加强自己的修养，追求党性原则，注意自己的言行，可以看看《论共产党员的修养》。"

怎样加强自身修养？康金花告诫自己，多和同学打成一片不要清高。自节自律，特别是生活作风，不要单独和男生相处。

好似施政纲要，好似成长宣言，好似心灵自语。

学校召集新发展的党员开会，庆国、吴军、林少、刘君、星星、金花、中华，还有学生科的刘副科长。

康金花第一次参加支部大会。

李书记说："今晚讨论你们七名学生党员入党的事。金花同学入学三年来工作积极学习刻苦诚实可靠，政治信仰高。敢于同不良现象做斗争，要继续发扬这些优点。金花能在逆境中崛起，一个女孩子是不容易的。听班主任讲她家里非常困难，她能克服困难，而不是意志消沉，能够处理好家庭和学习的关系，给我印象很深。另外学习上也刻苦勤奋，成绩优异，省农业厅统考取得了前十名的好成绩。工作能力也不错，学校的一些大型活动，主要是她牵头联系组织的，我认为她基本符合入党条件。但要提个要求：正确处理个人与党、自己和群众的关系。希望你能戒骄戒躁，再接再厉。女生工作要加强，目前各个年级都有谈恋爱的，要做好思想工作。"

学校纪委王书记讲话了："你们有共同特点，工作上可靠扎实。金花的特别优点是有创新精神。金花你有什么个人意见？"

金花说："我很激动，领导老师都肯定了我的成绩，但我觉得更重要的是给我提出了新的要求和希望。我觉得入党是新的开始，特别在这个关键时候，也许有的同学会认为快毕业了，思想有松懈，我觉得应该更加严格要求自己，勇挑重担。"

王书记说："好，同意金花入党的请举手表决。"

金花入党表决全体一致通过。

康金花好像一夜之间长大了，她终于成为一名光荣的中国共产党党员。在这所学校里，入党可是件很有面子的事。

校园小路上，金花看到了田院长。金花已经不像刚入学那样害怕他了，她了解院长虽然工作中严肃，但生活中其实也是个普通的父亲，平和的老头。

田院长关切地问："支部找你谈话了？"

金花回答说支部谈话了。

"上一届马上要毕业，你们要做好准备挑重担，工作上要进一步抓好，学习上保证中上水平。工作中有意见分歧时要好好处理，不要给人造成固执的印象；要少考虑个人利益；干工作要踏实，不要摆花架子。"

金花回答："谢谢您的关照，争取不辜负您的期望。"

田院长继续鼓励："你来学校后的成长进步还是很大的。我们也是重才的，有些学生家庭关系好，打招呼的都多。但我们没有被这些因素所干扰。你要求上进，工作扎实，为人诚恳。"

康金花从自卑里走出来，从家庭的阴影里走出来。她只是一个穷孩子呀！是一个曾经抬不起头的穷孩子，是一个曾经常常躲在被窝里默默哭泣的苦孩子。信仰是什么？金花此时的信仰，就是做一个好学生、好党员、好学生干部。心中有党，心中有他人，心中有阳光。

共产党员康金花放假回家了。现在这困难家庭里，有两名共产党员。一名是大病初愈的康正道，一名是康金花。香梅经常和金花抱怨说："哼，真不知道你爹那时怎么入党的，可惜我没有继续教书，要不然我早就入党啦！"

金花和正道相视而笑。

"香梅同志，我们可以考虑培养你入党，你好好表现。"金花笑着说。

3

现在的康金花，在学校也算个有点小名气的人物了。父亲的身体好了，家里又有了温馨和力量，金花也更有自信了。哪个女孩子不喜欢有人夸奖有人关注呢？情窦初开的康金花，也期待着有人表白。

学校好似看出这些蠢蠢欲动的女生心思，学生处通知晚上召开女生大会。学生处李处长语言诙谐幽默，以他的亲身经历侃侃而谈，希望学生不要过早坠入爱河，事例生动，女生们忍俊不禁。

同学们最怕的还是老院长，他可是坚决反对男女学生搂搂抱抱跳交谊舞的，坚决反对学生谈恋爱。校纪校规明确规定禁止学生谈恋爱。否则，开除学籍。这一条禁令让少男少女们望而却步。

可是，青春的好奇心却疯长。女生心底里的小秘密总在悄悄发芽。

金花这个学生会副主席兼女生部部长，对全校的恋爱萌芽可是把握得最清楚不过了。每个班级的女生委员，经常给金花报告一下班级动态。学生会的女干部们，也会交流交流各班的情况。农学院的女生并不多，自然受到男生关注的目光就更多。

兄弟班级的吴昕与同班同学文玮之间打打闹闹，谁都知道他们正在热恋。文玮的父母都是学院的教师，吴昕甜美可爱，其实学院不少男生喜欢她。面对学校的禁令，他们从不一起散步，也不一起吃饭，恋爱隐藏得十分小心。

低年级的建国和林玲，看上去可真般配！建国高挑，书生意气，林玲温柔雅致，为人大方。

近期学友们谈论最多的是校园诗人陈力和张晴了。他们相互欣赏，陈力算是农学院的才子，他写的书信，古诗词信手拈来。张晴可是校园里不可多得的美女，一颦一笑中，醉迷一片。前不久，张晴还织了一条围巾送给陈力。

每个班总有这么几对儿特别扎眼的。更别说高年级的师兄师姐了，他们马上要毕业，在离愁别恨中吐露一下真情，也是人之常情呀！

还有从社会招生的就学年龄偏大的畜牧班的同学，他们中有几对，只等着结婚喝喜酒了。他们笑着说："金花小妹，我们马上要毕业了的，你不要管太死了，管太多啦！"

这些都是康金花的烦恼。

她怎么去和同学们说不要谈恋爱呢？

每天晚上，学生会检查女生寝室，这是个和全院女生谈心的好机会。走进一个低年级女生寝室，康金花知道有个女生有点小情况，她颇似妇女干部的口吻说："这个阶段，收到男生的求爱信很正常。关键在于我们自己把握。请问思思小姐，你若是面对男生的表白，会怎么办？"

思思一脸自信："放心吧，金花学姐，我有两个字绝招。"

"哪两个字？"

"装傻。"

寝室里一阵哄笑。

陈力的确是个不错的男孩，金花其实有点不忍心隔断他与张晴的恋爱。但职责使然，她又不得不当"法海"。这个称呼，是学校的男生给康金花的外号。

学院的水塔下，陈力正在洗衣服。金花径直走过去："陈力，最近可好？"

陈力脸上有一些羞涩的红晕，金花接着说："陈力，大家都说你很优秀，我建议你还是在学校抓紧时间培养自己的能力，多写写诗歌，多创作一些文艺作品。我看《江农青年》的杂志办得不错，稿件质量也好，你这个主编有大功劳呢！你是这一届的典型哦！"

"不敢当哦，不过，《江农青年》的确很受同学们欢迎。"

"你和张晴怎么样啦？我听说你们俩发展很好啊。不过建议等毕业后再深入交流，现在为时太早。你们俩家乡在一个城市，以后机会多的是。"

"嘿，就是相互多说了几句话而已。"

"把握好距离，彼此注意哦！学校制度管得严，别受处分。"

陈力笑了一笑。

张晴的思想工作，康金花早已安排了他们班上的学生会干部去做。在每天不断的心理斗争中，他们追逐爱情的步伐渐渐迟缓下来。

其实，康金花也一样要面对着爱的表达。

她警告自己不要恋爱，千万不能掉进爱的陷阱。

可是谁不乐意享受被追求的小甜蜜？毕竟是最美好的年龄。

教室里已经熄灯，同学们都已经陆续回寝室，大为叫住金花，说有话要和她说。大为第一次这样面对面和金花说话："金花你不要自卑，你很出色。"

"那是你情人眼里出西施吧。"金花一时找不到合适的词语，脱口而出这句话，说完她就后悔了。虽然知道大为喜欢自己，但是也不能这样回答啊。她暗骂自己愚蠢过分了。

"你别自以为是，你以为你是西施？"

二人相对傻笑。

"你已经当了学生会副主席了，不要太好强了，我想帮你分担重担，我喜欢你。"

金花慌乱地拒绝了大为的表白，匆忙离开。

金花心里很坚定，她把对大为的拒绝写在日记本上："很抱歉，对你了解甚少，我是个自卑的女孩，不能发现自己的可爱之处。彼此最好是冷静理智一点。不是不珍惜你的感情，只是真的还不成熟，珍惜同学情谊，把情谊化成工作的动力吧，珍藏起过早萌发的种子。"

自从她拒绝大为，她就听到风言风语："金花是个有心机的女生，这么多男生追你，你到底喜欢谁？"

"大为那么喜欢你，他也很优秀，你为什么要拒绝他呢？"有同学问。

夏天的夜晚凉风习习，金花正和同学倚在栏杆上闲聊。其他人已陆续离开，胡军让金花留下："马上要离校实习，可以过得浪漫一些吗？"

金花此刻的心情多了一份不平静，尽管金花渴望爱情，渴望有人关注，但真有人表白，她又措手不及。

金花觉得自己和胡军根本不在同一个区间，她认为自己属于第一区的学校当红女干部，胡军应该是第六区教室里打瞌睡的。性格差异大，彼此的梦想也不一样。在外人看来，金花是积极上进的，而胡军是消极慵懒的。

面对这样的表白，金花有些无所适从。内心的小鹿开始乱蹦。

金花第一次收到胡军的来信，心里发热："金花，我看你现在正处于茫然之中，如果你认为我能帮上忙的话，尽可能流露出一点，一定尽全力帮你。

"在我眼里，你是个比较出色的丫头，你很不简单，目前学校根本还没有出现过第二位你这样的人物。在大众的眼里，你是一个非常优秀的女孩，不要辜负老师和我对你的期望，努力朝着自己已经设计好的路线走下去，不要彷徨。

"其实班上的同学都很友好，以后会更好。就如我对部分同学很冷淡，但是他们对我却很大度。请你不要把红尘看得太破。"

金花笑了，学生会的干部们都活得太沉重，胡军这个有点玩世不恭的同学却满身轻松。

也不知道为什么，以自己这个学生会副主席兼女生部长的身份，肯定是不能谈恋爱的。

站在大为和胡军中间，金花不知道怎么办，她真的不知道怎么处理来自同学的表白。

大为身上的果敢自信的确是金花欣赏的，他在班里表现出对金花的狂热，同学们也是有所感受的。但是金花不能这么早陷入情感的纠葛。

金花有点害怕，她与大为两个都是学生会干部。金花是主席，他是部长，如果两人谈恋爱，那都要接受学校的处分，这是很严肃的问题。

胡军与大为的方式完全不一样。他在学校默默无闻，在班里也并不突出。

站在二人中间，金花如何选择？

自认为农村来的丑小鸭，很长时间背负着沉重的家庭负担，不敢抬头，不敢放松，不敢大声笑，也不敢放声哭。她小心翼翼地走着每一步，那一步一步中，其实坚韧的同时夹杂着一份深深的自卑。

金花从试验田里插田回来，裤腿满是泥巴。

班上很多同学知道，大为在接近金花，还有同学开玩笑说："你们俩很般配呢！"

大为现在情绪非常低落，他感觉自己失恋了。其实他根本就没有开始恋爱，只是真的动心了。

该来的风暴总会来。

青春是苦涩的，青春是甜蜜的，青春是迷茫的，青春也是有荒唐的。在康金花压抑自己青春的躁动时，忙乎着给女生做表率拒绝男生的好感时，总有亲爱的学友，要义无反顾地掉进爱的情网，不愿意拔出来。

金花的同学吴大为，在追求金花没有结果后，果断开展了追求师妹林青青的行动。

青青来自大为的老家，他们通信时一个"大为哥"一个"青青妹"，好不亲热。

看到大为转移了注意力，金花既有解脱的庆幸，也有感情如流水一去不复返的感叹。

有一天晚上青青发急病呼吸困难，金花等女生又背不动她，只能立马安排人喊大为背她去医院。

金花和阿彭扶着青青下楼，大为一把把她们推开，他紧紧搂住青青，好像青青是他生命和身体的一部分。到了医院，医生还没把听诊器拿开，他的脸已经紧紧地贴在了青青脸上。

金花和其他同学都很不好意思。

"大青恋"其实早传到了金花耳朵里。

金花也不愿意看到事态严重，准备再当一回"法海"。她在教室里找大为谈话，作为同学，金花觉得自己有责任，她对大为说："即使是兄妹关系，你也做得太过分了，你的前途就毁在这一次，如果你还不悔改的话很危险。影响已经够大了，你是不是已经失去了理智？"

大为也许意识到了问题的严重，但还是不服气。

晚自习下课后，金花又心态平静地和他沟通，希望他理解自己劝告他的这份诚心。

康金花觉得自己尽力了，她要帮助一个同学走出迷茫，这个曾经说喜欢自己的同学，如今已经疯狂爱上了学妹，且满城风雨。

她想不到的是，吴大为猜疑康金花向学校领导汇报了他和青青的情况。

金花有些气恼，大为把金花和中华这两个一起在学生会工作的同学当作了他的假想敌，他在同学里宣扬说其实是金花在利用风言风语整他。

班里多了几位以金花为对象的攻击者，有意无意地讽刺捉弄金花。

班上有同学议论："金花，你当时为何要这么狠心拒绝吴大为呢？是你的拒绝才让他走到这一步啊！"

还有同学说："金花啊，你可以拒绝吴大为，但是你不能这么整他啊！让学校知道了可要受处分的呀！"

天啊，同学们，你们是怎么想的，我不和他谈恋爱，难道是我金花的错？他要和学妹疯狂相爱，是我能阻止的吗？

金花纵有一万张嘴，也没有办法解释清楚。

唉，似爱非爱的东西，来时是真的来了，去时也是真的去了。

青春啊青春，青春是暗暗较劲，青春是你争我夺，青春是昨天还彼此不痛快今天又和好如初。

4

这是金花入校以来最悲惨的一天：腹部剧痛。金花担心自己没有机会再见到父母和家人。这痛有些恐怖！好像有无数根针在快速攒扎，她捂着肚子小步挪动，即使很小的一步也带来巨大痛苦。躺在寝室里，刘艳和媛媛过来帮忙给揉搓肚子不见好转，又喝了止痛药。

夜很深，寝室里的姐妹睡得都很香，金花腹部又开始剧烈疼痛。痛越来越严重，用手揉、用拳头捶打，都无济于事。

捶打声惊醒了室友，英子和黄菊最先醒了："怎么了金花？"

"痛。"金花有气无力地回答。

"英子，陪我去一下卫生间好吗？"

金花所在的这所学校，从女生寝室去卫生间还有一段很长的路，要走出宿舍大楼，爬一段坡。

康金花痛苦艰难地前行，腰都直不起来，只能猫着腰请英子扶着。回来的时候，双腿已经不听使唤，蹲在地上无法上床休息。金花实在忍不住哎哟哎哟呻吟起来，室友们赶紧起床去叫班主任刘老师，大家把金花送到了医务室，注射止痛药，医生诊断可能是阑尾炎。

室友们看着金花痛苦的样子都很难过。早上六点多，金花晕晕乎乎睡着了，醒过来又觉得痛，听说阑尾炎要是化脓或穿孔会有生命危险。

金花醒来后，室友们劝："还是去县里医院看看病吧。万一有什么大问题就麻烦了。"

刘老师已经给金花准备了早餐，望着浓稠的粥和包子，本来没有胃口的金花感激得不知道如何是好，端起碗喝起来。

学校派车将金花送到人民医院，刘老师忙前忙后，带着金花去外科检查又去化验室，确诊为阑尾炎，建议手术。

无奈中金花决定回家去做手术。天真和英子东奔西跑去层层批假并送金花到新江姑妈家。姑妈已经通知了金花父母。第二天，正道和香梅来了。他们知道金花生病需要做手术的消息后整整一夜没有合眼。东奔西跑去借钱，刚刚从信用社借了一千元，带着紧张的心情赶到姑妈家。

家里菊花兰花急得号啕大哭，菊花托父母带来了一封信给金花："亲爱的大姐，我知道你的病要做手术后，心痛得难以忍受。亲爱的大姐，咬紧牙，坚强一点，不久就会好的。别着急，慢慢来，姐姐，你永远是我坚强的好姐姐。"

阑尾炎让金花感受到看病的不易，相比于当年母亲结扎的那个夜晚，这又一次让金花感受到人间冷暖。她先去医院挂号，找科室人不在，重新跑，直到在住院部五病室找到刘医生，经详细检查诊断为急性阑尾炎。

化验室的医生，连简单的抽血化验都要等很长时间。痛，让时间更加漫长，说起取药打针金花觉得更是气人。第一回带少了钱，去急诊科打针说今天领导要来检查，楼道和急诊室必须整齐，不能有病人在此输液。医生让金花到住院部儿科去输液，儿科医生讽刺说："十八岁的大姑娘了还来儿科输液，快点走走走。"

金花只好爬楼到了住院部，住院部又准备推她去急诊，金花急得哭起来，疼痛已经让她感觉自己生命不保，来回地折腾更让她没有了尊严。

她拿出土地村农家女子的泼辣："你们能讲一点良心吗？阑尾炎要是穿孔了有生命危险你们能负责任吗？你们能不能别把我当皮球踢来踢去？"

金花的愤怒显然也让医生们感觉到自己的不妥，他们许可金花在走廊上注射。香梅辗转找到了当年正道在这里住院时的医生，安排金花住院做了手术。金花和父母回到土地村养病。看着最有希望的孩子躺在家里，父母嘴上安慰着金花莫着急，病好了回学校去补课。其实心里十分着急。

心急的香梅不断催促着正道帮自己搭把手干些家务。

"正道，正道，我去河里洗衣服了，你去楼上拿农具下来，下午我们一起出工。"她风风火火交代。

等她洗完衣服回来，喊半天正道没人应答。

当她走到楼梯口，才发现正道摔倒在地上昏迷不醒了。

赶紧喊郎中，喂水，人醒来了，脚摔断了。

香梅抱怨："你就是个灾星，你怎么那么多灾难！和你过日子，我要活活累死的！"

正道啊正道，都说人间正道是沧桑，你这沧桑有点过分了啊！

正道摔伤后只能在家里养伤。香梅要照顾一个病号、一个伤员、两个孩子。

她抱怨正道这个男人总是不顺。

那年，正道带着三岁的兰花去看岩山边的树，他一脚踩空，滚到了二十多米深的山地下。幸亏被路过的村民发现，连忙呼叫喊人抬上来，摔断了六根肋骨，在家静养半年。在农村这些年异常艰辛的日子里，他从不开口说自己的困难。

这些年，香梅多少次抱怨："你个死脑筋，嫁给你我这辈子遭罪受！没有沾到你一点光！"城里的哥哥姐姐家境好起来，新换的沙发家具时尚气派，旧家具需要处理，香梅和正道虽然动过心思，也想开口问问，但话到嘴边又咽下去了。穷就穷得干脆。

香梅说金花像自己，活泼带眼法，出得场。正道却感觉金花更像自己，本分正义，有时也带着些悲观主义。

金花身体恢复了，她和父母说想去看看在部队工作的堂姐和堂姐夫。兰花也想进城去见见世面，金花就带上她一起去。怎么也没想到，这一路差点弄丢了兰花。这其实就是贫穷造的孽啊，只为了逃张火车票。

金花和兰花上车后坐在一起，手头的钱少，她们只买了张短途车票。眼看着列车员过来查票，金花有点儿慌张。正好兰花说饿了，金花给她买了个盒饭嘱咐她坐在那里吃不要动，自己去另一个车厢找座位。

她向前走了两节车厢找到了个位置坐下来。庆幸列车员一直没有过来查票，又能省下几元钱路费了。

下午一点多就到了低庄，想着下一站就是目的地了，金花走回兰花坐的车厢去喊她准备一起下车。

她来来回回走了几趟，怎么也找不到兰花，她着急地喊了起来："兰花兰花，你在哪儿？"

车厢里的人用异样的眼神看着她，先前和兰花坐在一排的年轻人告诉金花："是刚才那个小妹子吗？她下车了！都怪你自己，也不好好带着她，她到处找你都没找到，她下了车就在那里喊姐姐，又上来找了一遍，你到哪里去了嘛？"

顿时，一种强烈的负罪感让金花感觉自己太卑劣，她骂自己真该死！她想跳下去追回兰花。要是兰花被别人带走了怎么办？会失去这个最可爱的妹妹吗？父母一定会痛不欲生，家中的阴影永远无法消除，活着还有意义吗？

火车一到站，金花急切地跳下车，马上冲出车站去给堂姐夫打电话，堂姐夫在消防中队工作，说立刻派车子过来。她赶紧又跑去车站派出所报案，请他们打电话给低庄派出所，把妹妹的特征描述了一遍，请帮忙寻找或收留。

姐夫开车来接，溆浦离低庄有几十公里，蜿蜒曲折的柏油马路那么漫长，吉普车在飞快奔跑，堂姐夫也很着急。低庄站到了，金花和堂姐夫飞快跑到站台上，没有兰花的身影，只见一个年轻警察正满头大汗也在四处寻找。

金花问："请问你看到个十多岁的小女孩从这里经过吗？"

"哦，你就是从溆浦打电话来的吧？"

小警察很亲切地说："你打电话过来时，列车已经过了二十多分钟。我们五六个人找了十多分钟都没找到，有可能是沿着铁路往溆浦方向去了，或者是跟别人一起走了。"

怎么办？希望又成了泡影，金花又跑到距离车站一两公里的地方去问，有民工告诉金花，他看到过有个女孩孤身一人向前走。

天哪，希望应该就在眼前。金花真想往前跑，一口气追上妹妹。他们一行人又开车去前方的川水车站。小站空荡荡的也没有人。金花沿着铁轨一路走去，也没有人影。

她万千忏悔，万千焦虑。

妹妹找不到，父母会发疯的呀！

金花和堂姐夫到处找，都没有结果。

两天，好似两年。

堂姐夫单位接到了乡镇派出所打来的电话："你们的兰花，我们找到了！她下车后一路沿着铁路走。遇上一个当地农村阿姨带她回家了，问她说是去市消防队。"

失而复得的妹妹！金花正在焦急等待之际，忽然听见一声："大姐！"乡镇派出所送兰花来到了消防队。

啊，兰花！姐妹俩紧紧抱在一起。兰花泪眼蒙眬，金花哭得心花怒放。

就为省一张车票钱差点丢了妹妹，这样的傻事，金花再也不敢啦。她的心放松了，双手却紧紧地抱住了妹妹。

5

回到学校迎来又一届学生代表大会，作为学生会副主席的康金花已然没有了第一次参会的紧张。

她参加选举演说："作为一名女孩，我也和男孩一样自信上进。家境虽贫寒，但给了我自信和力量。时代不相信女孩的软弱，社会不相信女孩的眼泪，假如我是第一主席，我怎么做好学生会的工作呢？

"一是打开两扇门，一扇是学生会的大门，一扇是心里之门。也许有人认为，学生会不过是十几二十名干部的天地，别的同学哪里有机会？我觉得更应该给广大同学创造机会来了解支持学生会，参与管理。打开心里之门，让所有学生会干部以心换心，温暖人心，学生会干部应是学生的朋友，而不是单纯的管理者。

"二是重用两种人。一种是明白人，一种是能人。明白人是思想要上进，态度要端正；能人是要有才华，真才实干才能对得起大家的嘱托……"

新的学生会成立了，金花还是三名常务委员之一。

相对而言，她思想上有进步了。每个人都有自己的个性，要用党性要求自己搞好团结配合，维持一个稳定团结有力量的常务会；带好三个部门，生活部、女生部、文秘部；振作精神，以最大热情投入工作，真切地盼望着一个团结的集体。

大学生辩论赛如火如荼，学校也举行辩论赛，金花是八辩总结陈词。曾经听到老师讲过一句话"书到用时方恨少"，金花此时深深理解了这句话的含义。

学校正在召开学生会干部"批评与自我批评"民主生活座谈会。学校领导要求他们不要脱离群众，要做到"人人有事做，事事有人管"。

学生评比鉴定，有自我鉴定和互评鉴定。金花综合了全班同学对自己的优点和缺点的点评，看到这些真心的话语，金花内心是有感触的。除了自己的父母和亲人，或许，只有与这些人能推心置腹了。

刘长的点评："如果有来生，你一定是个男生。"

王雄的点评："该笑就笑，该哭就哭，不要把自卑挂在心头。"

李芳的点评："有时个人意志主宰别人，把气往别人身上使。"

李志的点评："有时过于清高、自傲。"

王云的点评："要做淑女。"

看着同学们的点评表，金花陷入了思考。她很难卸下肩上沉重的纤绳，总是觉得心里那么累。夜静悄悄，她怎么也睡不着，室友刘艳倾心长谈："金花，尽管你有时候处理问题过火，但是我真的很佩服你。因为你都是凭自己一点一点努力拼来的，你的付出应该有所收获。只是以后处理问题时要照顾到别人的情绪。我有时候埋怨自己的胆小和无能。"

金花说："你别小看自己，你处理事情、讲话也很有艺术，并不胆小怕事，只是你有时候白白放弃了一些机会。"

刘艳说："其实我有时候很羡慕吴昕，同样的条件，她却可以得到很多机会。"

金花说："为什么她能得到那么多支持，而我却总注定要独自去拼搏？"

刘艳说："她有时候把机会让给别人，自然有人愿意帮她。而你太能干，容易遮住别人的光辉！"

刘艳说得很有道理哦。人，有时真的不能太张扬，刘艳温和内敛但其实心里有力量。金花发现自己缺少些智慧，有些过于强势咄咄逼人。

近段时间学校即将出台新的方案，三年制的学生采取"2+1"的模式，不少同学为之振奋。终于可以离开学校出去联系单位大显身手了，马上可以挣脱学校的束缚了。

有的人却为之苦恼和烦闷，时间一晃而过，只有一个学期就要走向社会，自己学到了什么？怎么去适应社会？

金花和来自田野乡的校友一起去贫困村大江村搞社会实践活动，了解乡村情况。从田野乡政府到大江村，蜿蜒小路，低矮土房，自然亲切的乡村，看到实实在在几十年如一日走不出的贫穷。

金花和同学小文行走在乡间的小路上，一路上畅谈青春、理想、现实的羁绊，迷茫梦想在何方。清早出发，万家灯火时分才赶到小文家里。饥肠辘辘、口干舌燥，金花脚上的解放鞋已经开裂。"小文，麻烦问下你姐姐，她的鞋子能借我穿一下吗？明天我们去乡政府，我这鞋子没有办法穿出门了。"

金花看着脚上不争气的鞋子，鼓起了勇气开了口。

小文的姐姐脱下了脚上的鞋子给金花。

调查了解乡村，发现农村失学儿童比例不低，孤寡老人生存艰难。

走出乡政府，小文准备和金花告别，他的眼神看着金花脚底的鞋子。

小文知道姐姐就只有那一双鞋，他哪里能说出口要金花把鞋子穿回去？金花穿回去，姐姐就只能打赤脚干农活呀！

虽然回家还有几十里山路要走，但金花也只得把鞋子还给小文。

金花穿上那双已经开口的解放鞋回家去。走了一段路后，鞋子实在挂不上脚，她干脆脱下鞋子，光着脚丫走回家。

小文回到家，心里却百般不是滋味，自己是不是太不近人情了呢？

暑假还有个社会实践任务，金花赶到乡里和乡干部一起去修马路。有人说当干部很神奇很威风，有人说当干部有苦难言。这几天金花通过和乡干部的接触，深刻理解到乡镇干部的难处，也从众多的困难里磨炼出从事行政工作的信心。

金花和乡里代主任边走边聊，代主任说："金花，农村工作很辛苦，村干部有苦衷，乡干部有苦恼。我们是两头受气，上面领导压，下面群众逼，为难哦。干农村工作要付出很多努力，刚工作那几年，往往会心力交瘁。你还没参加工作，可能难以理解，我们有时付出的得不到回报。"

金花还不懂基层工作的艰难，她期待着早些毕业。

到了修路现场，金花帮着丁师傅负责拉直线，村民们也热火朝天地干起来。这时远处缓缓开来一辆白色小轿车，原来是县委领导来检查，还有电台、电视台的记者，看到电视台来录像了，大家干得更起劲了。

摄影师把镜头对着干得热火朝天的农民拍摄，金花和丁师傅也被抓怕了，一个村民喊："小干部，他们给你拍了个特写镜头呢。"

金花暑假还有个重要任务。学校附近的农科所研制了一批除草剂，鼓励学生带回乡村推广。

金花从学校到家需要转四趟汽车，靠一双肩膀扛了两箱除草剂回村推销。这两箱货的进货价格是七百五十元，金花赊账购买。

她盘算着，这些货要是能够统一卖给农技站，那是皆大欢喜，可是又有预感不会这么轻易脱手。想放在农技站代销也有困难，资金难以周转。看来还是自己下乡进村挨家挨户去推销最靠谱。

香梅和金花母女两人挑着除草剂的担子从光华村一路行走，走了光华、吉星、新光三个村卖了二十多包，大多数农民比较注重实用。

"等禾苗有了病再看吧。现在没什么问题，不着急要。"

也有的保守的村民说："我种地几十年了，都是人工扯草扯过来了，没必要用这除草剂。"

金花和母亲一天走了几十里地，傍晚来到了一亲戚所在的村子里，乡亲们有的给金花几个鸡蛋，有的给花生，问问正道的身体，传递着温暖与亲情，休息了一会儿，金花和母亲继续赶路。

香梅什么苦都能吃了，她挑着担子摸着黑向前走。在这黑夜陌生的乡村路上，金花内心涌动着感动，这世界上大概只有母亲能和自己感同身受。

几天时间母女俩卖掉了一箱，剩下一箱慢慢卖。

金花回校了，妹妹的来信让她内心沉重："姐姐，我感觉没有前途，不想在这里做下去了，我好想回家。"

她打电话安慰妹妹："不要着急，我如果寒假没有来，你就安心到湘西过年吧。反正家里情况都好，不要挂念。"

"姐姐，我真不想干保姆了，我想要他们给我介绍个工作，去铁路上当列车员，他们不同意……"

"银花，不要太着急了，等我毕业吧。"

"姐姐，我真想回家。可是我怕对不起伯父呀，怕他为难。"

"是啊，妹妹，你长大了。知道为他人着想了。"电话里银花流露出满腔柔情和对家的眷恋，金花理解她，但又没有更好的办法。

金花和同学们即将离校实习，三年学习时间飞逝，大家相互交换着写毕业留言。

即将离校，同学们心中有多么不舍，那是寄放青春的校园啊！虽然平时对这里有百般抱怨，对这个专业谈不上热爱，但真的要离开，又万分不舍。对毕业后能去哪里又都忐忑不安。

同学们之间已经传开了，罗妹去爸爸的单位交警大队实习，向阳去叔叔的单位畜牧局实习，智勇去农业局实习，芳芳去学校实习。

金花能去哪里？

她想到了伯父和姑妈，一个在市里的消防系统，一个是新江某单位的办公室主任，不知道他们能不能帮助自己。她给伯父去了一封信，老人家给她回信了："你的志愿是去 L 市，我看看能不能找人给你打打招呼。不过，主要要看你自己的能力了。"

伯父一向对金花期望很高，对家人也很关心，就是原则性太强。在位时几乎从来没有帮助过一个亲人，连自己的孩子都没安排工作。亲弟弟康正道部队退伍，最好找单位的时机呀，都没有得到过他的帮助。今天的金花，有可能走这样的捷径吗？老人的期望是好的，但还需要自己去努力。

读书的最后一个寒假，金花的堂姐爱云离家出走了，她和丈夫关系不好经常打架。堂姐要逃离婚姻，就去了自己哥哥所在的城市。而她丈夫家不甘心，带了些人来村里闹事。双方大队的领导出面处理，对方要求爱云正月初十回来当面处理，否则就来拆房子。

家族临时决定派人去湘西一趟，告诉爱云这个情况，还要请大伯父伯母出出主意，看怎么处理为好。家族里的堂兄们个个都没有去过湘西，都不知道湘西伯父母家在何处，只有金花比较熟悉。

爱云堂姐的娘嘱咐着："金花满崽，只有你是个读书人，你就多费力啊。"

金花刚从学校回家，正是和家人团聚的时候，马上又要过春节了，多么想在家里待着！可是金花不去谁去？

金花到了湘西伯父家，正赶上春节，她第一次离开父母在外过年。伯父总是叫金花和银花多吃菜，说这姐妹俩当帮厨很辛苦，还让姐妹俩试着喝一口他的茅台酒。金花第一次感受到伯父的爱，和爹爹的爱一样，却也不一样。

伯父其实也是孤单的，他一个人十三岁走出农村下井挑煤，因表现好被保送去上学，后来担任地区公安消防支队的队长直到退休。在这熟悉又陌生的异乡自己奋斗白手起家。

后来几个侄子来湘西投奔，他与家乡的联系多了起来。如今金花就是他与家乡的桥梁。吃完年夜饭金花和银花忙着收拾，站在阳台上看着腾空而起的烟花，听着喧哗的炮声，金花情不自禁落泪。想着家里的爹娘好不容易盼着自己放假回家能欢欢喜喜地团聚一场，可自己和妹妹却都在这异乡。

尽管伯父也是亲人，却是另一种感受。

农村人到城里多少是有些自卑的，金花既享受着伯父的爱，又小心翼翼地收拢着自己的心。

6

一九九五年，出了校门进入社会开始实习的康金花，也要正式进城了。王化县的人、田野乡的人、土地村的人，不都是一个个抢着争着要进城吗？

毕竟学的是农业，康金花已经联系好去农业局实习。为争取创建全国卫生城市，市里开展大清扫，金花和单位的年轻小伙子热火朝天地开始打扫卫生。她先扫女厕所后去扫男厕所，刚在门口喊："男厕所有人吗?"农业局局长从里面出来笑着说："嘿嘿，还帮忙搞男厕所卫生。"

金花已经习惯当卫生标兵了，在学校当过卫生部部长的人，还怕去男厕所的考验吗?

金花其实并不想搞农业技术，还是希望能分到其他行政事业单位。

祖祖辈辈都是农民，对农业了如指掌，哪有什么新鲜感呢?要想改变自我命运和家族命运，还是要想办法去当行政干部。

农业局的老同志也说："小康呀，搞农业是最累最难出成绩的，只要有其他路子可走，还是想办法跳一跳吧!"

是呀! 累，康金花并不怕，但这么多年家庭的遭遇和康金花所看见的一切，还是要当干部呀! 她的家庭，需要个干部身份的孩子来振振家威。

这些年来，她和家人低着头生活的时间太久了! 他们需要扬眉吐气!

找了个机会她毛遂自荐去团市委实习，她每天早早地去扫地、打开水、收拾桌面、倒垃圾，认识了市委机关里大大小小的领导。

市里要召开团代会，金花第一次协助组织大型会议，市里主要领导出席，团地委的领导也来。用老式的手推油印机复印会议资料，金花在学校就这样印刷过校刊，没想到一出校门这手艺就派上了用场。

金花多么想有机会能留在这里工作。可听说编制不够。要想留在这里，起码要组织部部长和主管党群的副书记点头。在团市委实习的这一年，尽管认识组织部部长和党群副书记，可是自己人微言轻，怎么才能启齿去说自己想留在这里呢？团委书记告诉金花进人不是团委说了算，需要编制批准，建议最好找找其他合适的单位。想进团委的梦就这样破碎了。

金花初入社会迷茫又迷茫，不知道怎样做才对。她读了路遥的《平凡的世界》，感受到生活是那么平凡，平淡无奇，偶尔有一点变化和涟漪，总在希望、失望、希望中反复。

一个远房亲戚从省城回来和同学合作在市娱乐城里开了家游戏厅，正在招聘营业员，姑妈要金花去试试。相比实习一个月九十元的工资补助，游戏厅营业员工资一个月三百元，还管一顿饭，待遇好多了。

刚开始金花特别不愿意："好歹也是上过学的大学生，国家干部怎么能去做游戏厅营业员这样的工作呢？"

姑妈劝说："你现在只是实习，又不能留在那里工作，先解决吃饭的问题吧，生存比面子重要。"

康金花不知道该怎么做，内心矛盾重重，主要任务是实习，要放弃实习的机会去游戏厅，感觉违背了自己的意愿。但是现在又不能没有一点市场意识，死守着课本和书本，摆着文化人的架子，一贫如洗也是行不通的。必须有经济基础，又必须建立自己的社会关系。

姑妈的话也是有道理的，挣点钱为找单位做点准备。

这些日子金花每天去团委上班，下午五点去游戏厅上班，游戏厅的工作就是收银，帮助客户开游戏机买币。

金花白天在团委实习，听市长、书记报告，参与全市共青团工作，在城市的政治中心，感受到时代脉搏，是政府干部角色。晚上她在游戏厅工作，是一名毫不起眼的服务员，在这里观看市井百态人生多面。

在游戏厅，金花感受到了完全不一样的生活。老板、经理、会计是上层人物，服务员是底层人物，这种区分非常明显，他们的眼光局限在这个小圈子。

"经理算个卵"这样的话在服务员中使用频率最高，经理的趾高气扬让人接受不了。娱乐故事多，康金花爱看这些顾客。

市里知名企业家宋老板，也会带着不同的女人来这里玩耍。还有表面看上去很正经的蛋糕房老板，却是个十足的赌鬼。

游戏厅里的服务员，有小学毕业的，有高中毕业的，也有大学毕业的，更有很早就出来混社会的大姐大。

服务员平时谈论最多的是谁有对象了，谁找女朋友了，谁的老公来了要去请客。这小小的游戏厅，每个服务员都是来自不同的投资人介绍的，所以各自都在较劲。合伙人之间的矛盾往往会转移到服务员身上。大家也知道康金花是国家干部的身份，有时候开玩笑说，说不定你哪天就成为管理我们的领导干部了，到时不要见面不认人啊！

没多久娱乐城关闭了，金花才发现其实对这里也有几分留恋。这里的生活，也是有温度的。

金花现在寄居在姑妈家里。有一天，她参加团市委每周二的政治学习后和同事去吃消夜。年轻人在一起，各自谈谈理想，让她感觉理想离自己那么近。

等她回到家，姑妈早已睡着了。她醒来给金花开门，严厉地问："怎么这么晚才回家?"金花说印文件去了。

"啊,这么辛苦,晚上也印文件,人人都像你这样,岂不是早就实现了共产主义?是不是撒谎了?"

姑妈怜惜又嗔怒："等你当了市长,看看我能沾点光吗。"金花缄默不语。

云开大妈的爱人在王化县里当了主管教育的副县长,金花已经去找过几次了,云开大妈说："你伯父老说你以后当个县长应该没有问题。"

想起分配的事情,金花彻夜难眠,进入这个城市不知道是否有希望。人人都希望自己能找到一份如意的工作,但是面对诸多的难题却只能望洋兴叹。金花打电话向学校书记请教,书记说最好还是去新江市,可能要先确定分配指标,鼓励金花要珍惜机会,把握机遇。

想要出人头地,想要扬眉吐气,想要抬头挺胸,不容易啊!

金花四处联系,找人了解毕业分配的政策,找老师、学校领导,建立关系,还通过实习扩大社交圈。

负责学生分配的计委综合组的李华讲了现况："你能毛遂自荐很不错,但是农学专业在这里已经很饱和,没有办法。去年分配都不理想,有的分到了煤矿,要是学其他专业可能好一点。"

团委的政治学习是康金花最期待的活动,从这里能了解到目前全市的团工作情况。一些单位团干老化,急需改选。有干部谈到团市委对企业团工委的检查十分有必要,企业团工委对青年的培养和思想关注是很重要的工作,团干要加强团情调研,加强企业团干工作。

团委的政治学习分为几个内容：一是干部带领学习党员冬训材料，学实用科技，带领农民奔小康；二是通报了希望工程和光彩基金的审计情况，希望工程的审计要高度重视，有关工作布置，要催缴团费，这个由金花主要负责。还安排参加布禾公路的建设。

关于新年的工作安排大致这样：三月招考团干，青年志愿者绿化，四月筹备五四晚会和体育舞蹈协会，五月举办一台青年联欢晚会，六月七月四个现场办公会，八月团干培训夏令营，九月成人仪式，十月建队纪念活动，十一月十二月主要是团代会，评选一些先进单位和青年文明号。

金花忙着整理起草文件，请书记们批示了《关于春节期间在农村地区加强精神文明建设的通知》，寄发到团地委、地少工委、公安局、邮电局等单位，还寄发给没有到会的乡镇领导。

虽是进城实习了，金花家里经济状况却是捉襟见肘的。每次和娘通电话，就是没钱用。怎么改善家里的经济状况？金花想起上学时曾回乡推销过除草剂，卖得还不错。

金花借着周末的机会再次回到了家乡，去村里联系除草剂的事情。这是康金花长大以来最大的一笔投资了。水田田草净四箱，一箱二百五十包，共计一千包，旱田除草剂三百包。提货后直接回到家乡，周三到周日五天的时间，她和母亲担着除草剂走村入户。田野乡这些村，金花和母亲一步一步去丈量，既节省车费，又了解到每个村的实际情况。

这几天，金花和香梅是最好的搭档，销售的情况比较理想。赚点小钱，缓解了紧张的家庭经济。

香梅夸崇："金花啊，看来家里要想经济宽裕，还是要你开动脑筋哦。"

母女俩站在落日余晖的田埂上信心十足。

回到城里，金花再次去市计委了解分配形势，遇到一位姓李的领导，其实金花还没弄清楚他的职务，但是感觉到这个人比较实在。后来才知道是计委的副主任。

李副主任笑着说："看你这孩子还是很能干的，从农村到城市来很不容易，我给你提几点意见：没有一定的关系不要来新江市，否则分配到效益不好的乡镇企业工资都发不出，交几千元城市建设费，说不定企业搞股份制还要交钱。

"专业技能要学得好，铁饭碗的观念要改变。还要赶紧提高学历。分配办的也从省城开会回来，说大学生还好一点，中专、专科生都麻烦。去年的情况是进事业单位交六千，进企业交三千，今年的分配会议还没有开，没有具体的文件要求。"

联系工作很苦恼，金花常常把心事说给远方笔友，这几年书信联系都是关于青春、理想、分配现实的事。笔友比金花早两年毕业。

金花的国家干部身份只荣光了一下下，好似一道闪电一样。毕业分配已经改革为双向选择。

找工作，需要放下面子，可是低声下气求人不是康金花的作风，一切顺其自然？幸运不会从天而降。

康金花有了一个大胆的想法：去最艰苦的地方寻找自己的价值，不管怎么样，都要试一试。

她从《就业指南》找到省委组织部、省教委毕业分配办公室、西藏自治区教委政工人事处、新疆教委政治处、新疆人事厅、国家计委人事司的联系方式。她准备写信给这些单位申请援藏或援疆，想干就干，开始提笔写信。

关于请求支援边疆建设的申请

尊敬的国家计委人事司领导：

我经过慎重的考虑，郑重向你们提出申请，请批准我去投身祖国的大西北建设，我志愿将自己的青春、热血，献给祖国的边疆，献给祖国的大西北！

我叫康金花，女，中共党员，是江南农学院的毕业生，在面临毕业分配的选择时，我坚决选择大西北。

下面陈述我选择的原因：

西部需要开发和建设，迫切需要人才，需要知识需要科技需要力量。作为一名新青年，我相信，艰苦的地方需要我们去献力！

孔繁森的感人事迹深深震撼了我，作为一名时代青年，我们要用先烈精神鼓励自己为国奉献。

历史的重任将落到我们身上，我们应该去受锻炼、受磨砺、受教育。只有在艰苦中顽强拼搏，在困难中努力探索，造就本领，才能肩负历史的重任。

请相信这是一个年轻的女志愿者，一名共产党员的郑重申请，我将全心投身于西部建设，以自己的实际行动向党和人民汇报！致礼！

毕业生康金花

五月四日青年节，康金花正在办公室里忙，一阵清脆的电话铃声打破了寂静。在接电话的瞬间，康金花的内心涌起强烈的期盼和猜想，会是怎样的消息？

"您是康金花吗？我是国家计委常春。"

"哦。"康金花惊喜地跳了起来。

金花忙控制住自己的激动情绪："您好您好，该怎么称呼您？"话筒里传来的是亲切的男中音，通过声音可以判断，对方很年轻。

常春说："你可以直接称呼我的名字，我比你大不了几岁。"

不知道是紧张还是怎么，康金花屏住呼吸。

"收到你的来信我们很感动。不过，我们是按照中组部下达的指标进行调配的，所以你必须找组织部门解决，而且由你们本省的组织部门直接办理更妥当。"

"非常感谢您，您可以帮忙把信转到省委组织部吗？"康金花把满怀的希冀告诉这位未曾相见却这么热心的国家机关的领导。

"可以，我会帮你把信转过去看他们怎么回复。不过，康金花同志，不管你分配到什么地方，我们都会关注你，可以保持联系。"

好像还有很多话要说，却又不知道怎么说起，这是来自祖国北京的答复，来自国家机关的声音。不管能否成功，对康金花来说，都是鼓励。

团市委的实习要结束了，康金花要去寻找能接收自己的单位。否则，分配时地区计委没有办法将她的分配指标从王化县改派到新江市。

团市委给金花做毕业鉴定的会上，团委书记的发言让金花心里温暖但也惆怅："实习和找对象一样，是相互选择的过程，金花是个很出色的青年，素质很高，上进心很强。她从严要求自己，工作态度难能可贵。她有强烈的事业心和责任心，对工作任务按时保质保量完成。为人诚实成熟，与团干部打成一片，是个热心青年进步青年。

"现在要结束实习了，我们愿意在力所能及的情况下做推荐，希望你能在新的岗位尽快进入角色，脱颖而出。"

援藏没法实现。

团委没法留下来。

下一步去哪儿？康金花有些迷茫。

毕业生康金花，找个接收单位咋就那么难呢？

金花给笔友写信说着毕业分配纠结的事：

"经过一年实习的折腾，我已没有了在学校时的幻想。面对现实我只有叹气，然而悲叹之后还必须鼓起勇气去争取，去为自己的前程费尽心思。

"老家王化县是个国家级贫困县，我常想也许我回去可能更有机会成长，更有条件锻炼。我并不害怕贫穷和落后。只是怎样才能改变这种贫穷和落后？靠一个人或几个人的想法和力量，是不可能实现家乡脱贫的。"

金花耳边总是有两种声音：一种声音说，你回王化吧，家乡肯定好开展工作一些；但更多的人建议说，能改派就改派吧，农村工作不好做，你应该到城市去，城市机会更多。

为了工作，金花有太多的苦闷、烦恼、忧郁、纠结。她等待着机会，渴望这方热土不会让自己失望，就像当年康正道对家乡的渴望一样。

从团委出来，金花找到一家报社实习，边实习边继续联系工作单位。上午去市委办开灾后生产自救的动员大会，金花坐在组织部部长旁边。对这位老校友金花是有着崇拜的，他讲关键是要把档案转过来，当问及今年的分配政策时，他说应该不会下企业，金花受到极大的鼓舞。

几经辗转康金花找到新江市计委的李欣局长，几次登门拜访后，局长的态度从拒绝到鼓励到提示，康金花看到了一点点希望。

多动脑筋、多磨嘴皮。金花去地区计委分配办搞改派，要求从老家国家级贫困县改派到新江这个工业小城。

地区分配办罗主任不同意，说要金花问新江市的李局长是不是同意。

李局长指点金花去找地区计委彭科长调配计划。地区计委的答复是如果新江市计委同意要你，要他们发函给地区计委，金花为工作调派几次三番去找彭科长，彭科长显然已经不耐烦，几次要求康金花离开他的办公室："你这个妹子也是霸蛮啊，你到我这里有什么用？你要先去新江市，找他们同意接收你。"

可是，新江市说要地区计委同意调配，他们才可能接收呀！没有任何办法，金花只好在这儿厚着脸皮磨啊磨，上午到下午，第二天接着来，硬磨不行来眼泪。最终彭科长留了一句话给金花："只要新江市同意接受，我这里就同意调配。"

金花再次回到新江市，问李欣局长能否接收。经过多人关照、支持和多次努力，李欣局长表示不能出函给地区计委，但地区计委同意调配，他们可以接收。

康金花带着比前次多几分的希望和把握来到了地区计委，彭科长还是那个态度，要求等着新江市计委李局长的发函。彭科长拨打李局长的电话，李局长的回答是如果地区开过来，新江市就接收算了。彭科长说李局长还是没有明确的表态。

在金花的死缠硬磨、反复保证下，彭科长在派遣单上列出两条，要金花保证：1. 不再要求回原籍；2. 本人三番五次要求改派，如果新江市不接收，地区计委概不负责。

事情到了这一步，康金花只能接受这些条件。

拿到调配单来到地区教委请求改派，指标已经有了，本来应该没什么障碍了，教委罗主任之前也答应过，只要计委给调配单，他马上就开证明。

可是这次偏偏遇上的是教委桃花主任，金花又碰了一鼻子灰。桃花主任说："李欣局长跟我说你是中国农大的本科生才同意你去的，但你是江南农学院的专科生，昨天我跟他讲吴亮也是江南农学院的，他怎么不收？"

金花忽地有些紧张，她提到的这个名字是和自己一届的同学。桃花主任马上又给新江市的李局长打电话问情况，对方回答说："我还没同意这个康金花来呢，你看看计划派遣单。"

桃花主任仔细看计委的单子上写的几点意见，十分不情愿地给金花开出了派遣单。

金花马上打电话去学院，听说档案已经被老师带回原籍了。她立即给学校阳书记打电话报告说改派成功了，阳书记祝贺："希望你在新的城市落实好单位，取得更大进步。"

顾不上疲惫饥饿，金花连忙搭车回原籍县去取档案，她终于松了一口气，满心的振奋，满身的轻松。

毕竟，已经迈出了成功的第一步！

吃得辣，霸得蛮，自己霸蛮的女孩子闯过了分配关。

康金花不知道，这只是她进城的第一关啊，进城就如万里长征，这只是第一步呀！这也是老康家祖祖辈辈多少代人，第一个正式考上大学进城的人呀！

金花认为分配已经成功了，哪知未来的等待更长。她多想有个地方施展自我，却不知寻找这方土地有多艰难，她像一粒寻找土壤的种子。

7

"金花，终于把你找到了。"电话里听到这句，她很纳闷，自己刚到报社实习，怎么会有人这样亲切地叫自己？对方又问："你猜猜我是谁？"

听到这句话的时候，金花才明白过来，哦，北京的常春！因援藏申请而相识的部委干部。

尽管援藏已成为不可实现的梦想，但认识了新朋友。常春在电话里说，为了找到金花新的联络方式，他颇费了一番周折。

他因为金花的援藏申请，被她的理想主义而打动。

"金花，能找机会见见你吗？"

金花有些紧张，自己对他了解太少了。

他对金花却是比较了解的，除了金花的相貌身材外，金花的简历表，推荐材料，一切都写得很清楚。

金花问道："你的老家是哪里?"

"东北。你想查户口?"

金花电话里笑了，常春也笑了。

富有磁性的男中音从电话另一端传来："你就算是旅游一回，来北京看看。可以增长一下见识，你的感觉会不一样。"

要不要去看看外面的世界?

"金花，我建议你继续求学，再想办法找工作。"

"继续求学是我的梦想，但是家庭负担太重，没有办法，只能先工作减轻家里的负担。"

"你应该把目光放长远一点。"

"谢谢你的建议，可是家里生活的确很艰难。"

"困难是暂时的，但是学习的机会就只有那么几年。"

他在电话里说可以帮助金花。

康金花能接受这种帮助吗? 不能。

即使要接受这种帮助，也需要了解他的为人。

要说工作，近在眼前，最难的一关已经解决了，等待毕业分配。要说读书，已经在深造了。

目前的情况不是太坏，但是要做出新的选择，必须放弃目前的一切，是否有这个决心孤注一掷?

"来北京看看吧，希望你有更高的眼界。"常春几次来电话鼓励金花。

实地考察去一次北京如何? 金花有点蠢蠢欲动。

等待分配，真的让人心灰意冷。

金花做了很久的思想准备，下了很大的决心，准备去感受一下北京的氛围。

她一次又一次给自己打气："你还年轻！也许只是去做一次远行。也许只是去感受京城的气息，听听来自祖国心脏的声音。还不敢说要出去闯荡。真要出去闯荡的人，不会像自己这样吃了上顿愁下顿。应该有准备，有足够能维持生活的盘缠，能抵得过漂泊流浪的侵袭。"

　　自从金花走出校园，银花就松了一口气，姐姐不需要生活费了，她也该有自己的生活了。这几年，她就是为了姐姐，为了家，一直隐忍着在做家政，四十元一月的保姆工资，她都一分不少地寄给金花。

　　她多少次和姐姐说："我想回家，我想和父母在一起，我想和你们在一起。"

　　金花在新江城里租下一间小平房，两百元的租金让她有点心疼，但一想妹妹银花能回来，两姐妹可以开始新的生活，她就义无反顾了。

　　银花已经在新江城小吃店做了服务员。金花觉得自己给妹妹的温暖太少，她刚刚回来，自己却又要去远方。

　　她嘱咐银花："妹妹你要注意安全，我先去看看，到时接你一起去北京闯闯！"

　　姐妹俩做了告别，金花踏上了北上的列车。

　　绿皮火车载着满怀着希望和担心上当受骗的康金花，驶出新江火车站。

　　第二天凌晨三点才到北京。

　　金花联系常春见面。

　　金花远远看到了走过来的男人，她猜想就是常春。此时累积了多日的热情迅速降温，想象中东北汉子的伟岸都在见面的这一刻消失得无影无踪。

金花其实是有心思的，她曾有爱情的憧憬。常春的声音、对她的关心、机关单位的稳定，都是金花理想的交往对象。可一看到人到中年的常春本人，金花就知道他一定早已结婚，她抱怨自己曾经想得太多。

"是金花吗？"声音证实，他就是常春。

"是的，您好！常春。"

常春带着金花来到他们单位下属的招待所，帮忙办理了入住手续问了金花的打算，建议金花落实好户口后再想办法。这几天可以到处看一看，也建议金花再读书深造。

常春看着金花扎着的麻花辫，说好像看到老家的妹妹，他本计划带金花到处转转，但不巧单位有紧急工作，没有太多时间陪金花，与金花聊了一会儿，匆匆告别。

金花待在房间里形单影只、顾影自怜，为什么要一个人跑到北京，金花无法说清自己，怎么去找工作？

她想读书想深造，可这不过是个美丽的理想，怎么实现？北京那么大，读书这条路从哪里开始走起？

金花想要尽快了解北京，要让这北京之行不是白来一趟。

她想起来有个同乡在广播学院读书，金花给她寄出一封信去。这几天在房间里等电话的心情是那样急切。是不是没有接到信呢？金花心中很纳闷，却又没有别的办法。

几天后终于接到了同乡的电话，听到她的声音，金花激动得颤抖。这几天太孤单太寂寞了，多想有一个老友闲聊，多想与亲人团聚。昂贵的电话费却让她不敢痛快地给家里打电话。打完电话同乡赶过来看金花，两人紧紧拥抱在一起，金花增添了一份留在北京的信心和希望。

金花被北京浓厚的文化氛围所感染，她渴望"打工"。

她去北京人才交流中心求职，浏览了一下几家单位的招聘启事，明天举行人才交流洽谈会，准备去试试。她目前的要求就是找份工作，找个落脚点。

她从偏僻的农村走来，带着重重忧虑的新奇和试探，走进了北京市人才交流市场。感觉像交易，你想去哪家，就可以去报名试试，等候招聘人员的联系。你想咨询，就可以说说你的想法和意向，你到底想干什么，可以凭自己的想法填表，这是你选择的自由。金花忽然觉得，这比分配工作要自由多了。

走进市场双向选择，生活中充满着竞争，充满着挑战，这就是市场。

一家信息工程公司约康金花周一去公司面试。

如约来到公司，这里充满了年轻人的活力和欢乐。

职员们正聚集在一起唱歌喊口号，斗志昂扬。不久金花被带到一个教室，营业部杨主任为新人上第一堂培训课，听他滔滔不绝的演讲，金花了解到自己的主要工作是面向中小学生推销图书。培训一直到下午四点多。招聘时四十人报名，第二天上午上课时还济济一堂，下午就只剩下六人，最后只剩下金花、安晨和杜丽在听。

要找一家满意的适合自己发展的单位，金花感觉不那么容易。北京太大，举目无亲，去哪里找？金花想着还是先干干吧，鼓励自己接受现实的挑战不要逃避，但心里依然没底，这份工作一个月要完成五千元的保底任务，才能有一千元的工资。食宿交通都需要自理。

金花第一天跑业务没有人带，她背起行囊走在北京西单大街上，遇到路人就介绍公司的产品。

她带着书在人来人往的街上推销。一位大姐用十分疑惑的眼光看着金花，左看看，右看看，金花真诚地招呼："大姐，请您看看这本书。"

大姐疑惑地凑过头来，金花开始了自己的推销："您看，这本是美国DK公司出版的，这些画是肯尼斯先生用了九年画出来的。您瞧，这上面很多图片是大英博物馆的馆藏珍品图片。"

半晌，大姐抬起头来正色道："你一定是在骗人，骗孩子，骗钱！"

金花一下子惊呆了，为什么？难道销售就是骗子？

"大姐，我有必要用这样的手段骗人吗？"

"我不知道，你绝对是骗子。"

她抛下一句冷冷的话，推着单车走了。

康金花想辩解，可是对方没有给她机会。

金花走到一所小学门口，正是课间休息时间。她热心向孩子们介绍少儿读物。西北小学的一位学生把她爸爸的电话告诉金花，希望她能和爸爸沟通一下买这套书。金花鼓着勇气打电话："您好，陈先生，我这儿有一套书，您的孩子很喜欢，我能和您具体谈谈吗？"

对方没有拒绝："好吧，你来西北大街228号。"

终于没被拒绝，金花很开心。她兴冲冲地背上书包来到约定地点。陈先生招呼金花走入胡同："我那边有间办公室过去谈谈。"

康金花心里有点紧张，她观察了一下胡同的出入路线。

到了房间后金花就开始介绍图书。她却发现对方对图书一点兴趣也没有，只用异样的眼神看着她。

她故作镇定继续介绍。

陈先生说："小孩子好奇心大，看了几天就会丢在一边不管了。孩子读物太多了，这套书不过几百块钱，也不是多大的事。你在北京需要什么帮助尽管找我，希望我们不只谈图书好吗？"

金花用匪夷所思的眼光看对方。

说着说着话，对方越靠越近："康小姐，你们的薪金制度是怎样的？"

金花简单介绍了一下。

他说："你销售才提成九十元，我给你一千元如何？"

"哦，谢谢你，我哪能无功受禄呢？"金花很严肃地说。

"没关系，你当我是你大哥吧。"

他用手轻轻地握起了金花的手试探。

金花赶紧把他的手甩开，逃命似的跑出胡同。她的心跳加速，她庆幸自己跑得快，也庆幸自己刚才记住了胡同的出口。

偌大的北京城，渺小的康金花在追寻梦想，现实与理想的差距让她感觉到有些残酷。业务很难推进，生存非常艰难。

金花现在住到了老乡毛建家里，位于三里河附近。毛建和妹妹毛玲租住在一间很小的房子里做打印机维修。

在他们的小屋子里，金花像个贵宾。异地他乡相逢，三个年轻人谈起自己的梦想。毛建的梦想是开一家真正的打印机维修公司，毛玲的梦想是嫁个北京人。

金花的梦想是写本小说。

毛建开玩笑说："以后小说里会有我吗？"

秋天的北京城，钓鱼台的银杏大道，诗情画意。毛建骑着单车，带着金花和毛玲去看秋景。这是金花在北京感觉最美的一次旅行。如果没有国家干部的那个光环，如果没有共产党员的那个身份，康金花不知道自己会不会在现实生活中堕落。

外面的世界很精彩，外面的世界很无奈，归来吧，外出的游子。这一声呼唤激起了金花万般的依恋和回味。在家中工作和户口一切尚未稳定之际，金花只能暂时离开梦寐以求的北京回家。

"其实不想走，其实我想留"，金花想起了这首歌，对北京她有太多的依恋，但她又有很多失望。在她第一次闯北京的时候，她看到的北京，比家乡小城更世俗。

8

一九九六年的冬天，康金花从北京回到了新江小城，继续跑毕业分配。为了这工作，她已经到了绝望状态。她越想越觉得没有出路，泪也流了，腿也跑了，嘴皮也磨了，工作还是没有落实。

在金花去北京的这段日子，她以为改派到新江城市里就万事大吉，可以等分配工作了。

其实这只是一个苦涩的开始而已。折磨人的毕业分配让金花品尝了人生百味。

按新江市计委方案，金花被分配到农业局的下属单位广告公司，公司早就已垮台，分配到那里去做什么？

从北京回来，她又遇到计委那位老主任，他问金花："小妹子，这一个多月去哪里了？怎么没看到你来？"

"我去北京了。"

"要找就找个好一点的单位，分到个不好的单位以后再出来就困难了。现在调动就靠关系。"老头一本正经。

这正是康金花担心的呀！

他开导金花："女孩子嘛，更要懂得关心自己，你是个党员，这也是关键时候的考验，要挺住，不要自暴自弃。"

这是金花听到的最中肯的话了，有时绝望到自暴自弃，她真想什么都不管了，或者不要工作，自己出去闯荡算了。管它什么前途，管它什么工作，管它什么家庭，那都不应该是我的负担！

也许是金花去了一趟北京疏远了关系的缘故，计委不由分说把金花安排去农委系统农业局的企业，去年分配去的学生都没有着落，金花坚决不去。

金花找过好几个人找计委的一把手打招呼，李欣局长答应会关照的，怎么还被关照到一个倒闭的三产企业去了呢？

金花再次去拜访市委组织部部长，他建议金花去尖山镇问问。金花兴冲冲地去了，结果尖山镇党委书记说镇里暂时不要人。

金花的希望一个个破灭了。

她又鼓起勇气去计委提要求，希望重新做分配方案。一把手李欣心情不好，向金花发火："你这个小妹子怎么回事，我现在有事，你不要影响我工作。"

金花只得含泪告辞，她看着这些小城市里有个一官半职的人，都神气得很。要不是为了要个体面的工作，有口饭吃，她才懒得去求爷爷告奶奶呢。可这生活，不得不去求人呀！

国家干部的老皇历早就翻篇了，分配制度的变化，让康金花和大多数毕业生措手不及。

虽然不愿意跑计委，但金花还得厚着脸皮去，再次见到李欣局长时，他看样子心情好一些，正在宽大的办公桌前做颈椎操。

正好有客人来访，他笑着向人介绍："来，刘局长请坐，这是我新来的秘书康金花同志。"

刘局长冲金花点点头。

"刘局长，你那儿还能不能安排个人？这个康金花，我听不少人推荐说是学生干部，又是共产党员，文笔还不错，要不要给你安排去电视台？她每天来找我安排工作，我都快被她烦死了。"

金花看了看刘局长，哦，市广播电视局的刘局长，听说他们正在申请建广电大厦，要计委立项。

刘局长说："宣传部打招呼的都还没安排呀！"

李欣看着金花说："小金花，昨天的事对不起了，身体不好，人烦躁。昨天是不是哭着鼻子回去的？"

金花说："没关系，肯定是我打扰到局长了。也希望领导们能理解我们这些大学生。我们只想要个工作，解决温饱。"

大约半年又过去了。金花天天跑计委，每天写点"豆腐块"文章，《新江日报》上已经发表了好几篇。

她无法奢望好单位，只求有个上班的地方就很满足。

康金花此时真想痛快地哭一场，没有地方也没有机会，只能忍着憋着。这该死的工作逼得自己走投无路。

她再一次敲开了计委李欣局长办公室的门。

"小康，来，请坐。刚看到你的大作！"

局长办公桌上的《新江日报》副刊，刚刚发表金花的一篇文章《母亲的背影》，金花回忆起家庭最艰难的那年，母亲为父亲乞讨医药费的场景。

"写得很感人。"李欣局长说。

金花有一点点羞涩，好似让人看穿了一切。她原本想包裹着的伤口公之于众了。

但李欣局长的目光里有了些理解和尊重。

他向金花透漏了最新消息："已经做方案让你去广播电视局，要等市长签字。"

金花惊喜又怀疑，能成功吗？

李局长笑了："你每天来计委报到，大家都反映你素质还不错，你用这个办法去对付广播局的刘局长，他会接收的。"

康金花心里咯噔一下，为了分配已经心力交瘁了，工作啊工作，请你不要这样折磨我了。还要去下一个地方这么求爷爷告奶奶的话，宁可放弃了！

金花后悔自己从北京回来，留恋国家干部的身份。谈及前途的问题，李局长建议最好经商，赚点钱，要有经济头脑。特别是女孩子，去乡镇干得再出色，也不过是做个党委书记而已，这路很艰难哦。想要当个副县长那就更难了。

工作迟迟没有新的消息，金花回到家乡待在房间看书，不想去见任何人。拒绝善意的邀请、真诚的问候，金花固守家门。是有意拒绝还是无颜面对？总之，金花这时不想见任何人。

她不知道是应该张开怀抱投身社会，还是冷眼旁观看看世界。

在体验人生的开端觉得力不从心的时候，她十分沮丧和灰心。

工作派遣报到单已经由市计委分派到了宣传部，在宣传部又停留了整整一个月。金花返回城里，每天努力奔波，却无法推动事态的进展。真是度日如年。

从地区磨，磨到这个工业小城市；从计委磨，磨到广播电视局，这段过程都是那样艰辛，磨工再好，也会失去信心和希望。

坚强的背后，往往有颗最脆弱的心。在失意、沮丧或受尽打击折磨之际，谁不渴望理解安慰？谁不渴望心灵呵护呢？心灵最脆弱的时候，往往容易成为情感的俘虏。

金花虽然渴望呵护，却又害怕呵护。

贫穷是一所大学，苦难是一个摇篮。孤独的金花一面在寻求工作的机会，一面在阅读中充实人生。孤独的灵魂，孤独的内心，孤独的岁月，年轻的心怎么不渴望爱情？她信手写下一首诗。

爱的渴望

没有金钱，没有地位，没有生活资源；
没有美貌，没有沉鱼落雁，闭月羞花；
可是我，有思想有灵魂有精神，有海一样的深情。
显赫的家庭或是表面的拥有，
贫穷的我只有最朴素的感情。
我像一个饥饿者，渴望爱的填充，
我像一只迷路的小羔羊，渴望爱的指引，

我像一片荒草地，渴望开垦和耕种，

我的渴望是那样激情而炙热，

我的渴望是那样迫切而急切。

我愿意为爱赴汤蹈火在所不惜，愿意被爱灼烧，

我有思想我有灵魂，为什么不能有相爱的人？

我不要权力不要荣誉不要地位，

为什么不能有一个我爱的人？

什么家财万贯什么潇洒英俊，

什么前程似锦什么大有作为，

我什么也不要，

只要一份真切的感情。

我的爱如澎湃的海洋，

我的爱如暴发的山洪，

我渴望，我等待，

愿意为爱守一生。

派遣单终于开到了广播电视局，接收的人不冷不热地说："同意接收，但是必须等广电大厦开业后才能上班。"

这简直是"死刑"宣判书。有谁知道康金花现在的困境？身无分文，急需要工作来维持生活。广电大厦还没开始建呢，要等到猴年马月？

狂风暴雨雷鸣电闪，一个女生孤独地要在这个小城市立足生存。她紧闭了窗户，胆怯地站在自己的小屋子里。她真的有些害怕，害怕这凄风冷雨的夜晚会把自己吞噬。硕大的雨点无情地敲打窗户好似在敲打她破碎的心。

康金花迷茫了，她不知道去找谁。

前面是一段艰难的过程，还要抗争。随着成长，生活的激情已经越来越减退。随着生活，成长的步伐越来越沉重。

金花在小城里已经有两年了，城里的亲人对金花有些冷漠了。上一辈遗留下来的成见一直在延伸，城乡差距的成见延伸到了金花姐妹身上。金花父亲大病时，城里的亲人确实花了很多心血，后来正道的表现，让他们认定正道是忘恩负义的。

正道五十岁那年，他带着金花和兰花去给城里的亲戚祝贺生日，兰花正好要去参加中考。宾客满桌，十分热闹。金花和兰花正在楼上和亲人们聚会，一个亲戚突然上来喊："金花，你快下楼，你姑妈和你父亲在吵架。"

金花跑下去，只见气势汹汹的姑妈正在数落正道："你个没良心的，你忘恩负义！给你治好病了，你连我家门都不进了！"

正道一言不发，像个做错事的孩子。

金花向前劝了一句："姑妈，别发火了，有事好好说。"

"你也是个忘恩负义的家伙！"姑妈劈头盖脸一顿骂。

金花不明白姑妈为何突然发这么大的火，找其他亲人问原因，姑妈为何要骂父亲。

"说是你爸爸去湘西给大哥过生日回来路过新江没有去她家里。这次来新江也没有先去她家。"

其实他们不知道正道是因为囊中羞涩，不好意思空手而去。亲戚们对金花说："你姑妈刚才动手打了你爸。"

正道怎么都没想到，自己的亲姐姐，当着众人的面给他一记耳光！

金花左右为难，一方是自己的父亲，一方是对自己有恩的姑父姑妈。父亲重病期间，他们给予的关心和支持让金花一直感恩在心。

金花看着父亲难过的样子，心里特别委屈。

父亲强忍着泪水，拉起要去王化县参加中考的兰花就走，金花默默跟着走。父女三人含泪离开酒席现场。

一路上兰花眼泪汪汪，金花眼泪汪汪，正道一言不发。

这么多年，他没有生个儿子被人骂短命鬼，他忍了；违反计划生育丢了工作，他忍了；家里人口多，日子过得穷巴巴，他忍了；村子里有些人看不起他总是找他的茬儿，他也忍了；生病几乎要见阎王，看着老婆孩子受苦，他也挺过来了。但他哪能接受自己的亲姐姐这么欺负人！

正道是一个不多言不善表达的性格，让亲人误解。

金花纠结，她怎样处理父亲与姑妈的关系？痛斥姑妈这样对待自己的父亲？她做不到。毕竟，在家庭最困难的时候，他们助了一臂之力。金花想站在中间当一回调解员，可是也不能。

她只想对姑妈说："你是他姐姐，应该比我要了解他的性格啊。他不会说漂亮话，但心里有数的。"

金花安慰着父亲："你应该要理解姑妈姑父的心情，他们并不是要你拿多少东西去，他们是希望你和他们多说说话呢！要你的心。"

感恩的情应该是在心里的呀！

爱心一旦要求回报，善良好像就变了味道。

9

一九九七年，历经百年沧桑的香港回归祖国，漂泊了很久的康金花，终于也有了一方可以安身的角落。她终于来到了市广播电视局。孜孜以求的工作岗位，靠近时却那样陌生。

电视台和广播电视局是一块牌子一套人马，局里的大楼有五层，电视台、广告部、局办、新闻部、局长办公室、财务室，还有服务公司都在大楼里。电台在对面的家属楼一楼的一个小套房间里。在市里有关系的，都在电视台混着，没关系的分配到了电台。

在局里报到后，分管政工的同志就告诉金花，电台需要人，你先去吧。来到电台，台长是个脾气很倔的老同志，和局长关系很僵，他基本处于闲置状态，主管工作的副台长年轻有想法，以前是教育系统的老师。

金花的直接领导是部门主任，人精瘦，脑子聪明，有些玩世不恭看透社会，说话带着一点点冷幽默。其他的编辑记者有四个。

编辑记者和播音员的队伍里，一个老编辑总是以一副长者之态教育年轻人，一个是另一个县里招考过来的老师，性格耿直，经常对着台里的管理制度发牢骚。两位播音员男女搭配年轻时尚志趣相投，大家以为他们能成为一对儿。看着他们的样子，感觉他们不在一起都是遗憾。

上班一个月，金花不喜欢这种呆板的生活。目前的境况比等工作的时候要舒服很多，可是总觉得闷得慌。

生活前景暗淡无光百无聊赖，她也不知道原因，没有方向，再度陷入迷茫的困境。

看书写作是康金花的精神寄托，也是全部的业余生活。

康金花看到《民报》刊发的广东省委组织部和人事厅在招考国家机关工作人员的消息，仔细看了一下招考内容，想去试一试，着手准备了照片、身份证和毕业证复印件、单位证明等。

金花去同乡家里说了说想法，同乡奶奶的一番良言相劝，让康金花重新思考。

老人家絮絮叨叨可是句句在理："金花，你刚到单位要认真一点，不要吊儿郎当，第一印象很重要。单位的人会很挑剔看你，要自己争气。你到北京去了个把月，不也没有搞出点名堂来吗？"

金花默然了。的确，初到一个单位，诚实、勤快、扎实，这些太重要了，他们都在用挑剔的眼光看着你，哪敢有怠慢和松懈？

但是她不愿意屈服，她要寻找新的机会和努力的方向。她想迟早逃离这里，去寻求自由乐土。

地区广播电视节目开展评优，电台的每个专栏节目都要准备节目评优，方文明负责准备理论节目《如何推进农业产业化》，伦青准备对农专题，真亮准备文艺节目，台长安排康金花准备经济百花园组稿编辑。

一九九七年，国家国有企业改革，再就业是社会问题。金花准备的节目《群策群力推动再就业工程》获得了三等奖。

全局政治学习金花第一次参加，一百多号人济济一堂，局长宣布开展作风整顿，列举了局里目前种种不良现象，自由主义思想，重索取轻奉献，背后议论说牢骚等。

金花虽刚来不久，却明显感觉电台在某些方面不如电视台新闻部，他们采访有线索，电台采访需要自己找线索。同事没有去处待在办公室里侃大山，人心难融洽，各做各事，各吃各饭，处处提防新人。金花期望着老同志来带完全不可能，只好自己努力去找线索，新闻多跑跑，广告业务必须自己去拓展。

金花现在最愁的是住房。工资没有拿到，房租都很难支付了。她怯怯地向领导请示："张局，电台办公室有一间小库房，里面没有什么东西，我能不能先住那里？"

张局长同情姑娘的艰难，对金花的业务能力和对工作的态度，他也十分欣赏。

他默许金花可以在小库房里铺一张床。

从租住的红杏村那间发霉的屋子里搬出来，康金花终于告别了阴暗和潮湿见到了阳光。如果还不换地方，她感觉自己都要发霉了。

一九九八年，国家取消福利分房，以居民住宅货币化、私有化来推动房产改革。

金花没有赶上单位分房的末班车，只能眼睁睁地看着那些分到单位福利房子的同事下班有家可回，而自己只能住在小库房。

单位里也是乱糟糟的，电台的老台长和广播电视局的局长关系不好对着干，离婚的会计与前夫纠缠不清。干事的干事，没干事的也能照样过，现任台长抽出去搞基建，局长去地委党校学习，电台也由电视台副台长负责。

工资关系还没办好，康金花很没信心。周遭的环境真的让人太失望了。真想歇斯底里骂个痛快。

工资问题迟迟不解决，金花跑业务也是心烦意乱。

她每天白天出去跑新闻、拉广告，晚上坐在办公室里写东西，这就是她全部的生活。情感空白，文思枯竭，形单影只，突觉自己很可怜，没有谁来理会。

一天上午正在办公室闲聊，有人要金花请客，原来是她写的稿件《L市化工企业凭改出活力》被地级党报刊登。第一次在地级党报发表稿件金花也很欣喜。

工作上，现在编辑室广播电台《经济百花园》的稿件有些棘手，主要是没有什么新的题材，就那么几个企业，就一个三十万人的小城市，能有多少经济事件挖掘？

电视台、电台记者也就是表面的风光，金花好像提前看到了自己的衰老。

工作两个多月了工资一直没解决，局里的领导各个都找了。其实是很小的一件事情，但就是没有人给你去办，副局长支支吾吾说解决不了，需要等。

金花上班后一直靠借钱生活，即使满腹牢骚，还是必须去努力，两个月已经给台里创收了一万多元，对于一个新来的员工来说是个好成绩。

可即使是这样，办公室有些人还在冷言冷语："拉那么多广告有什么用？还不是连基本的工资都没解决？"

康金花心里委屈窝囊。这段时间，兰花读书的事更让康金花头痛，她成绩不太好，初中毕业后何去何从？兰花和银花去了湘西玩耍，兰花打电话告诉大姐她们正在亲戚家，亲戚建议兰花留在湘西找点事做，或者当当保姆。

金花不同意，兰花也不愿意。金花不希望兰花重蹈覆辙失学，咬紧牙关也要让兰花读书。

金花去联系学校让兰花读书，正规中专的委培指标还没确定，且专业不理想。私立的计算机学校，正要开学。先去计算机学校报到，两周后，委培指标却下来了。问了几个周围的熟人，说这是委培的带指标，以后还是比民办的计算机学校要好就业一些。

兰花上学马上就要交学费，这是十万火急的事。金花分配任务，总计要五千元的费用，家里筹集两千元，金花筹集三千元，还需要一千一百多元的生活费。金花准备要家里少借一点，自己去借款。虽然分配了任务，心里头挂念着母亲去哪里借呢？香梅打电话告诉金花说只借了一千八百元。

金花说没关系，自己去想办法。实际上，金花连生活费都困难啊。她还是东拼西凑借到了四千元，带着母亲和妹妹去学校报名。

小师妹余香经人介绍在农委实习，农委主任关照说可以住他家去，师妹来讨教金花问主意。金花可听说过农委主任的风流韵事，她告诉师妹："不要陷入被动的困境，宁可自己租房住，女孩子一定要注意。"

余香家在农村，母亲年岁已大，父亲聋哑，家庭负担十分沉重。金花找到一处破旧的房子只要三十元一个月，她帮师妹租下房子。两人聊天说起家中的情况，其实农村的孩子家家有本难念的经，大家奋斗都有点累。余香说着说着哭了起来。面对余香，金花总觉得应该尽一个姐姐的责任和义务，虽然自己能力很有限。

局里开会时金花得到了分管业务局长的表扬，她知道这表扬的分量，这表扬也酝酿着他人的不悦。

局长总结说："这段时间总体上不错，有所进步，在业务能力上，康金花是不是台里最强的呢，现在还说不上。她毕竟是个刚分配来的新人。但是无论是从新闻用稿和创收来说成绩摆在这里，很能说明问题，说明一个主观能动性的问题，她本身对工作认真负责，把台里的工作放在心上，值得肯定。编辑记者们要坚定信念：今年年底一定要实现目标责任状，不要到年底来攀比，谁的奖金多，谁的奖金少，要有紧迫感和压力感。"

会议还没结束，一些人就开始说："局长，你别看康金花年纪小，她是很有经验的，在社会上很有关系网络。"

金花会后对局长说："您这么表扬我，我都不好意思了。"

局长说："这个成绩大家都能看到，我想广播局对你来说只是一块跳板，总有一天你会有更大的发展。"

表扬过后，老员工对新人的排斥依然存在。

不过，康金花是无所谓的。

记得她刚来时方文明主任排斥过她。他和龙记者去采访民营企业家，打电话要金花送录音机电池去，送去了也不要金花参与。等金花回到办公室又打电话说电池质量不好要求再送一次。

金花很是恼火受这样的窝囊气，难道自己就是个跑腿送电池的小丫头吗？一个民营企业家这样的采访都不能参与？

金花敢怒不敢言，只是在心里说："方主任，总有一天，我会让你知道部门主任应该有怎样的胸怀。"

有了这样的经历，金花也就不奢望有老同事能带自己了。她独来独往出去跑业务，拉回来业务别人眼红是别人的事。一个人出去跑采访，不害怕孤独和世俗之见，在这个陌生的城市里照样可以站稳脚跟。

兰花打电话给姐姐说身上长了很多痘痘，请假回金花这里治疗。看到兰花时，金花吓了一跳，兰花的脸十分恐怖，长满了水痘还化脓了。

金花着急带妹妹去人民医院，皮肤科没有人上班。去中医院找朋友打病毒唑，打针到九点多，心急如焚。打完针又带着兰花去同乡阿姨家里烧水煎药。兰花身上长满了脓包，喉咙、耳朵也不舒服，金花每天下班后带兰花打针看医生，催她服药，煎中药水洗澡。

妹妹身体有恙，金花事必躬亲，心里头犹豫要不要把病情告诉母亲。

压力随时陪伴着金花，好像孪生的姐妹。幸运的是，经过一段时间的治疗，兰花康复了。

10

坚韧的康金花，经过不懈的努力，现在已经是新江小城里风光的电视台记者。她要拯救她的家庭，要想办法让家庭摆脱贫穷。她去过一次北京，那的确是个好地方，可一想到还有个大家庭在贫困线上，她哪能忍心独自一个人去追梦？

银花在新江小城找了份工作，康金花正准备想办法看能不能争取弄到一个招工指标。香梅此时在一家沙发厂打工帮忙做饭，她经常来电视台和女儿聊天。

沙发厂老板从广州过来在这儿开厂挣了大钱，香梅不知道有多少万。听说在新区买了大房子，准备搬家，什么都是新的。这一切让农村来的她眼花缭乱。

银花回了一趟土地村，父亲托银花给母亲带来一封信：

"香梅你好，离家这么久了，想家吗？出门做事是很辛苦的，现要银花带信和你商量几个事情：一、过年猪我不想杀了，准备卖掉一头，买几十斤猪肉过年就行了。另一头到了明年三月农忙的时候再杀，你的意见呢？

"二、婶婶在看病，你们要去探望一下，家里经济很紧张，现在家无分文。

"三、你们是否可以提前放假，你早回来两三天准备过年？剑眉的新房哪天搬家？你们去贺新居的大米准备好了，是金花回来拿还是你回来拿？

"四、地里的庄稼都没有管理，天气雨水多，家务负担重，真忙不过来。今年的冬天是我最忙碌的一个冬天。"

正道捎给金花一封信："金花你好，新的一年来了，你将踏上锦绣前途。兰花的学费对家来说是个极大的负担。家里的经济你是清楚的，信用社还没有贷款指标，跟别人借钱也很为难。淑红家里为了孩子上学把耕牛卖掉了。父亲是无能的，现在只有靠你想办法支持兰花了，我们大家艰苦一点，过了三年毕业就好了。金花你要注意身体，注意饮食。经济再紧张，生活还是要抓好，在房子里生火要注意煤气。在婚姻大事上，要慎重考虑，内才要好，人才外表也要考察。"

银花悄悄塞给金花一张皱巴巴的纸，报上登着父亲写的一篇文章《新江行》，金花看完哭了。

正道记录了在城里被自己的姐姐打耳光的场景，也许这是正道心里最大的屈辱。

这一记耳光，疼在正道的脸上和心里，也疼在香梅和金花一家大小的心里。

南方的春天是有些阴冷的，金花的心情和这天气是一样的。正道受的那一记耳光，就和阴冷天的伤寒腿一样，经常隐隐作痛。

金花也有一年多没去姑妈家里走动了，虽然她反复告诉自己，不能对大人之间的恩怨有成见，但父亲的痛就是女儿的痛，她怎能不难受呢？

土地村的堂叔有次去姑妈家里走亲戚，他捎话回来说姑妈自己认错了。

亲情是阻断不了的，金花还是去了姑妈家里。姑妈特地就她自己和正道的事对金花做了解释，说她冷静下来想想，不该当着那么多亲戚的面给自己的弟弟、金花的父亲难堪。

金花憋了一年多了，她一直等着姑妈主动开口。

金花终于有机会替父亲说几句话来："姑妈，你是他姐姐，你还不晓得你弟弟的这个性格吗？犟着一口硬气的不懂得装样子，不会做表面功夫的。他在农村里两手空空不好进你家门的呀！兄弟姊妹之间不可避免会有矛盾，都要冷静解决，要不然别人看热闹啊！"

伯父母正好也在姑妈家，姑妈当着伯父母的面做了解释和道歉。金花说："我回去把你的话转达给父亲。"

姑妈看着这个和自己长得有几分神似的侄女，有些歉意，她之前骂过康金花忘恩负义。

姑妈抬起手来搭放在金花的肩膀上："看着侄女有出息我也高兴。"亲人永远是亲人，在血脉相连面前，什么误会委屈都能放下。

局里重新调整人事，领导们很忙。每天都在开会研究方案，既要琢磨事，又要琢磨人。员工个人可以选择部门，部门主任可以聘任员工。金花听从安排，电台不保留，总编室想要金花过去，局里成立广播电视台，设立八部一室，新成立图文制作部、专题部。金花被调整到图文部，图文部被安排去省广播电视厅学习。对于这个县级市的小记者来说，去省城学习的机会，和登天差不多。

局里开全体干部职工会，金花只获得一条真理：一人得道，鸡犬升天。主管工作的方副局长为了转正坐上局长宝座，帮市委副书记的千金龙真小姐提升为新闻部主任，实权部门。局里职工大凡父母或丈夫在市里有个一官半职的，局里的领导都不敢怠慢，安排在实权部门。

不光是金花感觉不公，大伙儿也议论纷纷。一个二十岁刚刚解决组织关系的小女子，只因为父亲在当书记就坐上了新闻部领导岗位。

单位开党员会，主要是民主生活会，开展批评与自我批评。

各部门的党员负责人讲了自己的优点和缺点，金花也简要总结了一下自己。主要是感谢局党组的关心，把在电台工作的情况向局党组和老党员们做了汇报，表示尽最大的努力把工作干好，希望有锻炼的机会，希望得到老党员和长辈的指导和帮助。

人生充满机会。有缘分的人总是有机会再见。

金花在新江市委开会，居然遇见了母校江南农学院的阳书记，他正和相关部门同志谈工作。市委领导、市计委李欣局长都在。

阳书记看到金花微笑着向市领导同志介绍："这是康金花，我的学生，自己跑毕业分配，从国家级贫困县改派到这里，各方面素质都很高，要请在座的各位领导多多培养哦！"

"你这个得意门生还不错嘛！现在她已经是我们新江的名记了。"李欣局长笑说。

金花羞涩地笑了。金花想起来阳书记给自己的毕业留言：树立远大理想，立志建功立业。

经历了毕业分配和工作，金花对前途未卜的工作现状的确有诸多怀疑，生活越来越琢磨不透，内心已经被现实折磨得疲惫不堪。她诚恳地向阳书记讲了目前的处境，谈想法准备下乡。阳书记表示赞同，但建议可以过两三年，在市里把基础打牢固一点。

金花只有对老师才敢讲出心里的真话："在社会上混好累哦！没有可以信任的人，不敢说话。"

谈到毕业分配真有点消磨斗志，阳书记说："那时我们关心不够，没有帮上忙。"

金花把他当作最尊敬的师长，也是最贴心的朋友。他给人信心、力量和勇气。

金花终于鼓起勇气去市长办公室，谈起想走仕途下乡锻炼。

冯市长说得很现实："女人走仕途很辛苦很累。你现在下乡去，要失去很多优越的机会，最好是成家结婚后再下去。有家有房子能在城里安定下来。"

金花在这个小城里的社交圈逐步扩大，有城市的政要，也有一些和她一样刚毕业分配的大中专学生，还有一群来自家乡的同学。

党校同学春艳的男友在大连当兵。她说她的同学和老公去了深圳，妹妹也去了广东。小城人心浮躁，南下的大潮冲击着大家的思想。出去，还是待在小城里，大家都在犹豫。

11

一九九七年的金融危机影响到湘南王化县城，金花表姨所在的厂已经发不出工资，表舅所在的厂子也即将倒闭。一九九八年国有企业改革，金花刚开始并没觉得有什么阵痛。她采写的化工企业改革稿件，其实也是听领导们的介绍和去企业看了看，真正和企业职工并没有接触。

从氮肥厂调到东河水泥厂的表舅遇上企业改制，选择离职。在化工研究所工作的表舅妈也下岗了。金花这才感受到真正的痛。舅妈是个事业心很强的女性，她在研究所工作兢兢业业，也是岗位能手。下岗后哭过几次，一直没有找到合适的工作，只好待在家里。

金花想起当年等待分配时经常跑去表舅家，他们把她当作亲生女儿看待。金花现在的工资是四百四十元一个月，给妹妹交学费已经借款好几千元，平时还要给她寄生活费。她哪里能帮助到下岗的亲人呢？金花不好意思空着手去，也不知道怎么才能安慰他们。

当她周末坐着中巴车来到表舅家里时，看到表舅的同事在他家里吃饭，气氛沉闷。

金花悄悄问："舅，你同事怎么啦？"

"唉！运气不好呀！背时。厂子倒闭后他贷款与人合伙开了一家洗车店，本来生意还不错的，就怪那洗车工不懂味，没那技术还拿人家车钥匙去开车，撞死了一个人！唉！要赔几十万，老婆也离婚，连家都没有了。"

表舅悄悄和金花说道。

王化陶瓷厂的表姨也要下岗了，她不知道未来在哪里。金花心里很着急，不知道自己能做些什么，心里积蓄着内疚。

金花最困难的时候表姨资助她上学，如今自己有了工作却囊中羞涩，她没有办法帮助到恩人，内心里自然是难受的。

这天早上，金花接到表姨的电话说她正式下岗了。企业效益不好，准备去广东，向金花借三百元钱。

金花这心里真不是滋味，亲人要远行，哪知道他乡的生活怎么样，人到中年单位下岗，表姨心中有太多的苦涩。表姨身材单薄得让人怜惜，瘦得有点让人不安。金花去车站送别表姨，看着火车驶离，内心满是辛酸。

随着外出采访机会的增多，金花交往的圈子也打开了。

原名在新闻部当主任，来金花办公室小坐。"金花，你最好跳出电视台去发展。你有走仕途的潜质！"

"感谢主任的关心啊！我没有做这个梦呢！"金花心里其实是蛮想的。

"你现在最重要的是搞好人际关系。你看现在的团委书记当年在电台当编辑时并不像你这么锋芒毕露，每天扎实做分内事，不得罪人。"

金花承认自己是只小刺猬，她觉得自己这牛脾气，也是需要改改了。得罪的人多了，四面树敌是不好的。

原名接着说："如果去年年底你不找我谈话，要是组织来调查你，我肯定只讲你的不是。"

金花一笑："我这脾气是容易让人误会。"

新闻部的吴浩这一阵正在闹情绪，谁也不愿意和她出去采访。金花和她聊过几句，她说："好像很难适应这个环境，这周围与原来变化太大。"

吴浩从台里出去读书后又回到台里当主持人，在大城市与小城市里难以找到自己的角色定位，生活是拧巴的纠结的，她后来得了抑郁症。

新局长、书记上任，台里气氛好多了。老播音台长抓政工，张局长主管宣传。近日总有人提醒金花："去找领导争取搞个台里的团支书当当。"

要金花给领导提要求？好像说不出口。

政工局长找金花谈话："团支部确定你和蔡真、吴艺，具体分工未定。安排你去文艺部协助周伟工作。"

团支部改选，由于某位领导关照，蔡真当选支部书记，金花当选委员。局里开会，电台合并到新闻部，下设采编组、专题组、编辑组。

做专题节目有时压力很大，特别是报道一些社会阴暗面时，一旦摸了猴子屁股老虎屁股不得了，小城里有千丝万缕的关系网。

以前金花对电视台记者有这样或那样的向往，来了也觉得不过如此，是不是该给自己定下另一个目标了？

金花接到市民举报，市里住宅电话费一个比一个高得吓人，据说是邮电局内部员工搞鬼，把自己的通信费转嫁他人。四月本市一乡镇居民因电话费多达几千元而告上法院起诉，结果是电话机主胜诉，邮电局赔偿损失。吴浩几次采访邮电局局长，对方都否认了因起内部员工。

上午，台长、原名主任、素衣副主任和全体记者开会讨论选题。大家把《话费怎么了》这期节目综合分析。台长摆出了问题，要求继续采访胜诉客户，采访法院的经办法官和律师，搞清楚事情的原因。

台里领导一致要求金花接手节目继续做下去。金花好似接个烫手的山芋。台长鼓励金花说："小康，你做深度报道有基础，我们对你有信心。"

素衣副主任也鼓励："金花妹子，你能行。"

金花硬着头皮上。几个部门采访完后，联系邮电局局长，他顾虑重重，还是不愿意出镜。不出就不出，节目继续播。节目播出后，邮电局不得不做出整改措施。

邮电局局长路过电视台看到金花："康记者，你的节目做得不错，感谢你给我们提的意见，以后手下留情啊！"

金花笑了。

下一期节目涉及交通征稽部门、交警大队等一些单位的实质利益，这些单位的负责人没有给金花好脸色。

运管所的所长开了一上午会，几句话应付了金花一下；交管局的领导迟迟没露面，看来这样的露面谁也不愿意。其实节目与人际关系往往有矛盾有冲突，怎样做好电视节目，不但要处理好社会关系，而且要有能够让人折服的知识或独特的技巧。

这几天采访的一些车主反映强烈，车主的抱怨很多，反映费用负担重，收费多。职能部门谁也不承认自己有错，都是严格按照国家标准执行。

金花写了稿件《车轮滚滚奔他乡》，台长做了一些修改后更名为《本地车为何要落外地户》。

国际禁毒日这天，市公安局有个禁毒抓捕集体行动，局长对干警提要求，市委副书记做指示，电视台配合宣传。

抓捕行动分成四组，每组都有黑名单，地址外号基本情况都掌握得清楚。金花跟随抓捕组来到吸毒人员刘勇的家，家具破旧不堪。老母亲无奈摇着头说："他经常不回来，管他也不听，好几次劝他别吸毒了，他都哄我骗我，说不吸了不吸了，可是背着我还是吸的。"

隔壁阳台传来一个女人怪声怪气的话："他不在屋里呢，经常到深更半夜才回家的。"

金花和警察一起走进刘勇卧室，看到了破旧的家具和一些吸毒用的注射器。

三建公司的康总家儿子吸毒，父亲积攒的百万家当被儿子败光。还有一个叫李三毛的吸毒人员，爷爷奶奶是知书达理的老人，看到李三毛染上毒瘾，老人家哭着要公安人员带孙子去戒毒，咒骂贩毒该千刀万剐，把自己好好的孙子给祸害了。

声声控诉，催人泪下。

金花其实很想在电视台有发展，也希望能被重视。在电视台被围攻的事件里，金花自己感觉像个共产党员，也无愧于这个单位对自己的培养。

这天她正走出办公大楼，忽地来了一群人打着横幅"新江98商品交易会"，金花马上意识到出事了。

市工商局市场服务中心计划办个商品交易会，主办人赚钱心切，未经市里审批已经向全省各地发出了邀请单，在电视上做了广告。很多客户交了五百元一个的摊位费。

没料到活动没有报批无法举办。一场交易会流产了，客户纷纷来要求退款。

主办者没退款人跑了，大家伙不服气跑来围攻电视台，说是电视台做虚假广告要求赔偿。

金花见大事不妙，马上安慰大家，要他们稍等片刻，立刻请领导来解决问题。金花给刘局长打电话，他说马上回来。闹事的几个人跑到二楼办公室，摄像的吴老师本来就脾气暴躁，拍桌子叫那些人滚。闹事的人一声招呼，下面的人蜂拥而上，全部挤进了办公室。

看事态严峻，金花大声质问："你们想不想解决问题？我已经叫了台长、局长来给你们解决问题，如果不想解决，你们可以在这里闹事。如果想解决，其他的人都下去，安排一两个代表留在这里参与谈判。"

商户带头听从了金花的意见，留下代表，其他的人都下楼去了，气氛平静下来了。不多久，局长、台长和广告副台长都来了，年轻后生、电视台的团委书记抓住了好机会向领导们汇报，商户代表讲述事情经过，金花感觉局面已经能控制下来，悄悄走了。

春天小城电视台门口摆满了早餐摊子，新闻部副主任和妻子在门口摆了一个小货屋，生意很火，让人心里痒痒的。司机刘师傅老婆摆了个电话亭，服务公司刘经理和夫人也开了维修广播电视的店铺。搞活经济是大事，靠死工资难以维持生计呀！这些广播电视局的职工，都在开始尝试另一种生存办法。

金花想着银花能做什么，是不是也可以做一点小生意？

下午同事吴浩说辞职不干了要去北京，单位议论纷纷。

或许，吴浩和金花一样，有一颗不甘沉沦的心。

金花去吴浩家送别，吴浩父亲说："孩子多次有想法要出去，家里都反对。做父母的都希望孩子平平安安顺顺利利。一个女孩子出去闯荡干吗？平安生活也是一种幸福，不希望女儿出去经历太多的艰辛。"

理想与现实，青春的憧憬与老年的安稳，总是矛盾。

今天还听说市里龙书记的千金也要调到省台去，果然是大树底下好乘凉，有个当官的爸爸比什么都好。吴浩要远行，龙真要去省城。

金花想了很多，内心的痛苦不知道和谁说，正好看到中央电视台《牵手》里面有一句话很好：得到的太多有痛苦，得不到的也痛苦。

12

土地村的故事多了起来，大多数女人出门了，南下的女人们去了广东，有些进工厂，有些在美容美发馆，老家的新房子渐渐多了。农村人口特别是乡里妹子走向城市。

几年前，金花的表姨邀请香梅出去打工挣钱，香梅想过要一起去的，可就是狠不下心舍不得孩子。

正道肾结石痛得厉害，香梅陪着他来新江城里看病。金花带父亲去医院看病。求医不容易处处要花钱，她心情很沮丧。父亲的病需要手术，几千元的费用想起来多少有些心急。

村里来了电话说要选村干部推选了正道。正道年轻时不得志，现在被推选当村干部，他闹着要回去不做手术了。原来他有自己的小心思，村委会选举迫在眉睫，他想去努力一把。早年失去机遇，未能有所发展。一辈子总有些遗憾，

三年一届的村委会干部选举在土地村如火如荼地进行着，此次选举要选村长一名，文会一名，妇女专干一名。五名候选人，女候选人两名，从前几年的选举来看，农村基层选举的宗族势力、家族观念比较严重，各个家族都选自己家族的代表，存在家族串联。

三名男候选人实力相当，年轻代表素质较高，首轮选举淘汰了一位，他家族的人不服气。在第二轮选举时依然投票自己家族，尽管选举名单上已经没有了他的名字。

这样的选举，其实就是农村家族之间的竞争，对于一些普通村民来说事不关己高高挂起。

当然，也有不少有抱负的年轻人对村委会干部有意见想提，也有些开创性的想法。

还有一个问题就是干部家长作风浓厚，听取群众意见少，而且易形成小集团、小圈子。

农民反映的问题是村务长期不公开，群众意见很大。有些地方村务公开也是形式。总之，农村选举中存在相当多的问题，基层政权是否稳定，关系到国家政权的稳定。

康正道，终于走出了沧桑，青年时土地村培养的后备干部，被生崽的事耽误了二十多年。五十多岁，居然又被推选上村干部了。

别拿豆包不当干粮，村干部也是干部呢！康正道这一家子，现在再也没有人看笑话了。

村支书说："金花，你爸现在是村干部了，以后村里有事找你要帮忙呀！"

金花回到土地村，做媒提亲的就多了起来。

母亲告诉金花，邻村有个小伙子曾经来家里要提亲，说人比较标致，几次要金花准备见面。

金花不知道这人是什么底细，有没有抱负，是不是社会青年。

这几天单位的同事也在说媒，同事的一个表弟在部队当兵，军校毕业后留在部队干了八九年。

邻居云心伯父和伯母准备替金花做媒，男方是伯母娘家哥哥的儿子，也是县长夫人的侄子，在北京当兵。

同学跟金花说："你应该找一个条件较好的有助于你成长的伴侣。"

在大众眼里，金花是个女强人，以后的婚姻一定不会幸福。要找个比自己强的，两个好强的一定会矛盾多多。要找个比自己弱的，也许金花从骨子里会瞧不起。

同事志清是局长的弟弟，曾经有人做媒，金花觉得他学历太低，还油嘴滑舌，她接受不了。

她陪文友去相亲，相亲的朱先生却给金花打电话说感觉很好，希望多了解。她虽有被人欣赏的小得意，但不想让文友尴尬。而且，自己终究要离开这个地方，她拒绝了朱先生的好意。

在这个小城里，她和来自不同乡村的年轻人惺惺相惜。现在经常聚会的，是校友圈的典舒和他的朋友们，教育局的方明、当警察的刘华、等待分配的谢建等。

香梅看着金花和他们打得火热，问："是不是有谁喜欢你？不要太亲热了，免得到时闹出什么麻烦和意见来。"

香梅的预言成真，没多久金花就收到了方明的玫瑰花和巧克力，她有些不知所措，赶紧退了回去，她写了一段话："方明你好，感谢你的好意！我们同是从农村出来奋斗，挣扎着出来很不容易，我现在只想好好松口气。我在近期内找朋友是不太可能的，但愿你能早日找到你的挚爱和幸福。无论如何我们都是同舟共济患难与共的兄弟姐妹。"

与方明相比，金花更喜欢和警察刘华在一起。

刘华给金花写过两封信，设身处地为金花想了很多，谈了金花的发展也谈了他的一些性格特点，金花感觉到他的率直坦诚。

刘华说他很迷茫，他和家人谈起金花，家人认为金花好强，和她恋爱要慎重。

金花虽然根本没做好准备恋爱，听着却有点酸楚。

香梅看到刘华后劝女儿："相信你还能找个好一点的吧。"

金花心里有点烦。

妈妈谁都不满意，干脆这辈子不嫁了。

不谈就不谈吧，反正还没开始，就是收了两封信。

金花虽然孤独但很淡定。

周一早上出去采访，路上忽然听到有人叫自己的名字，康金花很奇怪，那人似曾相识，却又无法想起来是谁。小伙子说是派出所的，是刘华的同事，他告诉金花刘华受伤了。

金花装作很平静："严重吗？怎么回事？"

原来是辖区斗殴，刘华出警被打伤。金花趁午休到人民医院看望刘华。金花到达医院时，他正在病床上输液，颅骨骨折、轻微脑震荡、背部多处创伤。他说话比较困难，但神志十分清醒。金花站在刘华的病床前有点紧张，她担心别人的误会。

金花安慰自己和刘华只是普通朋友，但心里又牵挂，她每天都往医院跑去看刘华，其他人都吃饭去了，刘华断断续续聊起了案件。金花很想逗他笑笑。这么一个瘦瘦的警察，正如一个需要呵护的小弟弟。看着他逐渐好转，脸上有了微笑，金花的心情也开朗了很多。

金花和刘华讲过，自己要离开新江，准备去北京。刘华说金花是有理想有抱负的，而他只想在小城安稳地娶妻生子。彼此宣告让爱的种子不要萌芽，让它在未萌芽时死去。

二十多岁的年轻人，虽然还没有正经八百好好爱过，但是被追求被欣赏，是任何一个女孩的骄傲资本。要强、逞强、自尊心强，更是山里妹子的特点。

某一天，刘华和金花在街上偶遇，彼此目光对视。他很快转过头去，一定也是余情未了，而金花侧身而过之后的惆怅与失落，也只有自己知道。

在这个小城市里快有三年了，金花感觉到：如果还不想办法离开就没有机会了。单位的甄亮考上了广播学院，金花有些羡慕和惆怅，自己正在浑浑噩噩地混日子。

金花和朋友方方约定：明年一定也要争取出去上学，目标是去北京上学，一起为目标奋斗。

一位朋友今年参加了考试，金花询问她的情况，她说上了一趟北京后，思想发生了很大的变化。以前她总认为家乡的这个小城真的很好，挺安逸的。去了北京后感觉，还是要想办法走出去，外面的世界很大，我们还如此年轻，实在不该做这样的井底之蛙。

单位播音员吴艺也收到了北京广播学院的录取通知书。

康金花呀康金花，你也该努力改变自己了！银花工作稳定了，兰花也毕业了，你该有自己奋斗的机会了！

金花其实心里一直都有一个梦想：要离开这儿去更广阔的世界。她要去找脱产学习的机会，争取学历上个台阶。她计划明年去考新闻学院，学习两年。当然最大的困难是经济因素，两年学费需要两万，金花开始努力筹措学费和生活费。

电视台工作的这两年，她跟随市领导去农村建整扶贫，她做过的节目，让更多市民对自己有认可。铁肩担道义，妙手著文章。既然选择了新闻行业，就努力当一名好记者！

金花心里有一个声音。

第四部

1

这些年摸爬滚打，在农学院在电视台在北京读书在机关新闻局工作，康金花总觉得自己是个局外人，总是观察员。

康金花这一路懵懵懂懂，但又信心满满。

这一次，她回到王化县田野镇，她总得要当一回土地的主人，当一回真正投身伟大建设的实践者！她要把她青春未能实现的抱负、把她当年学农没有为农的遗憾、把她在北京闯荡多年累积的经验，都拿来在土地村上做个试验！

其实，这不仅仅是康金花的梦想，离乡游子功成名就都要荣归故里，帮扶乡亲，建设家乡。这也是许多人衣锦还乡的动力。金花虽然不是什么成功人士，但回乡扶贫也是她的梦想。

电暖器厂厂房竣工了！新厂举行开工剪彩仪式，各有关部门的领导们都来了，电视台、网站、报社的记者们也来了。

厂长康国兴特别激动："今天是我最开心的一天。感谢各界领导对我的关心和帮助！企业从无到有从小到大，凝聚了很多人的心血。我所走过的每一步创业的路，都要感谢党和政府的好政策。其实这些年我在外办厂，经常遇到这样或那样的困难。当我的工厂在家乡的土地上顺利开工时，我要由衷感谢这片生我养我的土地！我从来没有像今天这样踏实，我能真正站在家乡的土地上建设家乡了！"

康金花清楚地记得一九八四年乡镇企业开工的情景，那时她还是个孩子来厂里看热闹，今天，她和乡亲们一起努力，让这片厂房重新焕发生机。

土地村的礼乐队敲锣打鼓奏乐。

村子里开始禁炮了。禁炮倡议书刚发出去的那些天，院子里的老人家有人表示不满："祖祖辈辈都是这样放过来的呀！红白喜事要放炮的，这个不能改！"

"现在要讲环保，鞭炮对空气污染大呢！炮渣子清扫也麻烦，农村也要跟上新形势！"村干部、小组长、党员轮流上门做解释。

"其他的我不说，老人故去的那个炮一定不能禁！那可是千百年来的风俗！关系子孙后代兴旺发达的！"

"老人家，这个要看怎么说，什么叫移风易俗？改了也就改了。难道长辈去世不放炮，他的后代就不兴旺了吗？没这个道理。"

习惯成自然，不放炮，村子里安静了，马路也干净了，慢慢地村民也习惯了。

遇上喜事，村里的阿嫂们组织的业余礼乐队出场，男人们说：平时看着她们嘻嘻哈哈干不了正经事，搞起表演来还像模像样呢。

环绕土地村的油溪河，两岸青山相对出，峡谷深潭神龙入，这是土地村神秘的森林，更是祖祖辈辈口口相传无数传说的源泉。但近些年来，总有城里人和村民在河里打鱼，在山中打猎。树林里的麻雀子明显少了，带着鸟铳的人四处穿梭。

想盖房，去砍几棵树，想换钱，去卖木材。有些人想着林地分给自己承包管理，自己可以随意砍伐。

"绿水青山就是金山银山，我们怎么守着片林子不换金子银子呢！"村里刚提出来要禁渔、禁猎、禁伐时，好些人不服气。

"朝朝代代都是靠山吃山靠水吃水，这么多年我们村虽然有山有水，可是也没吃出个什么名堂来哦！"康青说的似乎有几分道理。

"现在都讲科学发展观，讲生态环境，讲要为子孙后代留青山呢！"老党员康民主说。

土地村八千亩的总面积，林地面积就有五千亩，九个村民小组的两千多农业人口，零星分散在相距甚远的院落，老幼相守的村庄，其实幸福感并不高，康金花从老人家落寞的眼神里可以看到隐忧。

两千多亩耕地，原来是一片绿色与希望的海洋，荒芜了十多年，种水稻的老庄稼汉，都已经干不动农活了。

康金花在新源里走门串户，当年父母常年念叨的生产模范，都已经风烛残年了。

康富强那时算是生产队的一把好手，身体好，一年四季总不见他停下来。他满脸富态，但难得一笑，种田种地那可是有口皆碑的，村民笑他和个土地神一样。

"八十多了，早就没上山了，金花，这田土荒着是可惜了啊。你看看我几个崽都六十多了，孙子们都在外，冇人捉田哦。"

"主要冇劳力，现在的后生家，还有几个会犁田拉耙?"金花说。

康富强说："请一个工要一两百元，请不到人。农药化肥加起来不合算，不如去买点米吃了。"

日渐凋零的老一辈，改革开放实行责任制初期的这一代人，当时三四十岁正是干劲十足，现在都是古稀老人了!

只要有最后一点力气，他们都在劳作，下不来水田，就改种玉米花生。

金花刚走到汉宫队，就见老木匠家院里坐满了人，门口贴着治丧委员会的白纸。又一个土地村的老人走了。

老木匠的儿子和金花是小学同学，正戴着孝帽穿着孝服。

"莫伤心了，老人家这么大年纪，总要去的。"金花安慰道，想起老木匠当年帮自家建房子时的音容笑貌，金花也是一阵伤心。老木匠精通木作，金花那时常常喜欢看他拉起墨线，打量每一根木头，就像看一件绝世精品。

别让四只麻雀散了伙的故事，金花就是从他那儿听到的。农村里请匠人帮工，无论是石匠、木匠、篾匠还是漆匠、砌匠，都要用最隆重的待客方式招待。这些乡村的工匠在主家做工，勤快又麻利，认真又严肃，只有在吃饭的时候，他们才会谈笑风生，一个个鲜活的乡村故事，就在他们嘴里活灵活现了。

自家建房时，正道和香梅特地给老木匠煎了两个鸡蛋，自家老母鸡下的蛋，蛋黄特别黄，新鲜的红辣椒炒起来格外香，金花和银花在一旁看着流口水。

金花盯着老木匠的筷子，看看他何时夹上那个煎蛋。只见老木匠在其他的菜碗里夹点家常菜下饭，迟迟不动那两个煎鸡蛋。金花的心就一直没有停下来。

香梅常常热情得过分："来来来，做活辛苦了，莫讲客气，今天没有去乡里赶集买肉，这两个煎蛋快吃了。"香梅端起菜碗来，往老木匠的饭碗里拨。

正道端起烧酒杯来，也附和着喊："来！喝起，下酒菜！"老木匠推辞着用手掌盖住了自己的饭碗："莫莫莫，莫这样劝，我晓得呷，我嗯做客的。鸡蛋留给小孩子。"

乡里人呢，指望着母鸡下个蛋呢，有的拿去换钱，有的留着给老人孩子生病的时候补补身子。

老木匠见香梅太盛情，总在不停喊不停夹菜，他接过香梅手里的菜碗，用筷子的另一端夹起一个煎蛋分给了金花，另一个分给了银花。

"细把细，莫呷，这是给木匠师傅做的。"香梅阻拦着。"哎呀你嫌意哦！"香梅对着木匠说。

金花和银花，虽然有点不好意思，但一颗心总算放下来了。金花有点点过意不去，她又用干净的一双竹筷子夹起鸡蛋递给老木匠："来，伯伯，还是你吃吧。"

"金花，你吃，你吃，你们小孩子要营养。好好吃我给你讲个故事。别让麻雀散了伙。"

老木匠绘声绘色地讲了起来："话说苏东坡一次请朋友喝酒，炸了四只小麻雀。眼看着朋友一连吃了三只，还剩下最后一只麻雀。朋友喝下一杯酒，夹起小麻雀来正准备吃，突然发现苏东坡一只也没吃，他有点难堪，又把炸麻雀放在盘子里。苏东坡笑着说：'你吃了吧，别让四只麻雀散了伙。'"

金花、银花听得哈哈大笑，老木匠也笑了起来。在金花心里，老木匠伯伯可是土地村的灵魂人物哦！

可惜回来这段时间，还没来得及跟老人家谈天说地，他竟然走了。

"金花，我现在愁的是老人家出山找不到年轻力壮的人抬柩。"老木匠的儿子愁眉苦脸地说。

这是个问题，早几年在北京，金花的父母就接到过土地村乡亲的电话，说村里的老人故去，出殡时找不到劳动力抬灵柩。农村的土葬习俗一下子还难以改变。过去村里年轻人多，热热闹闹、轻轻松松地就组成了抬柩队伍，现在总担心怎么把沉重的棺材抬上山。有些地方出现了职业化的抬柩队伍，给钱办事，买卖而已。

土地村的人想了一个办法，遇到老人故去的白事，由村民各家各户出钱，请在镇上、县里务工的人员请假回来为老人张罗后事，抬柩出山。

香梅问金花："你看看，人都要老的哦！以后我们也要回老家去的，这是村里的新办法，得支持。"

金花当时听着有点意外和纳闷，但她又能有什么办法呢？

当一切都变成钱的时候，往昔的人情与乡村认同去哪里寻找？

老木匠哦，你怎么也没想到，一辈子走遍家家户户，最后送你上山，还要想这个招儿才能出得了门。

这真不是你人缘不好，是社会变了。

自康金花回到土地村，各类村里的故事传言就钻进了她的耳朵里。

村里的砌匠炳初家里这几年闹翻了天，早些年他外出做工，婆娘春芳要了几万元本钱出去做生意。乡里人做生意，就是去邻县的批发市场进货回来，随后去各个乡村集市售卖。

这些活跃在乡村集市上的商贩，卖布匹的、卖衣服的、卖鞋子的、卖五金的，长期形成了固定的游贩模式。巨大的包裹、沉重的货箱，对春芳来说也是很不容易的。

要不是为了生活好一点，谁愿意这样日晒雨淋风吹呢！家里的三个孩子正要读书，一个书包就是一份责任啊！

炳初和春芳可是人见人夸的一对，男人标致女人秀气，都有头脑，日子过得还算不错。

"春芳，来坐我这边！"小四轮载着满满的一车货，货主们男男女女挤着坐在货堆上，卖五金的喜汉做生意好多年了，经验也丰富得很。哪个乡镇的人多，哪个乡镇的生意好做，哪个乡镇的人头脑精，他都一清二楚。

春芳清楚地记得是在去邻县大树乡赶集的路上，春风吹遍了每一寸田野，喜汉的手不知何时摸到了她的屁股，当时感觉一阵燥热。她瞪了他一眼，喜汉趁人不备，居然亲了一口她的前额。这一吻吻乱了春芳的心。

炳初看上去标致，却是个木讷人，不懂风情。他身上的砖渣水泥味，好像怎么洗也洗不干净，春芳眼里炳初就是粗糙的一块砖。

喜汉幽默，中年男人走南闯北，经商的兜里有几个钱，自然也是大方的。每次出门请春芳下馆子，买首饰，帮着搬货，体贴周到。

乡邻们眼看着他们俩眉来眼去整到一起去了。喜汉的老婆远在广东打工，这事也传到了她耳朵里。

她一声不吭买票回来，正好撞见了春芳在自己家的床上，"你这个不要脸的，跑我家里来找死，看我不抽死你!"两个女人撕打起来，喜汉没有了平时的潇洒。

吵得天翻地覆鸡飞狗跳，土地村的村民在一边听着看着，知道这两个家庭要完了。喜汉离婚了，春芳却没有离。

炳初和春芳吵架，炳初心痛，为何自己的婆娘让自己戴个绿帽子？在给人做工砌房子的工地上，精神恍惚的炳初从屋顶摔了下来。

好好的一个后生，摔成了个残疾人!

他苦闷啊! 不是春芳，他能变成个残疾人吗？

他天天坐在轮椅上喝酒，破口大骂:"你这个娼妇，你走摆子……"

喜汉再婚了，春芳心里苦。

没多久，春芳又和村里的富强好上了。富强的老婆花娥在广东打工好些年了，只有过年的时候才回来。这次一回来，花娥就带回来个爆炸性新闻。她是回来离婚的，同时还带回来了一个她在广东认识的男人。

离婚，没那么容易!

富强的兄弟们很快知道，广东来的男人就在村口等着花娥和富强签完离婚协议就走。

"来，乡亲们，帮我把这两个人抓起来！"

富强的哥哥弟弟和院子里的人全部出动了，大伙儿倒要看一看这女人在外勾搭上一个怎样的男人，连家都不要了！

花娥知道凶多吉少，赶紧跑到村口想和新男友一起离开，却被土地村的村民带着锄头把和农具堵在路口。富强说话了："花娥呀花娥，好好的家庭你不要了！两个孩子马上要初中毕业了！你让我的脸往哪里放！"

"你还有脸？你别以为我不知道你在家里做了什么事！"花娥骂道。

不断的争吵中，趁人不备，花娥和广东男人拔足狂奔，往山坡上跑去，他们知道，今天不脱身，肯定会被乡亲们打的。

"追呀！给我把人追回来！"富强声嘶力竭大喊。

顿时，土地村上演了一场"活捉"闹剧。

这样的事，康金花听到好几起。

人言可畏对于这些远离乡村的人来说，好像已经没有约束力了。

这还是金花梦想着要回来的淳朴乡村吗？金花想起来社会学家费孝通那句话："乡间把子弟送了出来受教育，结果连人都收不回。"

不仅大学生不会再回来，就是目前在乡村教书的教师、乡村医生，也想尽办法到县城，甚至更大的城市。

木匠老了，砌匠废了，篾匠多年不织篾，在牌桌上过日子。

精巧的竹篾器具，竹椅子、箩筐筐、晒席子、筅箕，那可都是农家的宝贝。古朴实用的石磨，不用任何铁钉胶水的桌椅，别致的蓑衣、斗笠，这些传统手艺逐渐消失。

城市是谁的城市？乡村是谁的乡村？何处安放疲惫的身躯？灵魂安放的净土又在哪里呢？

康金花从热热闹闹的土地村走到五光十色的北京城，如今又回到了安安静静的土地村。她竟然有些恍惚，不知道自己在哪里。

如果以牺牲乡村而繁荣城市，最终导致乡村的衰败，城市的繁荣能走多远？

土地村，应该有新生的力量来激发新的活力！

土地村八十多名党员，肩负着这样的责任！

康金花这些年来看到全国各地的乡村，又和土地村有什么不一样呢？

康金花是关心政治的，中央每年的一号文件都是关于农业方面的，真正生活在农村的人都为农田荒芜着急。

"实施乡村振兴战略，是党的十九大做出的重大决策部署，是决胜全面建成小康社会、全面建设社会主义现代化国家的重大历史任务，是新时代'三农'工作的总抓手。

"要坚持乡村全面振兴，抓重点、补短板、强弱项，实现乡村产业振兴、人才振兴、文化振兴、生态振兴、组织振兴，推动农业全面升级、农村全面进步、农民全面发展。要尊重广大农民意愿，激发广大农民的积极性、主动性、创造性，激活乡村振兴内生动力，让广大农民在乡村振兴中有更多获得感、幸福感、安全感。"

当金花听到播音员说上面这段话的时候，她好似脑瓜子开窍了。产业振兴、人才振兴、文化振兴，这就是方向呀！

前段时间看的谷坡村、万溪村，他们都在产业振兴上做文章，万溪村的文化振兴可是值得好好学呀！根据土地村的情况，得尽快从几个振兴上下苦功！

养牛合作社成立了，几个股东都是属牛的，他们的合作社取名"三牛合作社"。黄菜牛从贵州买回来，这一路可让合作社的几个人着了急，他们担心牛水土不服，担心路上备的饲料不够，担心牛生病。总算是顺利抵达了土地村。

农学院专家李仁教授每个月来现场指导一次，养牛遇到的问题，也可以直接微信电话请教专家。

文化振兴从哪里入手？乡风文明不仅仅是禁炮、禁渔、禁赌。土地村村干部再一次开会商议。

三个臭皮匠，抵个诸葛亮。每次开会，总能聊出点火花。

"依我看，要把在外打工的女人搞回来。家里没有女人不像个家。村子里也要女人才活跃。女人回来搞家庭，抓孩子教育，家风才能正。"妇女主任建议。

"农村的人没什么文化生活，金花你看，你们城里人可以唱歌跳舞，可以出去旅游，乡里人一辈子就在这个地方。只能打打牌娱乐娱乐。"有点喜欢打牌的党员康发达自认为打牌赌点小钱是种娱乐方式。

"要怎样才能调动起村民参与村级事务的热情？"金花抛出一个问题。

"要有事可做，有钱可发。"坪上村的党员发言。

金花耳边响起了花鼓戏《刘海砍樵》："你把我比作什么人啰嗬嗬，我把你比牛郎不差毫分啦""走啰嗬行啰嗬，走啰嗬行啰嗬……"

这是香梅当年在土地村经常唱的家乡戏，还有更多的乡戏，那时金花最盼望的就是村里有人演戏。后来演戏的少了，变成了放露天电影，再后来，放映队也不来村里放电影了。

金花提出："我觉得关键还要有提振村民信心和丰富精神文化生活的办法。我们是不是搞一场文艺晚会，演员就从村民中选，让村民自编自演自唱，随便什么节目都行，敲锣打鼓吹唢呐，吹口哨吹笛子拉二胡，唱山歌，能上的都上！"

"好呀，难得热闹一回，土地村可有二三十年没这么搞大活动了！"村干部都积极响应。

"我还有个想法，文艺汇演上再搞个土地村好人评选，好婆婆、好媳妇、最佳孝亲榜样、道德模范，这几项要提前评，晚会上发奖！"康健说。

金花说："这是个好主意！村里开展道德模范的评选，让更多人知道村里的好人好事！"

土地村文艺汇演暨道德模范评选办法张贴出来，村民们兴致勃勃地评头论足，他们心里已经有杆秤了，道德模范给哪些人投票。

惠民老子什么时候吹过唢呐？好像还是当年正道和香梅结婚时他去迎亲，那时生产队里有个吹打队，在村里十分活跃。

"惠民公，你还吹得起来吗？"

"肺活量都没了，几十年冇吹了，我去找找家里的唢呐看看。"老人家高兴得好像回到了自己当年娶媳妇时。

"莲英婶，你的山歌好听，你唱一个哦。"

"莫出丑了，哎！早就不唱了！"

"管他落雨还是天晴，该唱山歌还是唱！"

两个月的筹备，土地村要搞文艺晚会的事，乡亲们奔走相告，微信发出去，在外工作的乡亲也说要回来看一看。三十多个节目准备就绪，参加表演的年纪最大的是八十三岁的惠民公公，最小的是七岁的孩子。村子里热闹起来。

道德模范评选出十人，他们有好媳妇、好婆婆、孝亲榜样、新雷锋。土地村这场晚会，两千多人参与，安全保障可是个大事情，镇里派出所大力支持现场维护治安。村里成立了演出组、安全保卫组，所有工作人员都是主动报名的志愿者！

聪奶奶拄着拐杖，被安排坐到前排，村里八十岁以上的老人家都被安排坐在前排。现场有一个环节，让他们的孙辈们给他们洗脚，老人家们笑着合不拢嘴。

乡风文明，需要一点一滴做起，细水长流。

2

乡村文化的振兴，是需要时间的。

正如共产党员康金花的觉悟一样，也不是生来就有的呀！正是时间的沉淀，岁月的打磨，让零星的经历变成了经验，才让她有今天的思想。

她想起自己离开新江城去北京的样子，除了有青春的梦想外，真是一无所有。

当年金花打电话和父母说了自己的想法，父母同意她去北京。但是他们也劝她要三思："这个问题我们尊重你的选择，但是你要考虑清楚，电视台是个好单位，一般人还很难进去。国家干部的身份好不容易才考到，放弃了也可惜哦！"金花回味着这几句话。

一家人刚刚看到希望的曙光，此时放弃？

从金花自己的内心来说，她真希望能有机会出去闯一闯。不管成功还是失败，总要给自己一次机会。

她回到土地村，父亲带着家族里的后代们去给祖先扫墓。金花是这个队伍里唯一的女性，这是她的特权。在金花的家族里，女性一般不能上祖坟，也不能在祖辈的墓碑上留名的。

她即将远行，特地回来和祖先们告别。

银花和兰花已经在小城里安顿下来，这也让金花心有安慰。

去北京的车厢里，金花对面坐着大学化学系教授赵锋，他刚刚从湘西探亲回来。两人聊起天来，一说起湘西，金花忘记了去北京闯荡的紧张，她和赵锋谈起自己湘西的同学，虽然家庭条件一般，但真的非常淳朴，讲感情讲义气。

赵教授笑着说："你看过《湘西剿匪记》吗？我们湘西人除了讲义气外其实还有点匪气的呢！"

赵教授有湘西同学的淳朴，又有知识分子的儒雅。

赵教授说自己刚刚接手大学校产生物科技有限公司，从来没有公司管理经验的他，刚开始当总经理有些不知所措，不知从何下手。但一边请教一边自学，很快就进入状态。到校产公司不到两年就为学校创收百万元，得到了校长的表扬和赏识。

当时下海，阻力很大，导师对他是寄予厚望的。

他觉得有愧于导师的培养，真诚地对导师说："您的教诲永不忘记，但我尊重我内心的渴望！"

赵教授说他当时的研究方向就是农药化学，金花说自己就是江南农学院毕业的，两个火车上的乘客，在一问一答中相互了解。

校产公司有很多限制，无法放手拼搏。一九九八年年底赵锋和师兄创立了自己的第一家公司，公司起初的业务定位是农药化学。公司起步慢效益低，且随着环保政策的调整，公司定位与发展前景并不看好。他了解到光固化技术在国内还是个新技术领域，少有人涉足，经过考察调研，他看到了这个行业的前景和商机，随即果断改变公司经营方向：将光引发剂作为主要业务进行拓展。

金花第一次接触教授和企业家双重身份的他，有好奇也有尊重。她回想起自己农学院的时光，如果学院里有教授搞企业，说不定也会跟着去试试。

听着赵教授侃侃而谈，她为之振奋。一百万啊一百万，金花听到这个天文数字感觉在做梦。从四百元实习工资开始，到离开电视台六百元一月的收入，一百万元对金花而言是遥不可及。

赵教授也是从山村走出来的，可他毕竟是国内一流大学的研究生毕业啊，也是一流大学的教授，现在下海创业科研与实业相结合。金花呀金花，你这样离开家乡，你可知道自己的路在何方？

"教授，请教您我去北京是先找事做还是先读书呢？"

"这个要看你个人的情况和经济条件了。既然出来了，就好好走下去，坚持下去，梦想总会实现的。"

再一次来到北京，金花一个人毫无依靠，她找到一个小招待所住下。金花是孤独的，她给兰花写了一封信：

刚来北京不习惯，一个人冷冷清清，连个说话的人也没有。那天打电话跟你哭诉。你说要锻炼的！好像个大人的口气！让我立刻止住了哭。

对呀！我怎么这么大了还在哭！

北京的四月，杨柳树满天飘着花絮，铺天盖地，我开始还以为是哪家棉纱厂的棉絮呢。

你是一个重感情、懂事且悟性不错的女孩，我疼你，胜过疼其他人。希望你不要再如我一样那么艰辛，那么累。

你现在的主要任务就是学习，千万不能满足于现状！不要认为从农村里跳出来就是万幸了，人生的路还长着呢！一出门，你就会感觉到自己学得太少太少。我现在真的有这种危机感。人是要不断进取的！

妈快过生日了，你要回去哦！你们生活怎样？我倒留恋起家来。好了。快乐！

姐草

离开暂住的招待所，金花背着大包小包去广播学院。女孩子的肩膀本来是柔弱的，但来自农村的康金花经过繁重农活的锻炼，能扛重担。

沉重的背包勒得肩膀发痛。风大，阳光好像有些烈。一个北京大爷骑着三轮车正在哼着歌悠闲地往前走，金花跑过去鼓起勇气搭话："大爷，我东西太多，请问您能帮忙给我拉点东西到公交车站吗？"

"行咧。"大爷爽快地答应了。

金花快乐地跟在三轮车后面，一边小跑一边气喘吁吁："大爷谢谢您。"春风十里的长安街，再苦再累都不是事。金花沮丧的心情，随着三轮车铃铛声好起来。生活就是这样，一站又一站的旅行，只要心情好，处处是风景。

大爷帮金花把行李放到了1路车的车站，金花坐车到天安门，车坏了，乘务员要求大家下车去换车。

不争气的行李袋却偏偏这时坏了，金花忙着把洒落的物品搬上另一辆公交车，车上的人们看着这个外乡人。倔强的金花倒是没有露出一丝慌乱，她红着脸麻利地处理着一切。

金花此时想起来在土地村挑红薯挑井水。虽然已经离开了土地村，但当年乡村生活的累换成了今天漂泊和辗转的累。小城里那个曾经有点点名气和风光的记者，在这里什么也不是，一切重新开始。

重返校园，青春朝气。

负累太久太久，负累太重太重。

此前她已经把党校学习的相关手续转到了中央国家机关分校，第一次去财政部党校上课插班，党校的老师一听说金花来自王化县，立马有几分亲切："哦，我知道，你的家乡是我们财政部的重点扶贫县。"

来自中央国家机关的同学们都很热情地告诉金花一些消息，金花连续上了几周的课，与同学也熟悉起来。金花希望脱产学习深造，她这次的目标是研究生考试。

这几天广播学院和新闻学院都在招生考试。报名，等待考试，紧张的复习。学校一个在城东，一个在城西，金花在这两所学校之间来回跑。

广播学院是名校，知名校友一箩筐，中央电视台的名嘴大多毕业于此。金花的同事美女主播也正在这里读播音主持专业。

金花住在同乡大江的寝室里备战备考。这一次，应该是改变命运的机会。广播学院的同乡，新闻学院的同乡，都如兄弟姐妹般尽可能帮助金花。

青春如此多娇，青春如此激情，这几个来自异乡的年轻人，在联络中熟悉起来。

广播学院的同乡大江智慧过人，雅秀大方，研究生快毕业了，和金花相见甚欢。大江的眼神迷人，笑容温和。如果说金花是辣妹子，大江则是典型的知识女性，不愠不火，理智而清醒。

"金花，你好好看看我那时考试的这些题型，说不定对你有用。"金花感动于大江的热心。

考完两所学校的研究生考试，金花开始考虑生存的问题。

生存第一。金花要发展必须先解决生计问题。

在伟大的时代和伟大的城市，每一个人都要踩在现实的土地上。

考试成绩还没有出来，有几个月的时间，当尽快去找工作赚钱养活自己。寻找单位自力更生，租个房子落脚，这是金花的近期目标，她内心深处时刻有个声音提醒：留下来，留下来，一定要在北京落地生根。

这念想，如同她当年在土地村时刻想着要走出去那样强烈。

天气很好，心情也好。她大早起来顾不上吃早饭，就出去找电话亭打电话求职。电视台新闻中心的人说人员已经爆满，要金花再去找找其他部门。她给人民电台打电话，新闻部的老师欢迎她去面试。

面试很顺利，随后办理了相关手续。一连在电台待了几天，熟悉了环境。同在这里实习的有复旦的陆新语，人大研究生邱朋左。他们来的时间比较长，出去采访的机会多一点。带金花的老师这几天去了革命老区采访。

金花认识到一点很重要：路，是靠自己闯出来的。

部门李老师终于安排金花去参加团中央在居庸关长城组织的集体婚礼的采访活动，金花兴奋得一夜没睡好。

这是金花第一次在北京当记者，心静吧，心静吧，好好在北京发展，努力吧，金花这样安慰自己。已经有过几年新闻工作经验的金花很快发现电台实习并不能维持自己的生活，需要尽快再找份工作安顿下来，在等待考试结果的这几个月需要努力挣学费，也需要寻找落脚点。

3

离开家乡一个多月，经历的事情和困难，金花不敢和父母说太多。母亲的生日快到了。在金花心里，母亲就是心中最神圣的太阳。母亲乐观豁达、顽强坚韧、贤惠知书，都是金花引以为豪的。金花也能感觉，自己是母亲最得意的作品，最亲密的朋友，是她最心疼的孩子。有娘在家就在。娘是家庭的支柱和核心，是家庭的骄傲，柔弱的肩膀力担千斤。走出租住的黑暗的地下室，金花去灯火辉煌的大街给母亲打电话祝贺她生日。

金花现在租住在招待所，与来自辽宁锦州的张平同住在一个房间。张姐性格直爽，一头短卷发，有东北大姐的豪气。

她看到金花常常手捧书报看得津津有味，时而奋笔疾书，时而在书上圈圈点点，常常废寝忘食。

"金花，你好好努力，相信你在北京一定有发展！"这是金花离家后第一次听到鼓励的话语。金花心中默默重复：相信你在北京一定有发展！相信你，在北京，一定有发展！

这一句话如洪钟大吕，如擂鼓重锤，敲打在金花犹豫而徘徊的心上。

"不好了，不好了，涨水啦！大家快起来！"

迷迷糊糊中，招待所的服务员在喊宾客们起床，一夜大雨，金花竟全然不知。听到呼叫声，金花和张平醒来一看，房间里已经一片汪洋。

"来来来，大家都往没淹的这边搬，金花，张平，你们住五号房去。"

张平行李不多，金花也只有一个箱子和一些生活用品，几分钟就搞定搬家。

全身都是湿的，收拾完得洗澡。两个姐妹，虽然刚相识不久，却是毫无隔阂。

站在浴室门口，金花谦让："你先洗吧，张姐。"

"来，来，一起洗，你怕个啥，咱们都是女人。"

金花带着羞涩走进浴室。

寒假那次去城里，表姨带着金花去厂里的公共澡堂子洗澡，看着众多裸露的身体，小小金花满脸通红，不敢再看下去。

"转过来，我给你搓搓背。"张姐对金花说。

"别麻烦了，我自己来。"金花推辞。

"客气啥，你自己哪能够得着背？"张姐执意。

金花把背交给张姐。

长这么大是第一次体验有人给搓背。金花想起来母亲给她和妹妹洗澡的情景。母亲农活家务都忙，往往在傍晚的时候给金花、银花洗澡。她的动作很快，手上因长期劳作长满了老茧，冬天手指常皲裂出血，缠满了黑色的胶布。因经常沾水伤口迟迟不能好。母亲的手不是温柔的，麻利得有些生疼。母亲给金花洗完后抱起金花站在木板凳上穿好衣服，开始给银花洗。银花叫唤着："妈妈，你轻一点，慢一点，你把我弄痛了。"

香梅哪里能慢下来，外面猪在嗷嗷直叫，牛也要喂草了。"你看看，猪都要饿昏了哦，我要喂猪了。"她火急火燎地给银花洗。

张姐给金花的这次搓澡，是金花离开家乡后最享受的一次也是唯一的一次。

一天，张姐从外面办事回来带回两个猪蹄，给金花留了一个。在地下室昏暗的房间里，金花啃着猪蹄竟伤感流泪，这是世界上最好吃的猪蹄。金花后来吃遍山珍海味，吃遍世界美食，却再也没有感受到那种美味。

一万元钱，是金花闯北京带来的全部家当，这是妹妹兰花参加工作以来攒下来的，她全部支持给了金花。金花在朋友那儿借的五千元不到万不得已不敢动用。朋友们和金花开玩笑说："估计你用完钱，你就会回家的。"金花说不会，要坚持留下来，开始艰苦奋斗。北京啊北京，要怎么才能生存下去？

金花需要一份工作维持生活。

正好同乡说她单位的一家杂志需要招聘编辑，要金花加盟。金花找到了位于金台路的杂志社应聘成为编辑，在附近租了个地下室住下。

金花当编辑的工资是八百元一个月，每月四百元的住宿费，付完住宿费，还有生活费的。

杂志编辑部主任向员工介绍新同事："康金花，素质不错，是咱们这儿的第二个女党员，简历也不错，她负责社会文化版。"

办公室里，大家都很陌生，编辑部的人各管各的事，搞制作的也是各自一台机器，基本上没有多少沟通。办公室的人不多，却都很有个性。晏子有抱负有志向，总想不同凡响，他曾经的职业是个大夫，心里一直有一个文学梦。这几天他每天下班都送金花回家，一路谈理想和人生。

张常据说是个作家，出过书，四十多岁的人，不爱说话，一个人独处的时候多。来北京后和三四个人挤在一个小平房里，日子是苦的。吕鸿年纪也大，专做终校，五十多岁的河南人，说话乡音很重，几乎听不懂。

晓东来的时间比较长，为人诚恳，态度谦虚，能力虽不突出，但是感觉踏实。他的老婆在同一个单位。

张静，师大中文系的女生，才来不久，曾经对晏子有点点感觉，但是晏子太粗心，说没有时间顾及那么多。这人就如一个苦行僧，不知道他追求什么。

刘方是个有孩子有家的女人，住在北京，口才不错，是编辑部副主任。

晏子对金花总是特别热情，倾诉欲望特别强，他口才不错，有些文气，但是金花还是不太习惯和这样的人走得太近。

杂志社安排金花去西南参加会议，她一个人出门有点忧虑有点快乐，背着采访包和资料袋忙着出发了。凭着以前的工作经验，金花顺利地完成了采访工作。

4

待在地下室的房间里，金花整理了一下思绪，心里有很多感触，心情从来没有平静过，是不是有很多人和自己一样艰难地行走？她眼里噙满了泪水。可能是生理期痛经，她腹部疼痛厉害，就如千万根针在扎，翻江倒海地痛。

人生悲凉孤独成王。在那些等待分配工作的日子里，在独自一人闯荡北京的日子里，在这些漂泊无定的日子里，康金花饱尝了世间百味。如果说香梅当年走过的路熬过的苦是一种考验的话，金花面临的艰难和孤独是另一种考验。熬得过去，或许就是灿烂晴空。

金花此时最大的期望就是发工资。

她给家里打电话，母亲说正在建洗澡房，需要两千元左右，主要是考虑女儿们大了回去没有洗澡房不方便。其实金花并不希望父母在家乡装修建房，打算将来要接老人家出来。父母要建那就随他们的心愿吧。

一个明亮的洗澡房，也是幸福生活的期望。

女社长午饭时叫金花去办公室聊天，问金花工作两个月的感受，金花说很好。随后社长鼓励："金花，沉下心来好好干，单位不会亏待你。你刚来时没和你谈过，但感觉你还是不错的，思维敏捷，很活跃，勤奋、肯干。"

正说着社长助理过来了，她说金花在杂志社开办的栏目"案件茶吧"很有特色。争取开一些新栏目好栏目，把杂志办好办活。社长继续说："我的主张是求新求变，你们稳定下来，单位会给你们考虑福利，新开辟的栏目年底我们会做个奖励。还有，你们大多数是外地人，要在北京扎根很不容易，特别是买房，到时你们自己筹一点，单位也给你们想想办法。"

社长近期对金花特别器重的表现，自然也让有些人眼红。社长昨天又当众表扬了金花的稿件，她希望金花多出去跑跑，采访一些鲜活的内容，每期都有重磅文章。

到杂志社工作已经有三个月了，尽管收入不是很高，但组版比较轻松，自由度比较大。

新的一期工作开始了，社长安排金花来约编委的本刊特稿，并让金花考虑明年的栏目变化，提出要增设一些名家约稿，她希望金花当责任编辑。编辑部曹主任可能隐约感觉到金花对自己的威胁，经常安排金花编辑些不重要的稿件。

金花去社长办公室请示工作，社长突然说："我想让你们编辑部的老曹走人。"

金花有点不敢相信自己的耳朵，尽管那天听黄编辑说过，曹主任在醉酒后和社长大吵了一架，但那之后社长不仅让曹主任参加期刊协会的培训，平时也和他谈笑风生，金花看着有些糊涂。

这天下午是评刊例会，社长做了发言，并让金花主持评刊。要知道这以前都是曹主任的工作。金花开始发言，根据以往的评刊经验，大都是只挑几个错别字，不会对杂志的创意策划和选题做一些评价。金花今天特地叫大家对创意、选题做一些评价，希望得到一些中肯的意见和深刻的评论。

金花通过自己的努力逐步在杂志社立住了脚。

老家的几位领导来京，比较深入谈了金花的仕途问题，分析了她目前的处境，他们说如果纯粹是为了赚钱，没必要这么累。如果是为了前途，那可以在外面奋斗奋斗。

现在如果回去的话，还是可以想办法去团委或者妇联的，可以过渡一下。

这几天金花的思想有点小波澜。回去，也许能换来一个安稳的小位置，但是还能适应那里吗？她不知道自己是对还是错，也不知道自己会怎么走。但是直觉告诉她，出来应该没有错，她已经爱上了北京。

金花和社长去了主管单位拜访了好几个部门，很有收获。

她感觉社长的思想里有不少闪光点，自己先做一个执行者，跟她学点东西。再做一个开拓者，在她的基础上有自己的思想。

5

"金花，金花，你的信！"新闻学院，录取通知书！多少个日子的苦读，多少个夜晚的期待，终于等到这个通知书。金花喜极而泣，第一时间给家里打电话报喜。

"崽啊，你终于圆梦了，你有理想，达到自己的目标了。"母亲在电话里鼓励。父母嘱咐更多的是："你要自己保重自己，生活要抓好一点，不要吃一顿饿一顿。"

"好呢，放心吧！第一年的学费我已经挣到了！不要担心！"这段时间家里的开支基本上是兰花在承担。银花有份工作可以自保，菊花转到了城里学习，农村的家里只有正道和香梅。金花偶尔邮寄点钱回去。

"康金花同学：祝贺您成为我院新生。请您持本录取通知书于九月一日来我校报到。请注意办好以下手续：一、党团组织关系，二、户口迁移，三、准备好本学年相关费用八千元。"

康金花反反复复阅读了几遍，爱不释手。但看着学费八千元，金花又有点头痛。在杂志社干编辑的这几个月工资加起来只有六千多，还要开支房租费和生活费，节俭到不能再节俭了，不过加上当初带到北京的钱，学费还是能够凑齐的。

校园里永远都是青春。金花期待九月就如期待新婚一样。

八月北京酷热。杂志社上上下下都已经获知金花即将读研的消息，大家都祝贺金花希望她有更好的未来。女社长既高兴又不舍，"小康，读研是好事。看你也不小了，可以谈谈恋爱了，找个好男人嫁了吧。"

金花笑了："不急，不急，我还要读书，等毕业再说。"

"还等毕业？到时好男人都被人抢光啦。"社长笑。

"现在家庭和个人负担都重，等我条件好一点才有勇气。"金花坦诚地说。

九月的北京秋高气爽，金花走进新闻学院。

新的环境，新的校园，新的老师。学者各有建树，同学来自全国各地。

山西煤矿老总的公子，课上课下总在玩游戏。南方某市领导的千金每天打扮得花枝招展。部队的女军人衣食无忧自有优越感。

学得好不如嫁得好，嫁得好不如老爸好。

自己无依无靠，既没有可以依靠的老爸，也没有可以倚靠的后台，更没有可以卖弄的姿色，只好脚踏实地啃起课本来。

新闻学、传播学、公共关系学、新闻统计、英语，每门学科，金花给自己的要求是八十五分以上。英语最难的是口语，康金花感觉自己的发音不准，为此下了好大力气刻苦练习，补齐短板。

陆陆续续地校园里的故事多了起来，其他学校的故事也传了开来。

金花的寝室好友宋琼在一场实习中定了终身。

校友们的议论纷纷阻挡不了宋琼的恋爱。

美国哥伦比亚大学海归教授邓奇六十来岁，在一家知名的媒体担任副总编辑，宋琼暑假在这里实习。宋琼来自四川农村，相比于金花家乡的原辣，川妹子喜欢的麻辣更刺激味蕾。一次召开选题论证会，邓教授正在为报社记者们讲解选题，宋琼从邓奇的发音里听到了乡音，等到会议结束，宋琼追上邓奇问："请问邓教授您是巴中的吗?"

"小姑娘，你怎么知道?"

"我也是巴中人哦。"

老乡见老乡，一段浪漫故事由此开启，邓教授与宋琼的爱情很快让报社的同事们大跌眼镜。

金花不知道应该怎么祝贺，她并不看好这样的爱情。

但谁能证明怎样选择才没有错？

金花的爱情来了，她并没有预知。

来金花学院讲课的某局新闻处副处长黄昊，站在讲台上，金花情不自禁多看了几眼。黄昊清新自然，眉宇英俊，谈吐睿智，金花有些怦然心动。

"来，同学们，现在是提问时间，请问哪位同学有问题要请教黄处？"主持人声音响起。

金花举起了手，"来，这位同学，请讲。"话筒交给金花。

"黄处您好，请问新闻发言人面对突发舆情需要怎么应对？"金花想起来经常在电视上看的一些新闻，比如重大交通事故，新闻发言人并无悲痛之情，引发民众议论。

黄昊开始解答，他注视着这个短发女学生，有着青春的风采，好像自己的初恋，有阳光一样的明媚，开朗大方。

目光对视里，彼此有欣赏。

爱情故事发生就在那一刹那，一刹那的相遇，决定一辈子。

再次相遇是在导师的家里。周末金花去导师家请教论文，黄昊正好也在。"来来来，我给你们介绍一下，金花，这是黄处。黄处，这是我的得意门生康金花，很能干的小姑娘，南方辣妹子。听同学们说你手艺不错，怎么，今天要不要在我家露一手？"

金花明眸皓齿浅笑："黄处您好，我们见过面，上次您来学校讲座，我还提问了呢。"

"对对对，想起来了。"

"金花，黄处也是南方人，我准备了两个小菜，你要不要和师母去处理一下？"经常来老师家蹭饭的金花，早已经和师母成了朋友。师母是北方人，爱吃馒头和饺子。而导师独爱的辣椒炒肉、小炒黄牛肉，只有金花才能做出来家乡的口味。

先切青椒丝，再切肉片，加朝天辣椒两颗，葱姜蒜备齐。牛肉要横切，竖切筋多嚼不动，金花想着父亲给自己的提示。虽然在北京没有自己的厨房锻炼手艺，但在导师家里小试几次已经胸有成竹。没多久，四菜一汤已经上桌。

"来来来，开饭啦！"西红柿蛋汤、芋头丝炒黄牛肉、青椒炒肉丝、红菜薹、干豆角白菜拌粉丝，有荤有素，简简单单，却是乡情满满。

"不错呀！金花同学还有这一手！这芋头丝炒牛肉，我可是头一回吃。"黄昊与导师小酌，金花虽有点紧张，却还能应付自如。

师母突然发现什么似的开口了："对了，我想起来了，黄处长还没找对象吧？金花是我们这里优秀的研究生，你们可以相互了解一下。"

金花羞涩地抿起嘴不好意思回答，黄昊不愧是见过世面的："好呀！感谢嫂子牵线，如有缘分来日答谢！"

斟酒、盛饭、倒茶、洗碗、收拾厨房，这些都是金花很小跟随娘去城里走亲戚的时候就会的。娘说："妹子，出门在外，一定要带眼法，眼里要有事，不要别人提醒，要自己主动。"这些家务小事，金花轻车熟路。

黄昊想想单身汉家里真的需要这样一个女主人。

这个来自上海的男人，有着南方男人的精明也有着北方男人的豪爽。但是金花对他的过去一无所知。许是在外漂泊的孤寂，金花一不小心走进爱的陷阱。

几次电话沟通，彼此交流无障碍。黄昊感到金花比同龄人思想成熟。她有担当却也有文艺女青年的敏感。

黄昊出差回北京与金花约见，两人约在陶然亭公园的茶馆里，这次见面两人谈了很多，黄昊说他目前还不懂金花的心思，不知道金花到底想干什么。他帮金花分析了目前的形势，金花政治觉悟还不错，毕业最好是在政府部门发展，有些关系可以想办法打通，争取从新闻系统调到政府部门去，再想办法调出来。

金花说这是一条路，但是太辛苦了。没有后台和过硬的关系，感觉有些困难。黄昊开导："关系是建立起来的，女人也好，男人也好，要达到自己的目的就需要努力。金花你很有闯劲，很有拼搏精神，但是必须有个清晰的思路。路要怎么走，要有通盘考虑。"

黄昊还谈到他自己目前有两条路可走，一是争取在系统内提拔一下，二是下海。

黄昊说金花是女人中少有的清醒人，说金花是他女性朋友中最有心计的一个，在同龄人中金花是很优秀的。

他们相互吸引。

金花发现黄昊其实也很孩子气，外表看起来坚强，内心里也很脆弱。黄昊身上表现出的大男子主义这时被金花当成了阳刚之气。

从内心里来说，金花也需要一个人统治自己。

金花突然发现自己身上除了沉甸甸的责任外好像什么也没有。时光飞逝，恍惚中最美好的青春光影渐渐远去，心中的失落感与日俱增。

黄昊在这次约会中已经表白："不管是福是祸都认定了你。"

他再次出差调研，说大约需要一个月才回京。他的告别让金花多少有些失落，好像还没有来得及了解，这个人就要急着离开。

她的心已经被他全部带走。

又经过几个月的彼此了解，金花看到黄昊的责任与担当，也看到他的细心优点。谈起家庭，黄昊说，他会和她撑起这个大家庭。

曾经那些追求过自己的男人，从来没有过这样的承诺。只有黄昊说他会和自己一起来扛。

这些年，这个家，真的太累太累了，如今有一个人来和自己扛，好似能松一口气了。

半年后金花和黄昊走在了一起。黄昊依然忙，没有更多的时间和精力来陪伴金花。

第一次正式的恋爱，康金花有多么期待男人来陪陪自己。

黄昊心里一定还有更重要的事情，金花难以感觉到真爱。

她背着包怀着沮丧的心情走在大街上。城市的灯光明亮而陌生。她深切地想念着自己的家人，只有他们才会真正地牵挂她。

深夜不归的男人无法让金花放心，她几乎愤怒地拨打他的电话，把心中的不安、失落都说了出来："如果你在乎我，就别这么折磨我，如果你真的无所谓，那就早点告诉我。"

"你胡思乱想些什么呀！我每天守着你怎么发展？你能不能理解我？"黄昊说。

谁能理解我的孤独？金花虽然自立，可是谁都害怕孤独呀！

"金花，你娘肾脏长了个肿瘤，需要尽快做手术，大约需要十万元，你们几个姐妹要想想办法。"父亲的电话如晴天霹雳。

生活的压力又如一张无形的大网扑来。

怎么办？来北京手术，还是在家乡手术？

金花焦虑。她害怕听到这样的消息，这捉襟见肘的生活，自己根本没有能力面对母亲的病。

"不要急，我来联系医院，来北京做手术吧。"黄昊一句话，让金花感觉到有肩膀可以依靠了。

黄昊联系好了肿瘤医院。但十万元的手术费用就如一根鞭子，时时抽打着金花的内心。

金花没有时间来审视自己的恋爱，也没有资格来挑剔黄昊的感情。在压力面前，爱与不爱有什么重要？

有一个肩膀和你一起扛沉重，就足够了。

金花在下班路上收到黄昊的传呼留言："对不起，我要出去吃饭，请自己做饭，菜已经买好。"

回到家里，却发现黄昊正在做饭。这家伙居然会玩情调，金花嘴角扬起笑意。

热恋过后是平静，男人频繁出差不在家，金花觉得缺少些什么。

她满屋子寻找，希望他能留下几句话语。只在电视机旁看到几句歪诗，有些柔软的感动："秋风中的燕子，迷失于一句告别的台词。"

这几句小诗暂时医治了金花的孤独，尽管她知道前路坎坷。

6

金花在北京是孤独的，她时常回想农学院的青春岁月。那时金花周末最爱去珠珠老师家里，陪已有身孕的珠珠老师聊天做饭。当时她的爱人刘海老师正在读研究生。多年不见，是否安好？金花给珠珠老师去了个电话，她说刘海正在北京开会呢。

啊？这么巧？

"刘海老师，我是金花，听珠珠老师说您在北京开会，有时间我们见个面，好多年不见啊！"金花兴奋地拨过去电话，刘海显然也很兴奋。

阔别多年的师生终于相见。"金花，真没想到在北京看到你。既然来了北京就不要回去了，慢慢来。多学一点东西有百利。"

顶着北京夜晚的凉风，和刘海走在月坛路上，金花好像有了另一种力量。

眼前的这个男人是老师，但更是偶像师兄，他就是从农学院毕业后在农大读本科又考研的。他永远洋溢着天真快乐、坦率真诚，毫不掩饰。

金花遗憾地说："要是您和珠珠老师也在北京就好了！我在这儿好孤独。"

欢聚之后，金花带着喜悦和惆怅与老师告别回到家，黄昊又带着满身酒气回来了。

她早就感觉到黄昊有酒瘾，但不知道怎么面对，也不敢和导师说。有一次她兴致勃勃地和黄昊去会友，大家在餐厅里喝完了十几瓶白酒、啤酒，金花第一次看到醉酒失态的黄昊。

黄昊摇摇晃晃从酒店里出来嚷叫："唱歌去，再去喝酒。"

他差点摔倒，金花一把拽住他的衣服。几个人扶着他像扶病人。他拒绝回家，大家把他扶上楼，他说他没有家，非要叫出租车还要出去。

金花送客人下楼回来，照顾这个烂醉如泥的男人，他嘴里还在唠唠叨叨说什么，在床上左右滚动，几次滚到了地上。

金花万念俱灰，以后拖儿带女，孩子要照顾，男人又嗜酒，可怎么办？

长这么大，金花第一次照顾喝醉酒的男人。

记得小时候，正道带着金花去村子里喝寿酒。回来的时候下着小雨，金花骑在父亲的脖子上。微醉的正道脚一滑摔倒了，金花从父亲身子上掉下来，摔得不轻。自此，金花就对醉酒有恐惧感。

借着与黄昊家里人通电话的机会，金花诉苦。与其说是诉苦，不如说是告状。她或许是对这一段感情没有信心，打电话想寻求帮助，但没有得到任何回应。

正道的家开始热闹起来，女儿长大了陆陆续续要出嫁。金花结婚后带着黄昊回到了老家。八十年代盖的老房子几乎没有什么修缮，十分简陋的红砖房，二楼的楼板是近几年才铺好的。金花和妹妹们回到家里时正在杀年猪。

这是团圆的新年，这种团圆预示着家庭的强大。

乡村里的鞭炮响个不停，黄昊的到来给家庭增添了特别的气氛。正道主持家庭会议，对黄昊的到来表示欢迎，说家庭有了新的力量。黄昊也敞开心扉说了自己的一些想法。

金花说，不是一家人不进一家门，大家的命运都紧紧联系在一起，谁有难处，全家都会分担。

按照金花家乡的风俗习惯，新年第一天理当和和美美，大家客客气气，相互说些祝福的话语。可是金花与黄昊的矛盾从凌晨就在被窝里开始了。因为家庭琐事二人聊着聊着，话不投机就争执起来。

金花生活在沉甸甸的家庭责任中，原以为找到一个理解自己的爱人，可以让自己有些许的放松，却不料这爱情让她生活更沉重。

当然也有欢乐的场景。一家人去给村里亲戚拜年。金花整个家族第一次聚得齐。黄昊带来数码相机，这在村子里还算个新鲜玩意儿。家族里的人都很兴奋，早就想着要来张大合影。小姐妹们来了，姑嫂妯娌们来了，年轻汉子们来了，一个个精神抖擞，就连平时不爱穿红戴绿的伯母们，也穿上了平时最舍不得穿的衣服，如参加庆典一样赶来。

金花是摄影师，选好每一个景点，一家一家给他们照相。大家和和美美其乐融融。

研究生毕业等待工作机会。柴米油盐的日子写满了琐碎与无奈。黄昊的朋友地方市委秘书长来京，黄昊邀请他去家中小坐。金花正在学院的研究生宿舍，黄昊打电话："老婆，快回来，秘书长来了，你快回来接待接待。"

金花推辞再三，黄昊口气却不容置疑，她只得硬着头皮回去接待。

秘书长刚走不久，黄昊要求金花和他一起去接南方朋友戴行长的儿子戴小雨，他要来清华进修。戴行长的老婆几次打电话给黄昊，请他们费心帮忙照顾孩子。金花疲于应付黄昊的各种安排，应酬接待着各种人情往来。

这天黄昊又应酬晚归，金花已经打了十多个电话，手机仍然没有开机，金花如坐针毡。好端端的为什么要关机？

男人永远觉得女人的担忧是多余的。

香梅也许隐约知道两人的争吵不和，劝金花婚姻里能忍就忍吧。

金花现在已经变成了黄昊朋友圈中的嫂子、弟妹，变成了孩子的阿姨，这的确让她不堪承受。

她刚从自己家庭的压力圈里走出来，又走进了另一个压力圈。而这个压力圈，远远比未婚未嫁要难得多。她好像还适应不了这样的角色。

金花真不知道自己在干什么，要干什么，能干什么，这种迷茫的精神状态让她绝望。

7

午后阳光明媚。金花毕业证已经拿到，求职生涯即将正式开始。她设想，黄昊能帮助自己推荐到哪个单位去，或者就在黄昊的下属单位谋得一份差事。

但是康金花错了，黄昊对此根本不上心，甚至不支持金花去工作，两个人的对话里常常充满了火药味。

"我要马上找工作，我的家庭有父母需要照顾，妹妹还小需要学费！"金花不满黄昊对自己的忽视。

"你可以自己做点什么，何必去单位混日子呢？"黄昊开导金花。

"选个什么行业创业？"

"可以考虑做点文化创意工作。"黄昊提议。

太难了，两眼一抹黑。金花哪有创业的思维和实力？再说母亲的手术费用借了好几万，当务之急是帮助家里还清债务。这些年来父亲的病、母亲的手术、妹妹的学费，已经让家里债台高筑。

黄昊是理解不了的，他根本不懂金花家里的艰辛。他有的只是内心的一点同情，但要真正理解金花家庭，还很难。黄昊的父亲是一位离休干部，家庭条件比较好，他是家中最小的，倍受宠爱。当然，也有几分霸道。

"来来来，金花，这个你可以试一试。"黄昊打开一份《京报》，上面正好刊登了一组中央国家机关招考启事，纪委、监察部宣教岗位招考。

要不要试一试？

凭着对反腐工作的关注和自己对纪律监察工作的认识，金花执着而诚恳地写了一封信，并且手写了一份简历，自己感觉这两份东西还是很有分量的。

信寄出去，没多久就等到了回音，是纪委办公室罗主任打来的。他说，在所有简历中，金花很突出，中共党员，又干过新闻，且当过行业报纸、杂志的编辑部主任，让金花等机关统一组织考试和面试。

七月份统一考试，单位从报名的三百人中择优，初试后留下五十人，复试后留下二十人参加面试。

接到面试电话，金花激动得如当年拿到录取通知书，早早起来化淡妆，抹一点口红，精神百倍地出发。

"罗主任，您好！我是金花！"

"哦，金花同志，欢迎欢迎！来，我带你去宣教局。"

宣教局高副局长五十开外，相比罗主任的热情，他显得严肃冷静很多，金花内心有些许不安。高局长就有关工作简单介绍了一下，金花问到试用期是多长，他说三个月，工资也不会太高。但进来的程序比较复杂，面试后单位再进行研究，根据情况进行录用。先找金花谈一谈相互做个了解，他们再研究。

罗主任又带金花去见刘局长，局长比较随和，他一见到金花就说欢迎，且谈了单位的一些情况，并开诚布公地说："你的条件不错，希望你能通过面试，取得优异成绩。"

经过一番严格的面试，两个月后，金花接到了被录用的通知。

"康金花同志，请你做好准备，我们欢迎你九月五日早上九点准时来报到。"

接到单位人事电话康金花笑了，她知道自己的春天即将来了，和自己一起被录用的还有来自哈尔滨的宁文和吉林的崔慧。

高副局长给新人开会，三个新人都为自己从基层走进国家机关的大门而激动。私下里，他们也谈论着以前单位的种种不如意，慨叹着国家机关的种种好处。

学习三天后分工，金花被分在新闻二室，宁文和崔慧分在一室。金花的领导是张处长，平日不苟言笑有点严肃。金花的工作主要是系统内部的工作宣传和反腐倡廉的宣传，每一步都很规范，报领导审批，先是主任审，再是分管的副局长审，再是局长审。

机关里政治气氛也浓，纪委发文单位开会传达，纪委与人事部联合发文评选年度优秀纪检监察工作者。初来乍到的金花对各个处室并不熟悉，但隐约听到哪个室查案最有力度，哪个室最出大成果。听闻名叫慕云的年轻处长全程参与了南门海关特大走私案，他写了不少特稿，对此案最有发言权。另一个就是新闻处三室的张主任，三十多岁的女同志，业务部门接触多，干练。

黄昊的危机感，从金花走进纪委的大门就开始了。他虽然鼓励她去参加招考，但未料到金花会顺利过关。

黄昊越来越不放心，他总担心金花会离开他。金花单位搞秋游活动，周末去郊区采摘，黄昊不让她去参加，要她向单位请假。金花好像是个被控制的木偶。

反腐的路有多远？反腐的路有多难？

兄弟单位的一位副厅级干部，由于和某省省长刘清关系特殊，收受了刘的一些礼品礼金，为他打通更多的北京关系而以身试法。听到这些案例，她常常扪心自问：在特殊的场合中，会不会也这样丧失自我和原则？

机关的同事没想到，自己人会在办公室被带走。

吴春怀在纪委机关多个岗位担任过领导职务，参与查办过多起大案要案。他被调查的消息在同事中间引发了不小的震动。他工作勤恳努力，形象也比较正面，他的落马，好多同志大跌眼镜。

经过调查，吴春怀涉案总金额达数千万元，数额之大、物品之多，令人震惊。向他送钱送物的人员达到一百多人，其中既有官员，也有老板，既有同学，也有同乡。利益输送的背后，自然是交易。他更多的是通过向各地地方官员打招呼来帮人办事，涉及的领域五花八门，包括提职晋升、安排工作、司法审判、工程项目，等等。

这些事从他的职务和权力来说并不能直接给人办理，但却能让一些地方官员帮他去实现。贵州老板刘远给吴春怀的送礼金额就达到上千万元。当时他想在某地上马一个项目，希望能获得当地政府支持，为此找吴春怀帮忙。吴立刻给省委副书记打了一个电话，请他关照项目。一个电话后，项目迅速推进，顺水推舟又不违反大原则。

这些送礼的人，千方百计投他所好。有的当贴心知己："老兄，你到北京工作，北京什么都贵，这个算我赞助你买房子的。"吴春怀想想说得在理，一念之差收下了。

而和老板们的交往中，目睹他们的生活方式，吴春怀的心态一步步失衡："都是一辈子，为何他们赚那么多钱，而自己虽然位高权重却囊中羞涩，有何人生意义？"

这一年春节，一名老板请他住在自己的海景别墅，美轮美奂，吴春怀大开眼界，得挣多少钱才能有这样一所海景房？这些人的钱怎么来的？你给我来送礼，送吧！反正是朋友，你有这个实力，我也不亏待你。

你情我愿，一个有需一个有求。

8

土地村三牛合作社的三个"牛司令"这几天愁坏了！

他们养的这群牛好似中了魔一样，不爱吃草，不吃饲料，牛背拱起老高，像要发怒一样。

"金花，快来看看呀！这到底怎么了？二十多头牛摇尾、站立不安，和病人一样呻吟呀！"

金花跑到现场，只看见平时一头头温顺的牛都躁动不安，牛头总是向后躯顾盼，后蹄踢腹。它们一会儿躺下一会儿又站起来，躺着的时候右侧横卧，像极了一群生病的孩子。

"快给李教授打电话呀！"金花提醒了"牛司令"。

"李教授，麻烦您赶紧来土地村指导一下啊，我们的牛病了！这几天不吃不喝，闹腾得厉害。"

"说说什么情况，别急！"李教授电话里安慰。

"牛司令"着急说着自己看到的情况。

"应该是你们喂精料太多不消化啊！瘤胃积食，中医称宿草不转。人吃多了也不消化啊！我把治疗办法发给你，你们按照我的办法喂几天，观察一下。"

总算是脱险了，二十多头牛，没几天就回到了正常状态。"牛司令"们一边拉着牛尾巴，一边笑："心急吃不了黄牛肉呀！总想着催膘快长快出栏，这不越催越坏事。"

"你们不要光喂牛，不学习，你们得买些怎么养牛的书来看看哦！养牛常见病怎么防治，可要有办法！"金花嘱咐。

"养牛比养猪要简单，你看看现在这个非洲猪瘟防控状态，各村都设置关卡呀！病猪死猪要及时处理。"老支书来看现场。

"你们养牛，一定要注意预防口蹄疫，也称'五号病'，这种急性、发热、高度接触性传染病，传染性极强。只要看到发病，全群进行封锁，环境消毒，专人管理，发病牛分离饲养或杀掉，同群牛隔离饲养。消毒可用火碱水溶液，或石灰乳等。"金花提醒。

两个月后，黄牛牯可以出栏了！第一批养的几十条黄牛，牛肉怎么卖出去？第一头牛宰杀后，土地村的村民就抢购一空了。康健婆娘喊金花去吃饭，红辣椒炒牛肉，多少年没有吃到这个味道了！北京超市的牛肉，哪有家乡这个黄牛肉的滋味呢？

村里的乡亲消费能力是有限的，山货怎么出山呢？怎么让村里的农家产品快速抵达都市餐桌？三牛合作社的股东们发愁："得想办法呀！需要快速解决销售渠道问题。"

金花想起了银花，她从上市公司财务岗位辞职回到省城定居陪读后，创业开设了原生态农产品门店，她所在的社区是全省最大的社区，有十万居民居住，能不能让她帮忙给村里代销牛肉呢？

银花每天在微信朋友圈里发布一些食材信息，她每周组织团购的土鸡，都是乡下的养鸡场按她要求的数量一天内从鸡场直接送到食客家里。她的朋友圈天天有新内容，有几十个群做社群团购。

"银花，村里的养牛项目，要请你帮忙代销牛肉，你看能怎么合作？"

"大姐，你咋想起来我这个不入流的微商啦！我们上不了台面的呀！"银花调侃着。

"具体合作方式你和三牛合作社谈，你的任务就是帮他们把牛肉卖出去！"金花下了任务，"一星期卖四头牛！"

银花笑着说："我去发动各家各户吃牛肉，有些年轻人，我还得手把手教他们怎么做牛肉呀！"

银花的朋友圈和她建立的银花厨房群，每天换着花样做牛肉，红辣椒炒牛肉、冬笋炒牛肉、西红柿炖牛腩、红烧牛肉、土豆炖牛肉……美图配做法，道道是精品，朋友圈留言订货的人越来越多。

三牛合作社根据银花的订单直接送货到省城，小区的住户直接来银花店里取货。

第一批牛肉很快出售。

养牛合作社的股东们尝到了甜头，要增资扩大规模了！

夏天的银花是忧伤的，酷暑影响食欲，食材销量大减，眼看着周围的服装店、副食店等一家又一家实体店关门，银花心急如焚。

城里做生意，房租是笔不小的费用，一天业务少，就意味着要赔本！

如何能让陌生客户或外地客户了解自己的生意？

微商电商如何传播更快？怎样让更多人回家吃饭，爱上厨房？

"我的厨房我做主"。银花开发了一款康妹子原生态农产品APP，为贫困山村农特产品打开一扇走出山区、通往外界的大门。她把全国各地的好友建立了十多个微信群，每天推送美食食谱，家乡风景，顾客随时下单，物流三天之内到达。豆腐干、紫米、糍粑、茶油、黄精、水酒、农家豆角干、萝卜干，几百个厨房食材单品，可以组合成礼包，也可以单点。

土地村农村电子商务，居然是银花带头动起来。

"银花，北京山水小区需要一百斤茶油。"

"银花，上海一个单位的工会需要给员工预订萝卜干和豆角干两百份，每份每样十斤。"

"银花，王化红茶五十盒……"

应接不暇，小保姆银花，已经是个快乐的老板娘哩！

"姐，以前我总说爹妈偏心，总觉得你比我厉害，现在我的客户比你们更爱我啦！"

"银花，你网站上有些么子好呷的，外地的特产你给我介绍下。"村里年轻的阿嫂好奇村外的世界，包括美食。

"我的产品来自全国各地，都是原生态农产品的主产区来的，山西的小米、宁夏的枸杞、兰州的百合、新疆的红枣……来，请仔细看清单。"

足不出户尝遍各地美味，银花架起来一座食材桥梁。经过三年的摸索，已成规模，她需要建立自己的产业基地。家乡王化县田野镇，敞开怀抱欢迎她回家。

王化坚持以电商扶贫打通山区农产品市场最后一公里，成为国家电子商务进农村综合示范县。电子商务发展成为王化县增加农民收入、助力精准扶贫、引导农业供给侧改革的中坚力量。

"走遍天下府，白溪好豆腐。"

"王化水酒，天下独有。"

"王化红茶，非红不可。"

几个国家地理标志商标的农特产品源源不断地走上了城市的餐桌，电子商务正在指引和带动山区村民走出一条从贫困迈向小康的大道。

金花总觉得亏欠银花的，她觉得妹妹为家庭、为自己付出的太多了。

如今看着她创业成功，总算给自己减轻了思想压力。离乡务工，返乡创业，银花当年在土地村流的那些汗，都记载着她对家乡这片土地的感情呢！

龙年春节，王化县领导陪同市委书记李立业来银花的基地考察，这给银花安心做农业打了一针强心剂。一同来考察的全国人大代表海欣根据考察情况，写出了代表建议，即将带去北京参加三月的"两会"。报告里用粗体字写着一句话：

"山货要出山，乡村要留人，乡村振兴才有希望！"

老一代的农民已老，新型职业农民接班。

这天，金花受邀请去田野镇的养鸡大户王辉家里看看。

王辉是养鸡专业户，靠养鸡供养着两个儿子读书。大儿子王光居然考上了美国的知名经济学院，村里沸腾了！这是村里唯一的一个留学生呀！

每年几十万元的学费，王辉想着孩子学业有成回来，一定能赚回来。

王光从美国毕业回来，王辉心里松了一口气。孩子去大城市里找个体面的工作，这也是王辉的心愿。

"老爸，我想养鸡。"

"你疯了，高射炮打蚊子划不来呀！我送你上大学出国留学，你还回来养鸡，你要别人笑死我啊！"

父子俩吵得不可开交。

"喝了几年洋墨水，却跑回农村养鸡，就这么一丁点儿出息？"村里人嘲讽质疑的声音让王辉抬不起头。

"你当时何苦要花一百多万元送他去留学呢！还不如在家里和你学养鸡。"亲戚们笑王辉。

学过经济管理，见过不少世面，八〇后"洋硕士"王光认准的事，谁也改变不了他的决定。父亲养鸡三十多年，可为何越来越难了？

王光在鸡场里调研，找到了问题——全靠人工、技术落后、管理粗放。"必须革新技术，实现自动化、标准化养殖。"王辉哪懂年轻人口中的这些新词？

王光带父亲去广东考察了一些养鸡的公司，王辉发现，自己老一套的养鸡办法的确落后了，儿子养鸡的思路，应该和自己完全不一样。

王光大胆决定：放弃国企高薪职位，回乡科技养鸡。他说服弟弟从企业辞职，一起"二次创业"。

"父亲精通市场，弟弟懂兽医，我学了七年经济管理，父子兵齐上阵，可以放手一搏！"

三人共同成立了天禽合作社，王光担任合作社理事长。他查资料、看文献，带着家人四处考察，终于从德国买回心仪的养殖设备。

转变养殖模式，效益立竿见影。种鸡从竹鸡笼搬进"铁房子",喂食和清理粪便等环节实现了自动化。

公司当年的营业额超过一千万元,利润达到了两百多万元,比上年翻了几番,并逐年增加。初尝自动化养殖甜头,扩大养殖规模。留学生王光成为最懂鸡的"鸡司令"。

鸡舍的温度和湿度由电脑控制,恒定在二十二摄氏度。鸡笼依次排开,井井有条。到了喂食时间,饲料源源不断地送到饲料槽里;按下收蛋开关,大大小小的鸡蛋由传送带运往收集处;粪污处理及时,空气中闻不到异味。

"三万多羽种鸡只需要两人打理,人员负责机械设备维护、鸡蛋收集装箱及环境卫生即可。"王光说。

负责机械设备维护的是贫困户王小一,她说:"家门口务工,每个月收入有近五千块钱,生活一天比一天好呢!"

王光与市扶贫办对接,决心开展大规模产业扶贫,通过贫困户入股分红、"公司+基地+合作社+贫困户"等利益联结模式,辐射带动更多的乡亲脱贫致富。

产业扶贫要精准,还得靠"四跟四走":资金跟着贫困户走,贫困户跟着能人走,能人跟着项目走,项目跟着市场走。

当地贫困户可以用每人一万元的免息小额贷款入股,年底再享受分红。有条件的村里成立合作社,组建扶贫养殖基地,统一发放鸡苗、饲料和疫苗,再由公司保底回收"成年鸡"。

"可不可靠?会不会留下烂账让我们还?"入股前,贫困户有些顾虑,他们组团前来考察,看到现代化、标准化养殖基地,打消了后顾之忧,用一万元贷款入股公司。

他们还用产业帮扶资金,入股扶贫养殖基地,享受二次分红。

王光留学七年，回乡养鸡十年，他把父亲的"家庭作坊"打造成省级农业产业化龙头企业，通过养鸡小产业，实现扶贫大作为。王光获得农村青年致富带头人、最美扶贫人等称号。

他带动的农户养殖，是很好的产业联盟办法。

金花回到田野镇土地村，准备和村民们谈一谈，怎么与王光的禽业公司联手合作，是否可以发动村民从王光那儿购鸡苗，再由王光回收统一销售呢？这样既解决了村民销售渠道的问题，又帮助他们寻找到增加收入的办法。

愿意参与禽业合作的村民有几十户人家，这让金花和村干部信心大增。

农民需要的就是信息，脱贫致富他们也是有信心的。

这几天金花心里有事，土地村有一大片老茶园一直荒废着，她觉得太可惜了，她去找县产业扶贫办主任彭致富。

"彭主任，我们村子里有片老茶园，我想和王化的茶叶公司去对接谈一谈，请您帮忙做个引荐。"

"你这个思路很好，王化红茶是唐、宋、明、清四朝的贡茶。我全力支持你。蚩尤故里、茶马古道，'话谈梅山千古事，茶煮奉家一壶春'呀！"

彭致富带着金花来到王化县的全国最美茶园奉家考察，茶园里古树巨藤，奇石瀑布，溪流潺潺。

接待人介绍说："光绪年间我们的红茶销售遍及全国。这里是茶马古道上重要的驿站，资水在王化境内的最后出口曾经茶商云集，至今已有四百年历史，当时好几十家茶叶商号。县里目前有茶园六万多亩，加工企业二十多家，王化红茶被评为省十大名茶之一呢。"

王化县的茶叶、油茶、中药材三大产业，有历史背景更有市场前景。如何因地制宜，根据农业大县的特点做好贫困县的农业产业，彭致富和同事们想尽了办法。为农业产品开发找企业对接，把王化农产品带出去，为产品销售找渠道，连县长丰志国也在电商平台推荐产品。网络、手机客户端、电视上播放出卡通形象的丰志国，"我是王化县县长丰志国，王化红茶非红不可！"这与平时大会小会上一本正经的县长形象大相径庭。

王化红茶成了王化人的伴手礼。

"来，金花女士，请喝王化红茶。"

彭致富又介绍最美茶园旁边的紫金山庄的老总给金花认识，"金花，这就是王化红茶的领头人武亮，毕业分配在公安局工作，现在自己下海创业做茶了。"

"琴棋书画诗酒茶，柴米油盐酱醋茶，茶是生活呀。乱世喝酒盛世品茶，品茶的人朴素不张扬，宁静不狂妄。"武亮边泡茶边说了几句文绉绉的话。

"做茶做出文化来了。"金花笑着应答。

"怎么不当警察了，要下海做茶呢？"

"茶叶有文章，这比当警察更有挑战性！"

紫金山庄是梅山民居风格，土地流转后的茶园。王化县将茶叶列为精准脱贫和一、二、三产业融合发展的示范性主导产业，引导龙头企业通过直接帮扶、委托帮扶、股份合作带动贫困户发展，积极推动电商主体融入茶叶产业发展。

彭主任和金花又来到王化茶叶公司，公司负责人陈礼向金花和彭主任介绍："王化薄片可是明清两朝贡茶，宋代吴淑的《茶赋》所述：'夫其涤烦疗渴，换骨轻身，茶荈之利，其功若神，则渠江薄片，西山白露，云垂绿脚，香浮碧乳……'明朝万历六年的《贡赋》载：'进新茶芽二十二斤'。朱元璋改邵州为宝庆府，规定王化县每年进'贡茶十八斤'，限定于每年谷雨后十日起运，五十九日运至京城。茶农将茶叶制成钱币模样，上品为金币，专供皇上饮用。中品为银币，供四品以上官员饮用。下品为铜币，供秀才和士大夫饮用。一时之间，朝廷官员莫不以饮薄片为荣。"

陈礼经营一家茶叶公司。他爷爷早年就在茶叶厂做工，负责将茶叶运输到古老的汉口码头。一九五〇年王化县茶叶厂建成投产，陈礼的父亲成为厂里的一名临时工。一九七九年，王化县茶叶厂曾经年产达到五千吨。一九八四年，陈礼从农学院茶叶专业毕业后回到家乡，从一名普通的茶叶厂工人做到茶叶厂的厂长。

十年前茶叶厂经营困难改制后，陈礼和几个朋友创办了新的茶叶公司，主营王化薄片。薄片获得中国国际茶业博览会金奖。如今出口越南、法国、瑞士、俄罗斯等国，年销售收入三四千万元。

陈礼说，爷爷制茶运茶或许只是为了一家大小谋生，父亲制茶一心为国家做贡献，而自己对茶却有更多的感情。

金花想起来土地村的那一片知青茶园。少年时清明谷雨前后，母亲带着她拎着小竹篮走到那一片茶园，小手掐着嫩嫩尖尖的新茶叶，听母亲讲着知青的往事。采好的茶叶带回家，母亲用凉水洗干净后，用开水小煮，随后用力揉搓成团挤干水分，再铺平放到竹制的盘箕里晾晒几天，茶香味就飘散在乡间的屋前屋后。

"我们村里有片茶园，荒了几十年了，你看我们是不是把知青茶场重新整合一下，继续让茶树焕发生机？我们策划搞点主题活动，再现当年知青生活场景，邀请知青回来搞个开园仪式，茶场请你们去负责经营如何？"

"可以啊！我们正在寻求茶园合作，完全可以联营！"

土地村又找到了一个产业方向！

脱贫是一条漫长的路，是金花家几代人的梦想。扶贫，也是几代人的事，但今天的扶贫，有前所未有的力量。虽有苦有累，但终究值得。

9

王化县招商引资洽谈会在县城召开，"引老乡回故乡建家乡"，家乡在呼唤和期盼，家乡等着游子回乡。

在外发展的王化同乡组建的回乡考察团，满带着思念与新的希望回到王化县。县委书记王文明对考察团到来表示热烈欢迎。

"各位老乡：我代表一百五十万王化乡亲欢迎大家回来。王化是我们大家的王化，我们只是在这里工作，你们才是家乡真正的骄傲。王化境内有高寒山区、水淹库区、石灰岩干旱区'三大贫困带'，有贫困村二百多个，建档立卡贫困人口将近二十二万人，贫困人口多，贫困范围广，贫困程度深。目前，王化既是湖南最大的国贫县、全国三大移民后扶县之一，也是革命老区县、武陵山片区扶贫攻坚重点县。王化要脱贫，需要你们的支持与关心！"

康金花再次热血沸腾，好似回到青春时代。今天，回到家乡参与乡村振兴，她实实在在投身其中。家乡的土地，比起三十多年前亲切多了。

县里主要领导和大家见面后，介绍了家乡目前的整体情况。王化地处长江经济带范畴。长江经济带"共抓大保护、不搞大开发"，坚决不走先污染后治理的老路，不搞破坏性开发。

乡村要发展，就在绿水青山上做文章。

这不就是王化最好的发展方向吗？众里寻他千百度，蓦然回首，方向就在这儿！扶贫攻坚，关键在于提振乡村精气神。全力推动乡村振兴战略落地生根。

县里领导班子讨论后，王化提出"绿色崛起·科学跨越"的总体发展思路和"基础先行·生态优先"的发展路径。"全业融合·全民兴旅·全景梅山"的旅游立县战略构想，以美丽乡村建设和乡村振兴为主要抓手，全面发展全域旅游。

少年时的康金花着急要离开土地村，对家乡的风景没有太多的留恋。

家乡的梅山大峡谷，是金花认为家乡最美的地方，山峰挺拔，农家木屋前，稻田穗正长。小舟一叶，两岸青山映水中，前方山石竖其中，山山有风景，处处皆不同。大自然鬼斧神工，每一座山峰都镌刻着岁月。峡谷幽静，双峰夹山，青山绿水，相映成趣。划船前进，前有钢琴山如琴键分明。岩石洞，燕子正垒窝。龙潭风雨桥，为茶马古道，古人出行，路经风雨桥，休憩喝茶，木质桥板，古建牌头，遮风挡雨，人生驿站。想听故事有故事，要听传说有传说。

水从碧玉环中过，人在苍龙背上行。梅山大地上，一座座风雨桥犹如一幅幅图画，宛似一曲曲动人的乐章，在河流、在山间、在流水人家。而那些宗祠牌楼、戏楼、正殿、厢房、天井，那些墙壁上雕刻的人物、故事、飞禽走兽、奇花异草，有着浓郁的梅山文化底蕴。

好山好水就是风光带啊。

蚩尤祖山、佛教圣地、生态名山大熊山、紫鹊界梯田、梅山峡谷、龙湾湿地、梅山龙宫、最美村落天门晚坪、渠江源、古桃源村、奉家映山红、三联峒、车田江水库，王化县每一个乡镇，都有乡村旅游的去处。

梯田始于秦汉成于宋明，至今已有两千余年历史。苗、瑶、侗、汉等多民族先民共同开发，是南方稻作文化与苗瑶山地渔猎文化交融糅合的历史遗存。苗瑶风俗世代沿袭，梅山山歌野性粗犷，梅山饮食酸辣怡人，梅山武术桩固势稳，草龙舞、傩面狮身舞等更是原始神秘、别具风情。

"没看出来这里的农田和别处的有什么不一样哦！这样的稻田，王化乡镇遍地都是呀！"考察团里的老乡在北方工作多年，有些疑惑地问。

"确实不一样呢！"乡村导游笑着介绍，"你看看这些梯田，有的小如碟、有的大如盆、有的长如带、有的弯如月。最神奇的就是这里一年四季不干旱，凭借神奇独特的基岩裂隙孔隙水源，构成纯天然自流灌溉工程。堪称人类最伟大的水田工程。"

祖祖辈辈耕作了几十年的农田被重新赋予了生机活力。这就是金花和那些从乡村走到城市去的无数人心中的老家，是他们的乡村梦想和乡愁记忆。

"这是我们近年来获得的荣誉：国家级风景名胜区、国家首批自然与文化双遗产、国家水利风景区、中国重要农业文化遗产、首批世界灌溉工程遗产。"

京城的游客来了，省城的游客来了，寻梦的游客们品味出独特的农耕文化、寻根文化和梅山文化。

家乡呀家乡，原来金花当年在土地村那短暂而艰难的岁月，就如井底之蛙没有真切地感受到你的美。导游滔滔不绝，金花若有所思。当年在家乡插秧、打稻谷的那些火热的劳动场景，在农学院的试验田里开展劳动竞赛的那些难忘片段，忽然激发了康金花的思想火花。

回到土地村，她组织村支"两委"开会。

"村里这些荒芜多年的耕地，实在太可惜了，我们要发动村民耕种。想办法组织劳动力鼓励他们在水田耕种水稻，年纪大的老人家，村子里到时组织志愿者做些帮工。"

"有没有可能搞搞农耕文化，我看紫鹊界有一次组织插秧比赛，好多外国人网上报名参加呢！"村里年轻党员康学文提议。

"这是个好办法！村里有田有土，后生伢子留在家里的不多，但真正要做事，在乡镇和附近县市打工开店的还是能赶回来搭把手的。"康健说。

金花说："好，学文，你负责出方案，今年土地村的这出戏就交给你了。"

金花和康健对视一眼，笑了，看到年轻党员有办法有担当了。

乡村的春天，土地村的插秧比赛开始啦！

"您可曾记得家乡的田野？您可曾记得春天的绿秧？今天，土地村盛情邀请您来这里，一起为希望插秧！"微信朋友圈里图文并茂的邀请函，拨动着城里人的心弦。

"走，回家插田去！"

田埂上站满了从城里赶回来的人们，中年人回来了，年轻人回来了，赛场边分队站满了比赛插秧的选手。村里的老人家也出来看看这热闹劲。

"好多年没看到这么多人插秧了，后生家的腿巴子和手巴子都白白嫩嫩的，拌点泥巴子蛮好看。"当年的农家好把式延卿老前辈坐在山头上看着笑。

康学文在现场组织协调："来，一组二组三组的中年组，请到这边来。"

"四组五组六组的青年组，比赛区域在这边。"

"七组八组九组的亲子组，你们要照顾好孩子，考虑到孩子们第一次学插秧，单独给你们划出一块比赛田，时间可以适当延长。"

"现在我宣布比赛规则，请注意一定要插稳秧苗，要保证直线平整。到时请评委打分！"

日新婆娘已经当了奶奶，却还是风风火火的急性子："不要强调了，插秧大家都会，插了几十年谁能忘记呢？"

她站在水田里，笑着唱起来："田里扯秧秧合秧，多多拜托莳田郎。一来莫莳浮蔸子，二来莫插喇叭行。"

田间，笑声叫声喧哗，泥水溅湿了双腿的人们，幸福地猫着身子，一蔸一蔸秧苗插下去，偶尔抬起头来看看赛手的秧苗行："哈哈，这是谁家的伢子，插出来喇叭行舞大龙呢！"

土地村的田野里，响起来久违的欢声笑语。

其实你不必去远方，好地方就在你身旁。

这个春天，土地村多了一份欣欣向荣的希望。

全域旅游，村村有景。当年在农学院的同班同学中华，正在邻村土坪村扶贫。土坪比土桥更偏僻，是少数民族世居地，他们根据村里的特点，对苗瑶民居进行了统一规划，小桥流水，两岸农家，古风古韵，乡土亲情。这几年，村里挖掘和保护瑶歌、瑶舞、梅山武术、傩戏等传统文化，打造了《夜画瑶峒》《瑶望天边外》《寻宝》等多部原生态民俗歌舞剧。四年来每周六常态化演出，成为全省首批经典文化村之一、全国美丽宜居村庄。

"金花，欢迎你有时间来看看我们村里自编自演的戏，同学们正好聚一聚。"中华盛情邀请。

乘着夏日的晚风，土坪村的民族文化广场坐满了人，一个个有着浓郁地方特色的节目上演了，村民演员身着民族服装，演唱着山歌。"春来春又来，遍地黄花开，燕归栖檐角，鹊声满苗寨……"

《春糍粑》《请喝茶》《捡鸡蛋》《嫁满女》一个个乡村特色的节目上演，金花和村民们为他们鼓掌喝彩！

土坪的文化戏，比起土地村上次的文艺表演来，那是要专业得多。吸引游客来，留得游客住，这才是真正的乡村旅游。

"菜花黄菜花开，菜花开了等你来！"当年和金花一起搞乡村调查的小文，已经是乡镇党委书记。他所在的乡镇是油菜基地，每到春天，菜花香千里。他见到金花第一件事是道歉：

"想起来都不好意思，那时太不近人情了，让你把脚上的鞋子脱下来还给我。你打赤脚走那么远的路才到家。"

"我若是穿着你姐姐的鞋子回家，我也过意不去的呀！"金花笑道。

"文书记，你要真有心，现在送一双鞋子给金花呀！"同学们起哄。

不同岗位的同学、朋友谈论起扶贫工作的喜与乐，大家又说起乡村旅游，各有各的思考。

"关键还是要有资源基础，你看看大熊山，自古以来就是神山，皇帝大驾来此地，这里还是中华民族三大始祖之一蚩尤故里。熊山古寺是这个地区最大的佛教场所，是宗教神山佛教圣地。开发了这几年，路修好了，不用做宣传游客自然来了。"庆国说。

"要么有自然风光，要么有乡村文化，要么有民居特色，要么有历史故事，否则啊，乡村旅游光靠农家乐也是不行的。毕竟我们不是大城市周边的农村。"金花说。

"杨书记，你那里不错，有少数民族风土人情，三联峒景区开发得不错，苗瑶文化的研究之地，还是有故事可听。"天真笑着说。

"我那个乡镇叫维山，我们脱贫的目标是：突出重围。欢迎你们去参观我们的黄毛岭。黄毛岭，茅草绿油油，十年九不收。闵家院人老幼皆兵，集体扫荒山，山上就地做饭。小孩子双休日上山帮忙运树苗，老人家也不落后。全体村民为产业扶贫上山种果树，风餐露宿，这就是干劲呀！乡村振兴是乡村自己干出来的。"

杨书记是个女同志，在乡镇主政多年。她说，乡村振兴、乡村治理，尤如烹小鲜。乡里的火龙果基地、金丝皇菊基地、桑葚酒、水酒、小麻花，这些一村一品，实实在在帮老百姓脱贫了。

"最好挖掘的还是上团村，你们可是守着一块宝地哦！"有人冲着红梅队长说。他们羡慕她在一片红色的土壤上扶贫。

红梅所在的上团村，有红二军团长征司令部旧址。一九三五年十二月十二日，贺龙、任弼时、关向应率中国工农红军第二军团进入上团村，设军团部于此。旧址反映了红二军团在红军长征时期为战胜强敌，顺利实现战略性转移，沿途积极开展革命斗争，进行革命宣传的一段难忘的历史，唤醒无数梅山儿女参加革命，留下许多感人故事。"风雨侵衣骨更硬，野菜充饥志更坚。"红二军团纪律严明，老百姓由最开始的害怕逃避到热情支持，并把最珍贵的粮食种子煮成稀饭给红军战士们充饥。这些年，红二军团旧址的院子里，陆陆续续有游客来追寻红军足迹，重温长征精神。

"我们的想法是要修缮旧址，让上团村民以此为荣为动力，把红军长征的故事一代一代传下去。"

全域旅游，却让今天的乡村有了全新的面貌。相关部门的好消息一个一个传来：

"国家旅游局将王化县列为首批国家全域旅游示范区创建单位。"

"国家发改委批准王化县为国家重点生态功能区。"

实施乡村振兴战略发展全域旅游，路子是对的，要坚持走下去。

康金花在土地村扶贫的这些日子，好似已经忘记了中年婚姻的纠结痛苦。她很忙，忙到没有时间去关心自己的情感，虽然常有一丝淡淡的遗憾。

偶尔也会看看电视，看到黄昊参加各类公务活动的新闻，精神焕发的样子。她很少打电话回家，只有在土地村，她才能找到踏实的快乐。每一天都是那样充实，每一天都有新的希望。眨眼，乡村的夏天来了。

年轻党员学文又有新主意："今年暑假，我们要发动村里在外工作的乡亲回来捉鱼。祖祖辈辈搞稻田养鱼，都是自给自足。今年来一次捉鱼比赛，让鲤鱼发挥经济效益！按捉鱼的重量来，捉得多的奖励五斤，其他的按二十五元一斤出售！这样既可以帮助村里的老人家解决劳动力的问题，又可以给稻田鱼找到销路，两全其美！"

"学文，我们都赞成！"党员们齐举手。

"秋收活动我想好了，谁也不要和我抢！"康健笑着说，"今年，土地村一定要搞个农民丰收节。你们各家各户把花生玉米红薯稻谷都给我收好啦！到时安排各小组来做统计。我们虽然没有名胜古迹，没有大景区，没有红色革命根据地，但是，我们有胜利的果实，有丰收的喜悦！"

10

康金花回想自己这么多年在北京的奋斗，那真真切切就是一部电视连续剧！出来闯荡的人个个都是心怀梦想。苦难生活阻拦不住他们对美好生活的无限渴望。

黄昊此时已经是某局副局长，应酬多了起来，各色找他办事的人也多了起来。金花有点担心，不知道这个男人能不能把握好自己。

正道和香梅在北京帮金花带孩子。自从金花到北京工作后，银花来到北京学习设计、财务和电脑。在求职的路上，她走得可不平坦，通过努力一步一步走到了某上市公司的项目部财务岗位。

兰花来了北京，工作不理想又回到了王化县去。菊花在北京读书，当年送人的满花在家乡读高中。

香梅把孩子们孝敬她的生活费都给满花寄了去。她希望这个没有得到原生家庭温暖的孩子，能明白当年家庭的艰难，不要有什么怨恨，在养父母家好好生活。

金花心疼母亲，尽量满足她的要求。香梅说能不能想办法让菊花来北京上学，金花想办法掏学费；香梅说银花能不能学点技术，当年为家庭付出得最多，你们要关心她，金花掏钱送银花去参加培训进修帮她介绍工作；香梅说，满花没有在家里和你们一起长大，娘对不起她，你们当姐姐的多关心她，金花挂念满花，省吃俭用寄钱给满花。

现在香梅最操心的是兰花，这个姑娘脾气急性格直。家乡的公务员考试失败，金花希望她来北京求学有新的开始。

兰花来了北京，全家终于团圆了。

此时金花的家已经不是自己的家。上有父母，下有孩子，妹妹都在家里。

"麻雀子，尾巴长，讨了婆娘不要娘。爷娘是茼蒿时草，婆娘是个宽心宝。"王化有一首儿歌，说的是男子有了小家不管妈。

正道吟唱着这首儿歌，从海南部队义无反顾回家照顾病重的娘。香梅吟唱着这首儿歌，拒绝城里人要留她做儿媳妇的好意，义无反顾回到农村和孤单的父亲相依为命。金花吟唱着这首儿歌，她拉着原生家庭的纤绳，一步一步向前进。虽然不能欢笑不能哭泣不能爱不能恨，只有生活的沉重，但金花会坚定前行。

金花成家了，银花也该结婚了。正道和香梅，焦虑的心一直没有放下过，操心着女儿们的婚姻。

银花终于要举行婚礼了，嫁给来自广东的刘岚，妹夫头脑灵活，做外贸生意，但性格倔强。两口子日子和美生意兴隆。

金花、香梅、正道，都松了一口气。在大家庭里，银花付出了那么多，她应该得到最好的回报。

三年后，黄昊升为局长，却并不是他理想的部门，或许是人到中年频生倦怠，黄昊性情大变，他请假在家休息。

男人之前在外到处应酬，女人担心。现在赋闲在家，女人更着急。他偶尔出去应酬，回来就是大醉。夫妻关系一直紧张。心死了就不再抱有希望。一条短信印证了金花的猜疑，也让她歇斯底里。或许康金花到死都不甘心，她从来没有好好谈过一次恋爱。在那些青春飞扬的日子里，仰慕者众多，她追求自己的理想，不敢越雷池；刚入职场，做媒的络绎不绝，她不愿意停下脚步，她要事业前途；在北京打拼的艰难时日里，她放弃一个又一个真挚的同龄人的追求。遇见黄昊，好像遇到真正可以与自己灵魂对话的人，以为自己很幸运。

可是，这婚姻的折磨，是不是来得太快？其实自己只想做一个被呵护的女人呀！可现实呢？是自己太要强，还是不够温柔？让眼前的这个男人越离越远。

金花性格豪迈，总有大无畏的牺牲精神，在这一场大家庭的小康路上，金花或许就是个牺牲品。她来不及呻吟悲痛，来不及向人诉说苦衷，她如一个战士，擦干眼泪背着冲锋枪，一路向前。

见过太多的男人，人生太长，一辈子不玩出点火，好像不是人生。

苏联教育家苏霍姆林斯基说："凡是出现大声叱责的地方，就有粗鲁行为和情感冷漠的现象。"打也打了，闹也闹了，两人身心俱疲。

金花前日又和兰花大吵了一架。事由很简单，兰花陷入了一场不正常的恋爱，男方是她刚入职时遇到的市领导老段。这位市委办的副主任，自从妻子和他的朋友有过暧昧后，他的心就已凉了半截。兰花来市委办报到的第一天起，段主任的青春活力又被呼唤回来了。在这段感情中，兰花显然毫无免疫和抗拒的能力，一脚踏了进去。

金花能说什么？好言好语相劝，要兰花结束这段毫无意义的感情，不要作茧自缚，重新开始生活。她不听，陶醉于其中。

管教妹妹的责任落在了金花的肩上，她气得动手打了兰花。兰花哭着问金花凭什么干涉她的恋爱，威胁说要跳楼，金花痛苦得只有哭。她拨打老段的电话让他反思反思，希望他不要毁灭一个年轻姑娘的前程，她的人生才刚刚开始。

放下电话，金花心里却有莫名的悲伤。她害怕妹妹们的叛逆，她担心着她们青春期的恋爱、学习和感情的轨迹。

兰花没有听从亲人的劝告，一意孤行与老段结了婚。

不被亲人祝福的婚姻，自然有先天的缺陷。几年的耳鬓厮磨的甜蜜后，很快，到了彼此负累和厌倦。

在与兰花的这段感情里，老段已经逐渐力不从心，他一方面希望兰花有更好的未来，另一方面也有耽误兰花的歉疚感。他鼓励兰花走出去读书继续深造，鼓励她过自己的生活。

兰花渐渐感受到情感的失落，开始思考自己的人生。

她重新走进校园走进课堂，开始律师资格考试。

走进西南大学的校园，兰花仿佛错过几个世纪。虽然已经是超龄学生，但是这次的进修，兰花拼命学习，通过考试顺利成为一名律师。大方律师所是京城有名的律所，余华所长是京城有名的大律师。兰花想去那里实习。

见到余所长，兰花有些紧张，而余所长对兰花却是欣赏的。兰花的反应敏捷和专业素质让余所长看好。更重要的是余所长从兰花口里听到了乡音。离开家乡几十年，当年为了生存和事业娶了北京女人，生活习惯越来越不协调，做的饭菜永远不合自己的口味。

北方女人哪有家乡女子的小巧精致？这家乡来的兰花，莫不是思乡的安慰？

一次去远郊办案，余所长点名带兰花一起去。谈完案情从法院出来天色已黑。看着所长疲惫的样子，兰花自告奋勇驾车，从京郊一路开回北京。高速上，两颗孤独的心灵开始碰撞。

余所长问兰花的个人情况，兰花开始沉默不语。最后，兰花说出来那一段不堪回首的岁月。

初冬的北京，高速路上的余所长忽地想来一首诗：细雨生寒未有霜，庭前木叶半青黄。小春此去无多日，何处满花一绽香。

五十多岁的余华，已经厌倦了家庭生活。孩子已经上大学了，妻子跟不上自己的思想节奏，也理解不了男人外面的世界。这些年来，律所发展很好，他收入也很高，寻得一块好地，自己盖了几层楼。又买了几套商品房出租，日子还是滋润的。不滋润的就是五十多岁的男人心。

听到兰花的经历，余所长竟然有了些怜惜。分别的时候，余所长的心里好像开出了一朵花。虽然现在有车有房有家，可当年不是一样两手空空闯北京吗？兰花才三十出头，还有大好时光。不应该被不幸的婚姻拖垮人生。

解救兰花，好像是他不容旁落的责任。

兰花与所长告别，回到自己租住的地下室里，耳边却不断响起所长的那句话："你还年轻，要努力。还有大半生的好年华呢！"兰花很多年都是低着头在生活，那一段被人议论的婚姻让她多年抬不起头。是该好好思考自己的人生了。

从家乡省城来到北京，心酸和苦痛，只有兰花懂。周围不少人说兰花有勇气，说她坚强勇敢，其实兰花心中有苦说不出。她用沉默掩饰自己的疲惫，用微笑隐藏自己的狼狈。

曾经，老段是她依靠的肩膀。无助的时候，是他的引领让她走出迷茫。遇到难关不知所措的时候，是他排忧解难。

而现在，兰花真的不敢想未来。她和老段还没有办理离婚手续。她常常有担忧，老段的身体已经大不如前，糖尿病并发症日渐严重，在自己离开的这些日子里，他怎样面对人生的风雨？

等我立足，给他一个安定的晚年。

老段，等我。

兰花离开后，老段开始重新审视自己的人生。晚景凄凉，原来那个家已经回不去了。老伴至死也不会原谅他，儿女更不会原谅他，在家庭最需要他的时候，他选择离开和背叛。

老段内心里的悲凉越来越浓。兰花，愿有一人待你如初，疼你入骨，愿有一人懂你悲欢，知你冷暖，愿有一人倾其所有，护你一世安好。如果你有新的感情，我会祝福你的。

工作中，余所长看兰花的目光里渐渐多了一些温柔。兰花与余所长的对话里偶尔蹦出来家乡话，两人常常相视而笑。在同事们的聚会上，兰花和余所长都爱吃辣椒，无辣不欢。多年来，余华已在家里克制不吃辣了。

兰花和余所长去海南出差，海风、椰树，海景房里，兰花与余所长研究完案情，房间里的空气弥漫着暧昧和激情。久盼的相知，点燃了余华内心深处的烈火："兰花，嫁给我，嫁给我，我会待你如初，疼你入骨。"

一切来得那么突然，却又那么自然。

从海南回来一个多月后，兰花发现自己怀孕了。怎么办？余华还没离婚，他是离还是不离？兰花不了解余华的心态。孩子要还是不要？兰花犹豫。

余华的离婚谈判正在进行中，结发夫妻几十年，突然提出分手，妻子难以接受。一哭二闹三上吊，余华的内心常常有些难以坚持。

余华最终选择了离婚，迫于现实的压力和妻子的逼迫，净身出户，所有财产都归前妻和女儿，另外支付两百万元经济补偿，自己和兰花重新开始。

一切重新来过，五十岁的余华找回了爱情重新奋斗。

兰花肚子里的孩子越来越大，余华考虑要给兰花一个家，迅速开始找地方买房子，此时北京的房价已经不便宜，四环外是四万到五万元一平方米。前妻的两百万元补偿又催得十分急。余华捉襟见肘。

兰花与余华回到家乡见老段，一要办理兰花与老段的离婚手续，二是要和老段谈谈他们的计划和现在的情况。令余华和兰花惊讶的是，老段拿出来自己辛苦攒下来的五十万元，"你们在北京生活压力大，这个你们先借去用吧，等你们有了再还我。"

兰花哭了，如果说当年是自己年轻不懂事，被老段呵护感动，那么今天她真的有点痛恨自己。离开老段，也要遭受心灵上的谴责啊。

余华见多了夫妻反目成仇。来的路上他想好了多种对策，怎样让兰花顺利离婚，怎么摆脱老段对兰花的控制，怎样让老段心甘情愿放手，怎样为兰花争取到该得的权益，现实却颠覆了一切想象。

几年后，在北京读书毕业的菊花，终于找到了爱情。她的目标就是嫁个北京本地男。公公是某单位的处长，开始并不同意儿子与菊花结合。

菊花记得第一次跟着男友见未来的公婆，北京婆婆几个查户口的问题，把她问得面红耳赤："你父母在哪里工作？退休了吗？退休金多少钱一个月？需要你们负担吗？家里还有什么人？"

菊花如实回答。面对这样挑剔的口吻和厉害的目光，她不知道未来的路有多艰难。

家庭永远都是交响乐。

兰花眼睛红肿着来找金花，一看就是吵架了。一问缘由，与婆婆关系处理欠妥。余华的母亲和他们同住在北京，大姐早年在农村，丈夫去世后，余华干脆让大姐来了北京在家里帮忙照顾。

婆婆对家庭干预较多，余华无法平衡。婆婆认为媳妇摆个臭架子，不愿意帮助婆家人。

兰花年轻气盛，并不懂生活。婆婆大姑子在一起，自己是个受气的小媳妇。有人说，在夫妻关系中，智慧的女人把自己的男人争取过来，形成统一战线，愚蠢的女人把男人推到对立面。幸福的家庭是经营是建设是奋斗出来的，不是吵架吵出来的。

兰花在婚姻里慢慢成长。兰花生育后重返律师职场，逐步独当一面，事业上的搭档是最好的伴侣。兰花已经成为北京知名律师。余华的目光温润，他欣慰有人接班。

中年时间好像很长，孩子青春期开始逆反，自己更年期提前到来，老年人闹着要归根，中年妇女康金花面临着一地鸡毛。

满花大学毕业在北京实习，待了三个月，闹着要辞职回南方，她说北京不属于她。

金花要她克服内心的敌人，战胜自我立足社会，成长一步一步来，不要急躁。

满花说："我像一条蛮劲瞎使、疯狂跳悬崖的牛。"

"如果你是牛，我就是那拽着牛绳的牧童，紧紧地拽着喊叫：'乖乖你别跳，好好吃草，吃饱了才有劲。'"

金花以为思想工作做通了，却不料满花还是不辞而别。

"是不是我批评你你有情绪？做任何事情要胆大心细，学会协调综合处理，你最大的性格弱点就是逃避。居然连工作交接都不管就这样一走了之？希望你以后直面问题勇于担当，敢于阐述自己的观点。看看《职来职往》里的大学生的风采自信和求职的表现，你会明白很多。自由有自由的代价，约束有约束的收获。"金花电话里苦口婆心。

满花说："其实也没什么，可能就是不习惯和姐姐们在一起相处的方式。我觉得我还是回到我那个家里去更合适。"

金花说："我希望你不要那么敏感迷茫拘谨，努力去寻求自己的生活。刚工作三个月就逃离北京，什么都忍着憋着不吭声也不发出自己的声音，我们怎么帮你？"

话没说完，满花就挂了电话，再打，关机，再无互动和联系。

原生家庭的爱，对她来说是沉重的负担。

三个月后的平安夜，满花的道歉信息发来了。

"姐姐，真对不起对不起对不起，知道你是为我好，处处担心关心我。我错当成了压力。我没有合适的理由说服你，没有足够的毅力压制内心叛逆的声音，更不能每天抱怨，于是我选择了逃避这愚蠢的方式。

"不断审视反思自己，我犯了一个年轻人的通病，过于自我。我天天在自责中度过，想想也是太冲动，怎么才能弥补我的过失？"

金花拨通了满花的电话，在姐妹的对话里，是久违的亲情，是情感的触碰。

金花说:"人生首要学会的是担当。抱怨、生气、对峙、争吵、辩论,都比逃脱要好。你今后怎么打算?"

满花说:"自己找工作,哪里有工作就去哪里。"

金花说:"你们叛逆只是自己痛苦一次,而我,要痛苦四次。"

满花说:"今后的路那么长,成也好败也罢,我会自己去承担。我的生活是时候交给我自己了,如果你们还认我,我会定期来看你们。如果不认,我会平静而努力地等待。我再次向你道歉。"

金花说:"青春是你唯一的资本,你面对两个不同的家庭环境,常常自我矛盾。我们的爱对于你来说是压抑是严厉,你接受不了这样的爱,以后你会慢慢理解的。"

金花后来才知道,满花在网恋,男友在上海。不管香梅和正道怎么相劝,她都不为所动。父母反对,养父母反对,都阻挡不了她的恋爱。

11

人生总是充满挑战。在努力奔跑的路上,康金花品尝了各种滋味。

二○○三年这个不太平静的春天,可怕的非典型肺炎已经夺走了不少人的生命。因为SARS,每个人开始意识到健康的重要,人类只有面对自然灾害和病魔侵袭时,才会理解家人的相聚相依是多么重要。

金花带着父母去医院体检,不查没事,一查吓一跳。香梅的左肾结构异常，正道的转氨酶超高、肝脏异常。主治医生说正道的肝脏损坏较重，建议去大医院做个检查。

金花和母亲想象着最严重的后果，母女抱头痛哭。联想到正道的两个哥哥都死于肝癌和肝硬化，香梅费尽千辛万苦甚至是乞讨挽救过来的男人，难道又躲不过这一劫吗？

金花从医院回来，不敢把结果告诉父亲。

香梅怕正道多虑安慰说："你的体检结果很好，只有我自己的肾有毛病。"

其实背地里，香梅却担心正道的病，急得悄悄哭。

正道劝："谁没有一点小毛病？没必要那么紧张。"

金花带着父亲去大医院检查，医生要求住院。

正道这才知道，其实有问题的是自己。

其实，正道口渴、喝水多的毛病已经很多年了，香梅曾经不理解，总是纳闷他为什么需要喝这么多的水，为什么他总是那么爱犯困。

家里的气氛，好似又回到了土地村正道病倒的那一年。

北京的住宅市场已经风生水起。

金花一家住在机关家属楼一套五十平方米的住宅，实在拥挤不堪。"非典"肆虐，情况危急，北京城里人人自危。金花、黄昊计划买房子改善居住环境。

先前金花和黄昊去四环看了处房子，回来后男人交代："就定那里吧，环境不错，一定要找一套三室一厅的，否则没法住。"金花像领了圣旨晃悠悠坐着公交车去了售楼处，打了几个电话请示黄昊，他的回答是："你自己定吧！"几经周折，又托人找销售总监，同意适当优惠，金花当场交了定金一万元。

金花高兴地盘算着："在北京奋斗不容易，终于有了自己的新房子。虽然有压力，但将来肯定会为今天的决定而庆幸！"

父母热心建议怎么装修，全家人喜气洋洋。

在北京城里买个房子可是不容易啊！

一个月后，金花和黄昊终于凑到了十二万元首付款。这时专业的炒房团已经在北上广一线城市活跃。金花总算解决了刚需。

房子进入了装修状态，兴奋得金花巴不得每天去看看。一个月左右的时间墙面地面处理好，厨卫瓷砖也铺好。

家是什么？家是屋檐，家是港湾，家是大树。但买房装修是考验夫妻的最佳试验品。多少夫妻因为买房装修大动干戈。

这不，金花和黄昊正在战斗。

金花监督装修，买晾衣架、毛巾架、纸巾架、热水器、温控器、消毒柜，一个家庭建设真不易。

金花每天下班第一件事就往新房装修现场跑，周末几乎都蹲守装修现场，看进度、监督质量。

快装修完毕的时候，黄昊如首长视察来到了新房，一只脚还没踏进门，就劈头盖脸叱责金花："你这个女人真不会做事，这进门厅的灯这么暗！不知道买个大气一点的！"

"预算严重超标！"金花小声说。首付的十二万元都是东拼西凑来的，为了筹款两人还闹了矛盾。

当金花满心欢喜地交完定金后，她和黄昊商量着怎么筹集首付款。

"每人负责一半，房子算你的，我不要。"黄昊说。

这一句话让金花寒心。

"一头牛都买了，你还在乎那根牛绳吗？"黄昊抱怨。

囊中羞涩的金花沉默不语，沉默中的委屈，只有金花自己懂。

乔迁那一天，正道和香梅如在土地村老家一样，盛了三碗饭，作揖请神喃喃自语："祖宗保佑家庭兴旺！家升祖宗老子，爷娘，你们要来北京做客啊！"

那一年，黄昊去了西北某市挂职锻炼开始全新的生活。

黄昊长期生活在城市，几乎不懂农村生活，他无法理解金花一家人为什么一定要闯北京，无法理解金花一家人为什么那么要强。

虽然婚姻淡漠，彼此都有自己的追求，谁都不愿意在对方面前委屈自己。

两地分居，的确是可以化解突出的婚姻矛盾。

金花已经淡然，爱或者不爱，回来或者不回来，婚姻总摆在那儿。

12

大好河山，处处是矿。东北的黑土地稻花香，西北的乌金流钞票，西南的地下藏珠宝。二〇〇二年，国家取消电煤指导价，煤炭价格噌噌上涨，一个行业的黄金时代来了。在这个最为典型的周期性和资源型的特殊时代，煤炭享受到超级红利。

黑金狂潮，一些人享受了资源红利。

康金花的记忆里，多年前家乡的马路上，大卡车从山里装出来的煤，只是农家人取暖的需求而已。

党校同学方伟业，早就在北京做实业风生水起。

阔别多年后，金花接到了方伟业的求助电话："金花同学，我现在遇到人生最大的困难，你要给我做主呀！我在西南某省投资被人诈骗侵占，差点把命都搭上去了，对方现在威胁我！"

"别急，你先说说情况。"

"哎呀，说来话长啊！二〇〇四年，朋友田富贵劝说我与他、王平等人共同商议在西南白河子成立吉祥地产开发公司，每人出资五千万元，取得企业法人营业执照，田富贵任董事长，计划开发当地一单位的家属楼小区建设。其间，因公司需要扩资，股东资金追加到每人投资一亿元，田富贵说没钱，让我出资扩资。后来陆续又有新股东注资，但因意见分歧，经董事会同意，其余股东退股，退清所有投资人。吉祥公司股东只有我和田富贵、王平三人。我也把全部心血投入公司生产中，公司效益逐渐好转。可是我傻呀！金花，我脑子进水了，我太相信人了！"

电话那端，方伟业已经泣不成声。

在金花的劝说下，方伟业渐渐平静下来，细述原委。原来，公司经营六年后，方伟业去工商局查询后得知共同经营的吉祥地产开发公司早就在四年前变成了田富贵和他老婆的公司。在方伟业毫不知情、人不在场的情况下，他们伪造方伟业的签名和手印，伪造了《公司股东会议决议》《股权转让协议》《股权转让完毕证明》等材料，将方伟业在公司的股份擅自侵吞。整个公司财产被他们以非法手段占有，且有当地黑恶势力参与。

受害人方伟业向当地公安局报案，要求查清案件事实，偿还股东权益及损失。经过周密调查，县公安局进行了司法会计鉴定，结果确认：田富贵利用职务之便，采取设置两套会计账簿、少列收入、伪造会计凭证、伪造资料等手段，致使方伟业丧失股东权益。公司应付方伟业两亿五千万元。

被举报人田富贵夫妇随后被刑事拘留，后被依法逮捕。

但令人费解的是，面对证据确凿、事实清楚的案件，没多久田富贵夫妇却双双被释放，又回到了公司，一路大放鞭炮庆贺，气焰嚣张，并四处扬言：有什么了不起？不就是花点钱吗？我花了一百多万元买了个自由，照样悠闲自在地生活。

方伟业的噩梦来了。

田富贵回来后，开始安排不明身份的人跟踪他，并扬言要弄死他，让他死无葬身之地。

方伟业本来就遭受到重大的财产损失，如今不仅自己的正常权益得不到保障，甚至连生命都受到威胁，终日提心吊胆。

"金花，我们多次找到当地检察院、公安局，却都没有明确答复。万般无奈下找你。我现在非常害怕，担心被人害命呀！"

眼看着自己熟悉的人陷入困境，康金花莫名有一种悲哀。面对方伟业这样的遭遇，她一定要想办法帮助他伸张正义。

金花怎么也想不到，帮助方伟业会让自己面临职业的危机。

方伟业的情况反映材料，她移交给相关部门查办后，当地某些领导受到处理。

不久，有关金花以权谋私的举报信从偏远地区邮寄到她的单位，她的顶头上司和各部门领导人手一份！

这是诬陷啊，金花向组织汇报过详细情况和思想动态后，后背发凉。有些事情，她是说不清楚的。

这举报信，写得有理有据，把金花的家庭资产查得清清楚楚。金融危机，房地产突飞猛进的十年告一段落，一、二线城市难以消化的库存，四万亿的央行货币政策的松绑，拯救了岌岌可危的房地产市场。房价再次上涨，中央出台调控措施。对于金花来说，最明智的就是在这几年买了两套房子。

买第二套房子时，正是金花帮方伟业讨回公道的时候。她和方伟业在茶馆见面谈案情，其间，方伟业贴心地说了一句话："知恩图报，我会感谢在我最困难的时候帮助过我的人！"他把装在信封里的案件资料递给金花，请金花帮忙看看有什么办法讨回公道。

方伟业的双手传递的信封带着感激的余温。

金花和方伟业根本没想到，跟踪方伟业的对手就在茶楼。他们的交谈场景，被拍照和录了视频。

照片和视频，让康金花的解释显得那么可疑。

她怎能解释清楚，信封里的的确确只有材料。

"金花，我很心痛啊！这么多年你都洁身自好，如今却犯这样的错误。"

主管领导谈话间满是怜惜。可是，面对满城风雨，谁能救她？

"我主动请辞吧。感谢您的培养和帮助。"金花哽咽了。

"别急，先转个岗位，等审查结果出来到时再说。"领导安慰。

如果说婚姻冷场，是康金花看透了情爱，这事业的滑铁卢，却真让她措手不及。

金花躺在床上，房间里播放着哀怨的古筝曲，好似她悲壮的人生之歌。往事历历在目。

她从没有过这样的感受，多年前从土地村走出去，她一直以来要求自己出人头地。今天，她好似从山顶摔下来，面目全非，满身伤痕。

她留恋机关的优越，也曾抱怨过体制的束缚。但真走出这扇大门的时候，她知道，回不来了。她不太爱用眼泪证明自己的软弱，想一步一步挺过去。

休整的这一个月，漫长得好似二十年。

从炙手可热的权力机关转岗去事业单位宣教岗，她的失落无人言说。

到新单位报到，她根据单位的一些实际情况，向一把手提出一些工作建议。

这让周围的人有点紧张，有人提醒她，这单位的人，没有一个敢这样和一把手说话的呀！你这直性子，总要吃亏的哦！

吃亏就吃亏吧，不能看着错误不说话呀！你不说我不说，错误越来越多。

有利于单位发展的建议，一定要提。管它前途不前途。

金花经常为不能融入这种环境而苦恼，总觉得自己应该有更高的追求。

一年后，方伟业的投资项目清算完成，他投资的钱总算拿回来了。有关部门在对此事结案时调查总结：康金花是清白的。

方伟业一直心存歉意，他感恩金花的正义支持，却不料让她陷入困境。虽然金花已经从阴影中走出来，但方伟业对金花始终心存内疚。

与金花的交往，给予他无穷的力量与坚定的信心。

金花带给他的，是中年倦怠中的激情。金花换岗后方伟业几次约金花见面，都被金花拒绝了。

方伟业虽是商人，却脱俗儒雅，没有市侩之气。康金花时常会拿他和黄昊做对比。黄昊久在官场，有些霸道之气，方伟业好似更懂得尊重女人，尊重他人的想法。人与人，男人与女人，彼此之间的舒适感，其实非常重要。

"金花同志，你这两年的确受了些委屈，现在案子查明白了，我们准备调你回来上班。"原单位人事局领导在电话里对金花说。

"不了，谢谢您！我已经申请下乡扶贫。"

"金花，我邀请你去我的公司任高管吧，负责政府公共关系，年薪一百万元。"方伟业火热的目光，让金花自觉地意识到还是保持距离为好，她笑了笑，摇摇头。

其实，社会也和人生一样，总有这样或那样的问题，总需要时间，才可能发展成想要的样子。

13

在人生的海洋里，每个人虽是浪花一朵，但正是因为浪花聚集，海洋才有无限的生命力。坐在土地村，金花的思绪却回到了几年前的北京，她居然有些想念黄昊和他的朋友们。那一次聚会，让她认识到，每个人都有不同的梦想，也有不同的社会使命。那些心怀科学梦想坚持创业的人，他们用更真实的力量改变自己，改变社会。

那天，黄昊向金花发出邀请。

"金花，你今天晚上别安排事，我同学在北京开科技大会，一起聚聚。"

金花和黄昊一起去了聚会。

"黄局，你是我们同学的骄傲！只有你在首都工作。来，介绍一下，这是我们一起开会的赵锋教授！也是这次科技创新大会的获奖者。"

黄昊的高中同学孟金，介绍赵锋给黄昊认识。

"哈哈，这么巧！赵教授！"金花笑着和赵教授握手。

"怎么，你们认识？"黄昊和孟金有些不可思议，"你们既不是同学也不是同行，又不在一个城市，怎么会认识？"

世界就是这么奇妙，金花刚闯北京在火车上相遇的赵教授，居然在聚会上再次相遇。

大家推杯换盏，畅谈人生。

"看来还是要搞实业啊！我在浪费人生。"黄昊小酒一酌慨叹。

"哪里哪里，你才是造福一方！"赵教授笑道。南大化学系毕业的赵锋如今是国家创新创业人才、市政协委员、中国感光学会理事、中国辐射固化学会副理事长、全球湘商十大风云人物之一、市杰出企业家。发表论文五十多篇，授权发明专利四十多项。他的公司已经全面进行科创板申报材料准备，作为国内光引发剂市场的龙头企业，有志向更高层次的资本市场迈进，借助资本的力量加快公司发展。

回想起公司曾经面临的困难，赵教授不无感慨地说："商场如战场，一不留神就会被逼到死胡同。刚做企业时经验不足，忧患意识不强。二〇〇一年春节刚过，与我们合作的台湾公司突然中断了产品采购，他们要自己建厂生产。公司陷入困境，因为公司与对方签署的是包销协议，自己没有去开发市场和其他客户，一下子市场全没有了。产品积压，资金无法周转，公司前景一片黑暗……"

赵锋一方面在股东会上号召大家增资，先解决资金紧缺问题，他自己借了二十万元带头增资；另一方面主动承担起市场开拓的重担，竭尽全力寻找市场。

功夫不负有心人，通过各种努力终于找到了欧洲两个大客户，同时积极开发台湾地区市场。公司有了自己的销售渠道，逐步进入了大发展轨道。

殊不知企业面临一场又一场生死考验。二〇〇五年公司刚刚步入正轨不久，国内开始出现其他生产厂家恶性竞争，导致产品价格快速下滑。销售额迅速下滑，公司再次出现了亏损陷入了困境。股东之间矛盾激化，经营团队失去信心，员工纷纷离职。

在公司最危难之际，赵锋辞去大学职务，专职经营公司。他把所有的心血和积蓄全部押在公司，通过一年的整顿努力经营，公司有了新的起色逐步步入正轨，实现了扭亏为盈。二十一年的矢志不移，成就了赵锋科技报国的梦想。

"赵锋，你是专家型的老板，老板中的战斗机！实力派！"孟金举起酒杯调侃着，大伙笑出声来。

"做企业，科研与产业结合，总算摸出一点经验。"赵锋谦虚道，"还是你经验丰富，当过县长、办过企业、搞过科研样样都懂啊！"

黄昊的高中同学孟金，南方大学化学系硕士毕业后，进入冶金部矿冶研究院工作。这一年他二十三岁。一九九三年他来到湘西花园县担任主管科技的副县长。怀揣着科技脱贫的梦想，他从中科院引进技术，在当地建起了南方第一家铝粉厂。

一九九五年，孟金启动了一项全新的技术研发工程——将微米级铝颗粒的形状由球形变成规则的片状。只有实现这个改变，产品才会反光，才会成为铝颜料。由于技术被德、日、美三国严格控制着，他的研发只能从零开始。两年多时间内，他几乎天天守在实验室内，经常通宵达旦做实验。在尝试了数十种状态后，他的研发终于获得全面突破。一九九七年底他创办了金属颜料有限公司。

孟金的企业成为亚洲规模最大、产品最齐全、技术最先进的单一铝颜料生产企业，国内铝颜料行业的龙头企业。

与这些科技男相比，金花自惭形秽。不同的梦想不同的人生，黄昊的梦想或许在仕途，金花的梦想或许在家庭，孟金的梦想是带领更多人脱贫致富，赵锋的梦想是让企业承担更多社会责任。

14

赶上一线城市的房价红利，贷款月供的过程虽然艰难，但是熬过之后就是春天，就如中年婚姻的煎熬一样，熬到白头才知爱恋。

在房屋中介不断打来询问金花是否卖房的电话里，金花感到了北京房市的继续看涨。等待，继续等待。多年的奋斗积累了一点小银两，还完房贷，金花多少有点安全感了。

投资理财，怎么让有限的资金发挥作用？周围的人都在谈股论金，股市在此阶段，正是春风得意。

从二〇〇七年经济低迷开始，在七年的漫长熊市之后，A股初现牛市。二〇一四年的股市春天，金花开启股市账户，注入资金也想小试牛刀。

菜鸟入行，大量学习，看股评，看推荐。

不少市场人士和机构认为，改革的逐步推进与资金的腾挪驱动，是股指不断走强的两大重要支撑。二〇一四年，全面深化改革在资本市场层层推进，为A股奠定了良好的政策基础。

从七月开始，股市出现一波一骑绝尘的大行情，让A股一举脱下"熊市"外衣，十一月末央行两年来首度降息成为疯牛暴发的导火索，天量成交额频现，市场人气暴涨，两市活跃账户不断创近年来新高，年末，A股指数涨幅领跑全球。

金花其实并不好赌，但是股市的疯涨让她再也把持不住。

同学群、校友群、家长群、邻居群，群群都说股。买了几只股票，小尝甜头，乐滋滋，畅想长此以往，日进斗金。

新、老股民热情万丈。

在令人意乱神迷的强大声浪面前，大家都争先恐后骑上"快牛"的背，没有人关心牛市的质量。大家都想赚快钱，至于有些冷静的专家说，市场需要稳扎稳打的"慢牛"，因为一个有实体经济支撑、股指均衡、交投稳定的牛市，理应是一个摒除焦躁、长久而理性的增长过程。让专家们说去吧，专家们各有各的目的，各有各的理论，有些专家甚至就是资本的代言人，股民都不知道听谁的了。

金花也有些浮躁。身处这个浮躁的环境，要安静下来已经很困难了。几乎所有的人都不认为自己会是最后的接棒者。

股灾和熔断机制更让人感觉股市就像个圈套，逐渐掏空你的钱包。

行业内的朋友建议金花抛股，金花不为所动，亏本了呀，亏本了怎么能走？得坚守。这份固执，成为金花投资失败的根本。六月大盘表现疲弱午后跳水，相继失守四千五点，两市近千只股票跌停。各板块全线飘绿。

金花眼看着自己的股票账户连连贬值，却无法抽身，抽身就是亏，坚守也是错。

更惨痛的还在后面。

黑色的八月沪深两市延续跌势，大幅跳空低开，早盘沪指一度跌幅收窄，午后两市杀跌不止，沪指快步跌破3000点，坠入"2"时代，年内新低。

眼看着股票暴跌，金花毫无回天之力，真金白银打水漂，辛苦十年的收入化为乌有，金花欲哭无泪。婚姻给予自己的是倦怠，股市给予的是心惊肉跳。

去杠杆化去泡沫化，暴涨暴跌、千股涨停、千股跌停、千股停牌。过山车般的行情，让金花损失了三百万，三百万啊三百万！金花家里卖房的积蓄，就这样化为乌有。金花啊金花，这些钱能够干多少事呀！

巨大的心理压力，金花一夜白头。

让股民略感欣慰的是，股市的黑手终于有人管了。最受关注的神秘的私募人士流小波，从不在公开场合发声，也不接受媒体采访，更不许可拍照。一九九三年投资几万元走入股市，投资风格彪悍，业绩惊人。公安机关最终查实流小波通过非法手段获取股市内幕消息，从事非法交易，操纵股票交易价格，涉嫌违法犯罪，采取刑事强制措施。

股指行情从6000点到2600点，金花和千千万万的小散户一样，从山顶坠落深谷，不能哭喊不能呻吟，因为自作自受。

这个冬天，注定是难熬的。

夜，特长特长，无法入睡。卧室的灯比往常任何一天都亮，空调吹着水晶灯的声音一直作响。金花这个唯物主义者，此刻却总感觉有什么不好的事情要发生。早上起来，收到短信：新江市新任命的农村工作部副部长余香因交通事故于十二月九日晚不幸去世，特此讣告。

怎么也想不到自己最疼爱的小师妹遭遇车祸！

金花悲伤哭泣，她脑子里不断想象车祸现场画面。那可是当年在小城里每天朝夕相处的小师妹啊！每次回乡都会陪同金花的妹妹啊，相同的家庭背景，奋斗路上的彼此鼓劲。只有她，最懂金花的心情。

金花只希望身边的人知福惜福。

但是人活着真的不容易，金花的表姨躲过车祸、躲过股灾，却没躲过"明星"企业的圈套。

表姨是湘中七狼集团的财务，年薪五万，这在当地算高收入了。公司说要给员工持股，表姨把省吃俭用的所有积蓄三十万元作为集资交到公司。

刚开始两年每到年终公司都有分红，拿到了分红的表姨打着小算盘：儿子大学毕业谈恋爱就快结婚了，估计买新房子需要帮衬点。三十万元本金加上几年分红，给儿子帮衬着在小城里买个小房子还是有希望的。

谁会想到一家创办了二十多年、当地媒体经常报道的全国就业和社会保障先进民营企业、AAA级信用企业会这样倒闭，公司的董事长孔手道更是光环加身，荣誉无数，曾获"中国杰出企业家""全国优秀青年企业家"等称号，声称固定资产有几个亿，有五十家子公司、员工五千人的"明星"公司说垮就垮呢？

"金花，你快给我找找人想办法，我们公司老板逃跑了！有一万多人受骗了！"金花没有想到这是与表姨的最后一次通话。

几天后表姨从七狼公司的楼顶跳了下去。

金花后来在当地政府办了解到七狼公司一直依靠社会非法集资，公司集资达到几十个亿。公司早已经资不抵债。董事长孔手道早已跑路，一万多名受骗群众正在维权。

三年后，孔手道被抓捕归案，但金花的表姨和她被骗的钱，却再也回不来了。

第五部

1

扶贫是康金花的一场自我救赎，中年的麻木，心灵的倦怠，在土地村的扶贫路上一扫而光。她和黄昊的婚姻穷途末路，但亲情犹在，彼此观望。

她没有时间多想感情问题，摆在面前更重要的是土地村发展的道路。

随着对家乡的深入了解，她越来越感觉到，王化县的脱贫之路，可以说是一场实实在在的硬仗！

绿水青山变成金山银山需要努力奋斗。

扶贫攻坚的路，何尝不像人生路一样，往往要经历无数考验和历练，才能总结经验，走到正确的道路上大步流星。

全省扶贫攻坚经验交流会议在王化县召开，一位在湘西扶贫的队长讲述了一个真实的故事。

"村里有个单身汉王老五四十来岁，四肢健全头脑清晰，住在故去的父母留下来的木板房中。因疏于管理，屋顶的瓦片风吹日晒，开始漏雨。刚开始漏在堂屋，他说不影响使用，毫不在意。后来漏到卧室，他一看，没有漏到床上，也无所谓。漏雨的地方越来越多，漏到床上了，他就将床移到不漏的地方。再后来，怎么摆都会有雨漏到床上了。他想了个办法，用一张塑料薄膜盖到被子上，只要睡觉不淋湿就行。后来发现也不方便，因为晚上一翻身塑料薄膜会掉。他最后将被子全部放到床下面，塑料薄膜盖到床板上，人就睡到床下面。"

"同志们，刚才这位湘西队长讲的这个故事，在全省的确还存在。这就是现代农村的寒号鸟。我们做扶贫工作，一定要注意帮真穷。对于这种有懒惰思想的贫困户，要多做思想引导，切断懒根。"省里的领导反复强调。

对啊，"脱贫致富终究要靠贫困群众用自己的辛勤劳动来实现"。

为激发广大贫困群众的内生动力，王化全县大力弘扬"不等不靠、自主脱贫"的精神，在全县贫困群众中倡导开展"人穷志不穷，脱贫靠自身"自强自立行动。在全县村党支部书记中扎实开展争当"脱贫致富带头人"活动，并同步推进"推动移风易俗、树立文明乡风"工作，教育和引导贫困群众消除"等靠要"思想，全县实现从"要我脱贫"到"我要脱贫"、从"争当贫困户"到"主动申请退出贫困户"的大转变。

多少乡镇干部和扶贫队员，已经深深爱上乡村。他们经历了忠与孝的考验，也经历了大局与小家孰轻孰重的心灵追问。

王化县是典型的农业大县、人口大县和贫困大县。金花太熟悉家乡了，祖祖辈辈满足于耕作，世世代代守望农田。既要经济发展又要绿水青山，这难道不是矛盾的吗？怎么可能呢？哪能协调发展呢？有什么能发展经济的突破口？扶贫干部们面临着众多问题。这里靠近湘西，相对封闭落后，与沿海地区和中原的开化相比，这里到宋代才与外界连通。乡民大多安于现状，干部思想相对保守。

金花虽然远离家乡多年，但她是有感受的。当年她在江南农学院读书下乡推广除草剂，大多数乡民不愿意了解新事物。

县委书记王文明多年担任公安局局长，他到王化县这个贫困县来当书记是有一些压力的。

此时正是贫困县全力以赴打脱贫攻坚战的时期，地方经济要发展、常规工作要进行，维护这个梅山文化浸染多年的大县，确保不出大问题是底线。工作压力大，群众思想要连接，基础建设要搞，怎么带领贫困县突围，最大的压力就是县里财政紧张。既要谋发展，又要搞建设，钱从哪里来？这个大家长不好当。发展才是硬道理哦！这么多年，王化停滞不前，思想观念跟不上。

王文明对口扶贫的平溪村非常偏远，从县城出发去平溪村需要一整天的时间。早上七点多钟王文明出门，中午在镇上吃个盒饭，下午车开到偏僻的三县市交界处，海拔八百多米高，公路陡峭，司机不敢再开。

"你停车，我来开！"王文明对险情处理和复杂交通有自己的判断能力和处理办法。车快开到平溪村了，这里山里冰冻，路面滑，车子根本开不上去。

车子停下来了准备上山，县委办主任突然脚下一滑，差点掉下山沟。

虽说参加工作几十年，在公安系统时也走过不少山村，但这样的偏僻之地，王文明还是第一次看到。他遥想历史记起来章惇开梅山写下的《梅山歌》：

"开梅山，开梅山，梅山万仞摩星躔。扪萝鸟道十步九曲折，时有僵木横崖巅。肩摩直下视南岳，回首蜀道犹平川。人家迤逦见板屋，火耕硗埆多畲田。穿堂之鼓当壁悬，两头击鼓歌声传。长藤酌酒跪而饮，何物爽口盐为先……"

平溪村的老张几十年第一次看到县委书记上山，打量起这个汉子，只见他穿着一双套鞋，工作服有点像劳动布的，朴实得好像是自己的兄弟。"老张，我是老王，村子里有多少七十岁以上的老人？"

老张正在劈柴火，不好意思地递上一根老旱烟，王文明摆摆手。

老张一脸憨笑："我今年八十三，第一次见我们王化的县委书记。这冬天我们基本不下山也不出门的，几十年也很少有人上来，我奇怪你们是怎么爬上来的。"

冬天山村的夜晚，王文明和老张、村子里的群众围着火炉坐在一张板凳上拉家常。

多少年了，哪里见过县委书记住在山里和村民谈天说地呢？

每周定期一次走访，与村民座谈，切实了解乡村。

春夏秋冬，寒来暑往，走下去，查贫困户台账，听村民情况反映，王文明发现扶贫领域的确存在问题。

"王书记，平时我们也难得去一趟镇里和县里，今天您来了，我要说几句。"老张其实早就想说话。

"您请讲。"王文明掏出小笔记本，认真记录。

"前几年的贫困户建档，个别村干部有点不看实际情况，只为家族的人考虑。真正困难的人没建档哦！我们村里的人对这个有意见。"

"您反映的问题我们会安排核查，贫困户的名额一定要给真正的困难户。你们今天在现场的也可以评一评，村里谁是真正需要帮助的贫困户。"

"依我看，六组的王家可以评。他是个残疾人，虽然女儿在外打工能赡养父母，但是村里真正应该关心他。"一个村民讲。

"喜支书的堂哥，家里有个二层楼的房子，还做点小生意，这样的条件怎么能算贫困户呢？"

村民七嘴八舌议论起来。

群众的眼睛是雪亮的。

县里的干部们多次看到王文明卷着裤腿满身大汗从乡里赶回来，根据问题召开各部门会议。

王化县关于贫困户核查的行动展开了，全县清退一批不符合帮扶政策的贫困户。刚开始，有一些人还发牢骚有意见，面对扶贫干部动之以情晓之以理的解释，他们承认自己的确不该吃"救济粮"，把机会给切实有需要的人。

"贫困并不可怕，只要有信心、有决心，就没有克服不了的困难。"这句话是王文明带领全县人民攻坚克难的精神动力。作为全省最大的贫困县的"掌舵人"，上任不到一年，他就跑遍了全县三十多个贫困乡镇的二百多个贫困村，走访了大量乡村干部、驻村扶贫工作队员和贫困群众。

如何带领县级班子高度统一思想，怎样凝心聚力增强班子的战斗力？王化这个贫困帽子戴了几十年，怎样痛痛快快地摘掉？王文明心里的压力，非一般人能理解。

鼓足干劲，全力以赴！他的眼前，经常浮现上团村红二军团旧址，那里有无限的革命力量和动力。奋斗的路上，往往也有疲惫和力不从心，但只要想一想红军那时候经历的艰难困苦，只要想一想当年入党举手宣誓的场景，内心总会涌动起源源不断的力量。

王文明带领县领导班子来到红二军团旧址，再次举手宣誓，"不忘初心、牢记使命"主题教育结合红军长征精神，班子成员思想触动很大。

今天的扶贫攻坚，何尝不需要长征精神呢？

当过公安局局长的县委书记，时常也会有固有的职业习惯。

夏天的资江两岸凉风习习，王文明走在防洪堤上。这一片防洪堤，是一夜之间加高到一米的。前年的一场洪灾让王化县城全部被淹，当时他穿着套鞋、打着手电筒，举着高音喇叭在这里指挥抗洪抢险。资江流域的人民生活，抗洪时众志成城齐心协力，抗旱时堤上护水也是风景。王文明正走着迎面急速驶来一辆摩托车。防洪堤上这么多散步的人，万一出了交通事故怎么办？王文明拦住摩托车，"你不看看堤上禁止行车的告示吗？多危险！"骑摩托车的人自知理亏。

走访贫困村的路上，经常能在乡村的公路上看到摩托车超速超载的场景。一天早上，王文明正好看到一辆摩托车载着三个孩子，司机小赵心想："书记又要管这等小事了。估计要摩托车司机送两趟，不要超载。"果然王文明将摩托车拦下，"你们要去哪里？这样太危险了。"摩托车司机讪讪地说："孩子上学要迟到了，着急送孩子。"王文明说："孩子上我的车，让司机送你们。"

小赵执行新的任务送了孩子去上学，王文明书记搭上乡镇的车进村入户去了。

王化县县委大院的那一堵墙，在王文明上任的第一个月就拆除了，那些说"门难进、事难办"的王化人，刚开始有些纳闷：县委政府大院向老百姓开放了？

在市信访局也工作过多年的王文明，力排众议，拆除一道围墙，展现沟通与信任。面对王化县的信访问题，他从不回避。

梅花镇七十多岁的老婆婆又穿着那件挂着"冤"字的白色衣服来了大院，儿子二十多年前车祸身亡，老人家怀疑是他杀。她有无数的痛苦，却欲言又止。她每次都说发现了新的线索，却又不愿意说出来。

王文明看着老婆婆满头的白发，心疼地拉起她的手："老人家，我晓得你心里苦。你有什么想法可以和我说。人死不能复生，活着的人要好好面对生活，有什么困难你可以讲一讲，我帮你想想办法。"

老婆婆泪如泉涌，这么多年，她怎能不知道儿子再也不会回来了呢？这几十年来，只有王文明安慰到了她心坎里。她老泪纵横，王文明也哽咽着安慰："你放心，我们和你一起面对。"

后来，上访户的队伍里，再也看不到老婆婆的身影，她已解开心结。

康金花这两年来，经常参加县里的扶贫工作会议，对县里的发展思路也更理解。扶贫的同志们经常讨论：这么一个大县，处地偏远，毫无区位优势，经济搞上去哪那么容易！书记县长不好当。

县长丰志国来自省城，曾经在省城任处长。文化人，抓经济在行吗？有人怀疑，也有人议论：这个"七〇后"的县长，怎么扛王化这个大县的重担哦！真替他捏了一把汗。

丰志国的办公桌上摆着王化县域经济情况的调研报告。短板和弱项多年来都顽固存在，就如难以治愈的牛皮癣。长期以来县域经济以传统种养业和煤炭、建材、冶金、房地产等资源型经济为主。

王化没有资本市场，文化旅游市场化程度不高，处在政府主导的阶段。没有一家本土的上市企业，产业化程度不高。文化旅游、文印、特种陶瓷、白溪豆腐、中药材、王化红茶，等等，这些特色产业还只是自己眼里的特色，没有真正走向广阔的市场。

县里缺乏高层次技术人才特别是战略型企业家。家庭式、小作坊企业居多，没有现代企业经营意识和头脑，没有战略性发展计划。

小富即安、小成则止。这是金花年少时看到的乡民思想。二三十年过去了，还是这个样子吗？

"县长啊，我们王化人也是有想法的，但是没办法，只能眼睁睁看着人家发展干着急。"

有点想法的干部向县长丰志国倒苦水。

"思路决定出路，格局决定结局，要有功成不必在我、建功一定有我的担当！誓叫王化换新貌！"丰志国鼓励。

到王化县工作三年以来，丰志国几乎没有双休日，当地群众都叫他"拼命三郎"。有人笑着说县长一张关公脸，工作不落实，谁也别想看他的笑脸。

双休日是上班族最幸福的时光，睡一个懒觉，看一看网剧，或者打一场球，都是最好的放松方式。王化县的丰县长，是没有双休日的。他的双休日，要么就是调研指导脱贫攻坚，要么就是慰问困难群众，或者指导山洪防汛和地质灾害防御。

乡镇、街道、村庄等基层是各项工作落实的关键，只有下基层才能感知群众的真实生活。如何下基层、下基层做什么？王化县驻村帮扶领导小组办公室发布了"五个一"大走访活动的紧急通知，这是为了落实《关于深入开展脱贫攻坚大走访、大排查、大化解、大整改活动的实施意见》。

所有结对帮扶责任人深入走访结对贫困户和非贫困户，开展"进一次门、吃一餐饭、住一个晚上、进行一次夜谈、搞一次劳动"的"五个一"活动。

金花说："康健，今天丰县长可能要到土地村来看看！"

"没问题，土地村随时经得起检查。"康健笑着应答。

他们没想到，没有通知他们迎接县长已经在村里开始了走访。他走到结对帮扶贫困户冯亮、喜初家里。

"老冯，你今年的家庭收入大约有多少？身体怎么样？"

"身体还可以哦，收入也比去年好，今年养了几头猪，到处都有非洲猪瘟，千万不要传染就好！"冯亮有点忧心地回答。

丰志国走到猪圈边仔细看了看："要注意防控！必要的时候，可以给县畜牧局局长打电话请教，我把电话号码给你。"

喜初家的老房子，屋后是一片岩山。丰志国屋前屋后走了一圈，和自然资源局的同志反复看了看地形："会不会有地质灾害，会不会崩塌？看看有没有合适的地方改建个新房吧！"

"丰县长，儿子今年在外打工收入还不错，感谢你的关心，我们准备搞个二〇二〇建房计划！"喜初回答。

"那就好，到时有需要和我说，等你新房子建好了，我来喝喜酒啊！"

丰志国边说，边拿起扫把给喜初打扫屋前的杂物。

康金花和康健听说县长早就到了，急急忙忙赶到喜初家里来迎接："县长微服私访啊！"

"你们来得正好，今天周六，你们安排看看，我到土地村搞点什么劳动？"

"贫困户志新摔伤了腿，他家的稻谷还没来得及收，不瞒县长说，我们今天正准备组织劳力去收谷子呢！"金花说。

"那好，我也一起去！"

经济指标要搞上去，贫困人口要减下来，这都是实实在在的目标。

王文明和丰志国的心中，要有一个全新的王化县。走过三千六百多平方公里的土地，他们心中的王化县与康金花心中的王化县有完全不一样的意义。

全面建成小康社会不是数字游戏，是实实在在的目标，要落实以人民为中心的发展思想，想群众所想，急群众所急，在学有所教、劳有所得、病有所医、劳有所养、住有所居上取得进展。

全县捐资助学颇见成效。面对蜂拥而来的进城务工子弟和乡镇村民迫切要求进城享受教育平等的需要，县委县政府这几年新建了四所学校。九月一日是王化县各中小学校秋季正式开学的日子，全新的上渡白沙学校迎来一千多名活泼可爱的学生。一群新生家长满心欢喜地交流："没想到学校这么快就建好啦，小孩子再也不用挤大班额了！"

在王化县中心城区，与白沙学校一同新建投入使用的还有三所新学校，共投入资金达四亿多元，新增学位近万个。

全县地方财政总收入不到九亿元。这几年县里却累计为教育投入将近二十三亿元。办好每一所家门口的学校，是群众的期待，也是政府实施教育"第一民生"的落脚点，即使勒紧裤带过紧日子也要优先予以保障。

全县组织开展捐资兴教活动，积极消除城区大班额、农村薄弱学校改造、教师招聘引进、项目建设和经费筹措等难题。

"王化县十多年只建了一所新学校！今年就建了三所新学校！"县里的人们喜气洋洋奔走相告。

康金花也是兴奋的，当年自己就读的田野小学，如今也发生了翻天覆地的变化。"图书室、电脑室、美术室等一应俱全，做梦都没想到我们大山里的学校能建得跟城里学校一样了。"村里的孩子们回来说。

"表姐，我准备回家乡考王化的教师。"表妹吴红给金花发信息，吴红在深圳工作多年，经常在微信上看到王化县公开招聘教师的公告。

王化县大力实施"招才引智、素质提升、正面激励"三大工程，筑巢引凤，打破常规优化教师的举措，全面激活师资队伍的积极性。

名校长、名教师来了，优秀高校毕业生来了，本土异地教师回来了！

为激励边远乡村教师安心从教，县里在全面保障教师基本工资、绩效工资和"五险一金"等待遇落实的基础上，持续实施农村中小学教师人才津贴和乡镇工作补贴；职称评聘、评优评先向农村学校倾斜。

一年后，金花表妹吴红通过招聘程序，回到了家乡任教。

"我愿意扎根家乡教育，坚守三尺讲台，为山里孩子点亮未来之路！"回到家乡任教的吴红，在和金花的微信对话里，满满都是希望。

"镇里成立了留守儿童之家，村里也有图书室，金花，我们在外面打工也放心了！"土地村微信群里，在外打工的日升儿媳妇高兴之情溢于言表。县里投资了七十多万元建立了二十多个乡镇"留守儿童之家"，四万多名留守儿童全部入校就读。

扶贫队长们到学校观摩教学，康金花再次回到小学校园。

"天上星子快落来，落来做么给，穿恩给新孩。么给新，落花新，么给落，姑落，么给姑，草屁姑……"老师正在教孩子们演唱王化山歌《天上星子快落来》。原创山歌《数鸡》《土鸡崽》《天上星子快落来》作为校本课程在全县中小学推广。

"长拳挥动、连续侧踢、稳扎马步、合拳抱十……"田野学校全校学生在课间操期间整齐练习梅山武术拳，土地村老木匠的重孙女、聪嗯妈的重孙女，都在一招一式地认真练习，康金花也伸出手比画着，她眼神里全是羡慕，她想起来当年想和院子里的男孩子一起学武术被嘲笑的样子，今天，村里所有的女童，不都在校园里大大方方堂堂正正地学着梅山武术拳吗！全县武术进校园普及人数已达到五万余人，其中取得段位证人数达到一万余人，并将梅山拳打造成为全国段位制拳种。

县里以武术进校园、山歌进校园、书法进校园特色活动为载体，全面实施素质教育。积极挖掘本地文化、历史、人文教育资源，聘请非物质文化遗产传承人、书法名家、民间艺人等走进校园，着力打造"一校一品"办学特色。

在全民兴教热潮的激励下，"穷县也能办强教育"变成了现实。

2

"老同学，你们村里的产业扶贫是什么项目？"扶贫的同学们定期聚会，与其说是聚会，不如说是扶贫经验交流会。

"村里报了产业扶贫项目三百头牛。我现在急得不知道怎么处理。"

"三百头，预算五千元一头，起码要一百五十万元！你去哪里搞钱哦！"

"我就是着急啊，现在村里能筹集到的资金，养三百头蜗牛还差不多！"

"李建，你何苦要为难自己呢！非要当这个扶贫队长，你吃得消吗？"

"没有条件也要创造条件上，我准备去找村里的致富能手谈一谈，看看他们有没有多元化经营，有没有兴趣做养牛项目。"李建很坚定。

李建是金花的小学同学，曾经是机关里的娇小姐，从来没干过农活，父亲当时是区里的书记。她在卫生局工作多年，现在是大江村的扶贫队长。

李建扶贫队驻点的村原来是煤矿空采区，到处都是灰。爱美的她自从到村里驻点，好看的时装都已经束之高阁。

她刚做完隆鼻手术，鼻子还红肿着，她已没有了当年的娇气："你们这些老队长莫欺负我这个新兵，我现在认为自己思想上有进步。"

"我看省电视台还采访你呢。"

他们说的是李建帮贫困户建房子的新闻报道。

到村里扶贫的第一年，她走到建档立卡贫困户门前，有些惊讶：两间小木屋，破损不堪，常年漏水。家里唯一的家具就是两张老木床，床上摆满了花花绿绿的塑料袋。老人家康娥七十五岁年迈体弱，五十岁的儿子天生二等残疾，没有任何劳动能力。母子相依为命。

"老人家，你这个房子不能再住下去了。我们想办法给你搬到新建的楼房吧。"

"难洼恁（感谢的方言），我们不能搬，离开咯里（这里）我们冇办法讨呷的。"

康娥在这儿住了六十多年，她实在想不出能搬到哪里去，再说搬去住楼房上下楼梯怎么生活？一个老人一个残疾儿子谁照顾？

李建心里盘算：易地搬迁对于这对母子来说的确是个困难，

但他们的生活条件必须要改善。

扶贫队与村里商量，计划给他们母子俩在原地址改建新房子七十平方米，但改建费起码需要七万元。

钱从哪里来？李建走访附近村民和企业，热心的人一听说要帮这对可怜的母子建房子，都表示这是件好事，大家都可以来出把力，主动捐款资助，你一百我一百，不久就凑齐了改建资金。

请包工队，不容易。农村建房人力成本高，算来算去资金还些个缺口。

"师傅，这户人家是低保贫困户，这点资金都是大家东凑西凑凑齐的，你看看能省就省，除了砌房子的师傅，小工我想办法在村里找人来帮工。材料，我和扶贫队的同志去买！"

"李队长，你这一趟又一趟地来请我做工，再推我都不好意思了。"包工队的头头诚恳地说。

破败不堪的老房子拆了，地基平整后，木制的大门竖起来了，红色的丝绸上墨笔写的"紫微高照"，康娥和失去自理能力的儿子站在新门框下，满脸幸福的笑容。

眼看着新房子盖起来了，康娥颤抖着手摸着新房的红砖墙喃喃自语："没想到哇没想到，真没想到我咯样的老冒清（老人家）还能住上新房子。我要哪天走了，我咯个崽起码还有个窝，我也放心了。"

李建白皙的脸庞上多了一些思考的愁云，解决一户不算难。村里的农企矛盾、农赔农损、煤矿洞采涉及农民房屋受损，她没有能力解决那么多问题。产业扶贫怎么干？

"我们一起去县经济开发区产业园看一看如何？或许能从县

里的经济产业发展上找点思路!"金花建议。

几天后,扶贫干部们组成的考察团一行人去王化县经济开发区产业园参观考察。

"金花,欢迎你!"王印科技的董事长李爱国曾在北京的机关工作,后下海在证券公司,深谙资本运作。

"你不是移民加拿大了吗?怎么在这儿?"金花满脸好奇。

"我早就回国了,在大洋证券公司,现在公司和家乡县委县政府合作,整合文印产业上市。"

王化县的文印产业以亲缘、地缘关系为纽带,经过五十余年发展,在全国六百余个城市开设有六万多家文印店,两千多家耗材经营企业,拥有掌握熟练技术的从业人员达二十多万人,形成了完整产业链,年产值达八百多亿元。

针对王化县文印产业的特点,李爱国向大洋证券公司报告,为推动王化文印这个千亿级别的产业,成立王印科技公司来推动产业整合。几十万文印产业大军几十年来都活跃在世界各地,但要老板们统一思想却不是件容易事。

康金花对老乡们的性格是有所了解的。梅山人大都不服输,谁也不服谁,傲骨傲气,愿过自己的小日子。

但这一届县领导的开放思路和勇于担当,却成就了产业扶贫资源的整合。

从七年前组建第一届文印博览会开始,全国各地的文印老乡们,越来越多的人把目光投向家乡。散兵游勇的文印产业集结成军抱团发展,资源整合共享,正向千亿产业目标迈进,王化县几十万文印人感受到前所未有的振奋。

省委书记考察了王化文印领头企业王印科技，他说遍布全国的文印店、复印机设备的需求市场、文印技工队伍都是宝贵的资源，支持王印科技做大做强，支持王化县引老乡回乡发展，"中国文印看王化"。

"文印产业是我们公司的战略，相对而言，适合文印从业人员比较多的乡镇，可以合理引导他们做大。但这些文印老板也各有产业思路，可以多交流。"李爱国介绍说。

王化文印如何抢抓新的历史机遇再出发？县里正在全力推进文印产业园区建设，鼓励文印创新制造特别是自主可控知识产权制造。

"师傅们，工程质量一定要严格把关，我们要建设出王化县一流的文印产业园区！"考察团走到文印楼建筑现场，金花听到熟悉的声音，一位男士头戴安全帽正在指挥现场。

指挥员侧身转头，金花大吃一惊，金花怎么也没想到，竟然是吴大为！

"大为！"金花抑制不住自己内心的激动，每每与黄昊心生罅隙，她总会想到吴大为。

大为的闯劲，金花是欣赏的。对大为金花心里一直有些许遗憾。这些年同学联系越来越多，只有吴大为，像个谜一样，不知道去了哪里。

如果不是那场恋爱，他应该会向仕途发展。和大多数同学一样，按照毕业分配的路子，在本省本县里按部就班发展。大学同学大多数在乡镇一线默默耕耘，有的分配在农技服务的一线岗位，与土地和农村打交道。

"哟，金花主席，没想到会在这里遇到你！"看到金花吴大为显然也有些激动。毕业分别二十多年，他经常会想起校园往事。今天，穿着白西装的金花站在面前，身上更多了几分中年女人的妩媚。

金花说："这么多年你去哪里了？好多同学都说找不到你！有同学还去你老家的村子问过。"

"为了生活四处奔波呀！参加过西部建设、西气东输、三峡工程，后来在深圳创业成立公司承建美丽乡村。这不，参加王化县文印产业园招投标，来到你的家乡啦！你怎么样，过得还好吧？"

"来，快留个电话！稍后详谈。"来不及述说分别后的经历，说一说多年的想念，金花随考察团已经走进了食品公司生产线现场。

"这片园区里，还有年产上万吨的杨梅生产厂家、非油炸方便食品加工厂，还有水果罐头加工厂、牛肉干厂、豆腐干厂、茶油厂，还有陶瓷厂和电子厂。大家可以跟企业深入交流。"园区主任热情介绍。

"我们村里的杨梅有销路了。"

"我看我们村可以种植油茶，直接与茶油厂合作，可以建设成基地。"

"我们的养牛项目有希望了，牛肉干厂可以一起投资合作！"李建来了精神，立马要和牛肉干厂厂长对接。

园区主任重点介绍了红薯粉厂。韩东所在的乡镇是产红薯的大镇，其实，王化县的土地，大多数是种花生、玉米、红薯、黄豆。困难时期红薯当主粮，生活条件好了后王化人都拿红薯来做猪食。后来，晏家村办起来一个红薯粉厂，为地方生产红薯三十多万斤，村里一亩地能有五千至上万的收入。无任何添加的原生态农产品，很快占领了当地市场，市委机关食堂代销，全省大型连锁超市主动联系产品销售，消费者一致好评。

王化县的产业扶贫之路，凝聚着多少人的汗水！陶瓷是县里的传统产业，如何推动技术和产品升级，如何做成优势产业和高新技术产业，需要科技的力量。

永溪村一个普通的夏日，一辆小车驶进村玩具厂，玩具厂也是村里的扶贫项目。一年前，在深圳纺织企业打工多年的碧玉回乡里，和几个合伙人在村里办起了农业合作社，承包了几百亩荒地种茶叶。碧玉被乡亲们的干劲打动了，考虑自己有缝纫技术，准备在家门口办个玩具厂。说干就干，村支"两委"全力支持，"培训一人、就业一人、脱贫一人"，玩具厂聘请的四十多位村民中就有十多位建档立卡贫困户。在村干部的帮助下，厂里拿到了第一笔一万个"海绵宝宝"的订单，家门口就业脱贫，妇女能照顾子女上学，不当留守儿童，这就是最好的脱贫之路哦。

从车上下来的陌生客人和碧玉聊起来："你这个办法好，带领妇女在家门口就业增收，是条好路子哦！厂里有什么困难吗？"

"我考虑要增加几台缝纫机，新增条生产线。"碧玉回答。

"思路很好！希望你好好干！"客人鼓励着。客人又仔细看了看车间，建议碧玉把车间重新规划调整一下，碧玉认真想了想，果然客人提供的建议比现在的布局更适合。

碧玉好奇地问客从何处来，一行人笑而不答。

晚上，碧玉的电话被打爆了："碧玉，碧玉，快看新闻，今天省委副书记来你厂里视察了！"

"是真的吗？今天来的是省委兰书记？那我就太怠慢了，连杯茶都忘记倒了！"碧玉又惊又喜，懊恼自己的大意。

王化县委书记王文明、市委书记李立业也根本没有想到，兰书记以"四不两直"的形式随机走进了村办玩具厂调研脱贫攻坚。

3

要致富，先修路。口号喊起来简单，修路干起来不容易啊！

熊山林场离县城路途遥远，王强是林场的干部，贫困村的第一支书。一次扶贫队长会议，大家来到熊山林场现场观摩，第一眼金花以为王强是当地的村民。

金花说："王支书，你们这个林场创建国家 4A 景区，首先要修路啊！电话信号都没有，游客可难待下去哦！"

"是呢，林场辖区大，地广人稀的，深度贫困村基础设施很薄弱。尤其是礼中片区山高林密，峭壁陡崖，有多个村民小组至今未通公路，加上一年三季（夏季稍好点）大雾笼罩，一到下午能见度就变低，每年冬天必有冰冻，群众出行极为不便，一年难得出趟远门哦。"

六个多月里，王强和区支"两委"成员多次调研商讨对上汇报，积极争取相关部门的支持帮助。境内十处人畜饮水工程顺利完工，惠及八个村民小组；六百亩茶叶低改项目全面完成，村组公路和七座水泥便民桥建设正在推进；移动通信基站只等开春就能动工。

金花曾邀请一些北京的朋友到王化大熊山，他们当年对崎岖的山路心有余悸。

修路是当务之急。

这天，王强和同事去查看村里的公路施工，顺路慰问走访贫困户，回程途中，车子在狭窄的小道上因路滑失控驶向悬崖！

王强再也没有回来……

这天，金花正在三牛合作社与牛倌老板们谈种养合作，接到好久没联系的校友徐义的电话。

"金花师姐，可要注意身体啊！"徐义哽咽的声音传来，"我今天早上起来去喊村里的扶贫干部蒋民走访贫困户，叫了半天没反应，走到床前时才发现，老蒋已经走了！医生说是急性心肌梗塞。"

税务系统的干部蒋民，他操心村民的各种难事。全村九十多个贫困家庭，每个家庭至少走访过三次。贫困户曾银华的儿子意外受伤，蒋民了解了情况，迅速帮他到中国人寿保险公司申报赔付。

村里贫困户水香和桃子有纠纷，蒋民和村支书多次上门到两人家中进行调解，直到和好才走。贫困户曾辉一家五口只有他一个劳动力，两个女儿在读书，母亲八十多岁。蒋民常常爬上四五里山坡去走访，嘘寒问暖，提供帮助。这学期开学的时候，又给了孩子一千元学费。

王化县殡仪馆里，响起低沉的哀乐。全县扶贫干部主动去送贺红梅一程。康金花怎么也想不到，上个月还在扶贫干部工作交流会议上作为典型发言的贺红梅，突发疾病离世，四十八岁的年龄啊，正是上有老下有小的家庭顶梁柱。红梅啊红梅！

在王化县这场持久而又艰苦的脱贫攻坚战役中，康金花看到了太多的牺牲和默默无闻奉献的故事。

"明天早上八点，全镇扶贫工作会议召开，请各村扶贫干部准时到达。"

收到通知宴家村支书刘首初放下手中的除草机匆忙赶路。

他所在的这个村，以前是自然条件恶劣、交通落后，贫困村，全村七百多户人家，建档立卡的贫困户就有一百多户。村子里可以说是一穷二白。刘首初五年前被推选为村支书，他开始打造一村一品，在村子里办起了红薯粉厂。每年收购当地村民红薯四十万斤，生产粉丝二十万斤，可以创造产值二百多万元，与贫困户建立利益联结机制，每户可得利润分红一两千元。

村里还成立了油茶林种植合作社，组建了杨梅基地。安全饮水工程、道路硬化、修建危险区域学生人行道、硬化山塘、新建防洪灌溉水渠、危房改造、教育助学，都是刘首初一条一条落实的呀！

经过多年的努力，村里已经脱贫。但刘首初家里，却还是一栋破旧的红砖房。妻子在外打工，去年为了村里的扶贫项目，他把妻子寄给他的四万元修房钱都花在了村级项目中。

刘首初一边走一边想着村里的事，突然眼前一阵发黑，倒了下去。这几年，他真的太累太累了……

同事们急急忙忙送他去医院，医生诊断因脑干出血导致重度昏迷。消息传到村子里，体弱多病的父母急得直哭。

"我个傻巴崽啊，要你莫这样子把自己累倒，你不听啊！"

村民纷纷去医院看望，泣不成声："首初，你醒一醒啊！你一定要醒来！"

镇党委书记韩东，自己掏出来工资，加上镇里干部们踊跃捐款十万元，第一时间送到了医院："请你们一定要想办法帮我们救救他，这是为带领群众脱贫累倒的同志！"

大家期待着他醒来。首初呀，你要回来，村子里道路两旁的杂草，每次都是你带队清除的，这次还等着你带队！

康金花想到这些景象，泪水滚落在一封家信上。二十多年没有写信了，这一次，她真的想安安静静给孩子写一封信，告诉他们这一代人，自己所看到的王化扶贫的真实故事……

这两年，土地村的乡村文明和智慧农业、产业脱贫，逐步形成气候。

智慧农业项目得到了省厅吴凡厅长的鼎力支持。稻田养鱼、养牛合作社牲畜肥料变废为宝，形成水稻、渔业、畜牧业、沼气等多功能体。

县里立项、省里立项，报到农业部请专家指导。康金花和吴凡厅长一起去农业部汇报。

"金花同志，农村需要你们这些在外工作过的有想法的人啊！乡村振兴关键在于人。我看你还是蛮优秀的嘛！"飞机上，邻座的吴凡边说边顺手剥了一个橘子递给金花。他们因多次工作上的联系，早已不再陌生。

"如不是生活所迫，谁愿意把自己逼得这样优秀！"金花调侃着。

金花在微信朋友圈发了一则消息："北京，我回来了。我轻轻地来，作别西天的云彩。我还要回去，回到我的土地村。"

"金花姐，我正在大会堂参加五四青年表彰大会！我们找时间聚聚哦！"徐义被评为全国优秀青年正在北京开会，他看到金花的朋友圈发消息给金花。他还在会议现场转发来一则语音信息："青年一代有理想、有本领、有担当，国家就有前途，民族就有希望。中国梦是历史的、现实的，也是未来的；中华民族伟大复兴的中国梦终将在一代代青年的接力奋斗中变为现实。"

王化县的脱贫摘帽之路，从一九九四年到二〇二〇年，这漫长的二十六年，几代王化人的努力，脱贫之路越走越平坦。

但二〇二〇年，难道农村就找不到贫困人口了？

不，并不是。金花和徐义看到的农村，远远不是几年就能彻底消失贫困的。这次脱贫攻坚战解决的是千百年来没有解决的绝对贫困问题。

减贫，还是一项长期的任务。

电视台新闻让金花眼前一亮，那不就是自己的家乡吗？曾经的贫困地区，如今的全域旅游开发之县，神话与传说，历史与现实，农业与自然就是美景。

农业旅游开发竟然让家乡站在世界的舞台。

县长丰志国被邀请去巴黎领取世界农业文化遗产的奖牌，他深情感言："这块奖牌是沉甸甸的，凝聚了王化扶贫干部的鲜血与生命，王化人民不会忘记他们！"

4

微信朋友圈可真是个社会万花筒，金花在新闻学院的同学，一个在澳洲晒蓝天白云，一个在美国说民主自由，一个在欧洲说文艺复兴。康金花和扶贫的同学们，每天把微信当工作日志，他们记录着王化县脱贫攻坚路上的每一段感人故事。

"金花妹妹，我在省人民医院住院，这次怕是过不去了。"电话那头传来表哥微弱的声音，他查出癌症已经十年了，一直在湘西打工维持生计。

"表哥，有什么需要我做的吗？"金花其实知道自己爱莫能助。

"这些年农村合作医疗给我看病报销的钱也不少。有这个政策，我看病比你爸爸那时候看病情况要好多了，农民也可以报销医药费了。这次住院，我要是回不去了，你帮我去县农村合作医疗办一下手续。"

十天之后，金花与表哥阴阳相隔。表哥患病这么多年，却没有因病欠账，农村合作医疗，给群众解决了大难题。金花表嫂有丧夫之痛，但不需要像当年康正道与香梅一样七八年才还清金花奶奶生病打针吃药的钱。

三十多年，乡村振兴的机会终于来了。

土地村这两年明显有进步：村民服务中心建起来了，办事窗口和城里一样明亮宽敞，村民办事，不需要再去村干部家里等半天了。

电暖器厂销量大增，旺季供不应求，解决了土地村农民的就业。以前农民冬季赋闲在家无事可做，除了打牌就是闲聊，自从电暖器生产走上正轨，土地村孕育着一片新希望。

三牛合作社小有规模，牛粪综合利用，牛草种植、沼气发电，养殖业像模像样了。

银花的农产品种植基地朝气蓬勃，生产的干豆角、酸萝卜、茄子干、红辣椒、花生米、黄豆，村里人都当个宝似的，更广受城里人欢迎。

在乡贤们的合力支持下，村级图书室藏书五千册，村里的孩子、邻村的学生，放学后第一件事就来图书室阅读学习。

正道当年带头种植的中药材合作社的那一片肥沃的土地，村里已经组织劳动力重新开垦，省里一家中药材公司与土地村签署了基地合作协议，村里的集体经济年收入创了新高！

土地村正在和邻村商谈合作，怎么开发梅山大峡谷。引进景区设计公司，进行科学规划，通过二三年时间，打造出一处具有典型梅山文化韵味的乡村旅游景点，这是金花和乡亲们的新梦想。

不驰于空想，不骛于虚声，小康之路，就如康金花一家几代人的脱贫之路一样，需要自己一步一步走出来。

正道和香梅回到了土地村。他们该有自己的晚年生活了。久违了乡村党员生活二十年的康正道，回到家乡继续参加党支部活动。退伍军人办公室也为他送来了光荣证。

自一九七五年离开部队，康正道回到农村，这几十年，他走得可辛苦哦。

正道脑海中闪回1949，1959，1969，1979，1989，1999，2009，2019，现在，2020，一切刚刚开始。

土地村的故事，又要重新开始讲述了。香梅唱起了十多岁学会的山歌，她的新梦想，是要申请个非物质文化遗产传承人。

"正月是新年，姐把那鞋子连（缝），连的一双鞋子送给我的郎，溜呀溜子双对双，溜呀溜子双对双……"

站在家乡的田埂上，康金花好似走过百年孤独。回到土地村，她的心才真正宁静。爱与不爱，都已经不再重要。有一方安放心灵的土地，她就获得了全世界。

几年来的婚姻虽然彼此冷漠，却依然有牵挂。她知道，责任感太强的女人的确难以有幸福感，对生活太认真的女人，也很难让对方轻松。她将心里的真实感受写了一段话发给黄昊。

"黄昊，谢谢你这么多年的包容与爱。在这一段婚姻里，我发现了自己的不足。这些年或许让你承担了太多压力。沉重的负担让我们这么多年很难舒一口气，我们彼此都需要释放。回到家乡扶贫这些年，我才真正看清你和我。谢谢你娶我！"

金花仿佛回到了少年时在水稻田里捉小鲤鱼的光阴，深情抚摸着成熟的稻穗，哼起了一首熟悉的家乡山歌：

乡里妹子进城来，打着洽脚（光脚）冇穿鞋（还音），何不嫁到我城里来，上穿旗袍下穿鞋（还）。

城里伢子你莫笑我，我打洽脚好处多。上山挑得千斤担哦，下河摸得水田螺。

后　记

　　这是个传统的中国故事，无非就是鸡窝里飞出金凤凰或者鲤鱼总想跃龙门。几千年以来，农民是贫困的代言人。脱贫致富的道路，大多数人的选择只有一条：进城。进城，是农民祖祖辈辈梦寐以求的愿望。

　　农村家族之间的较量与竞争，家庭的兴旺发达，重要的衡量标准就是看谁家里的人在外面的多，外面其实就是指城里。

　　每年的清明节，家族的后人们都在村庄对面的高山挂青。青草萋萋，满山坟茔，一个一个墓碑。家族的亲人血浓于水。年轻的后辈们努力拼搏，一面为了自己的未来，一面告慰祖先的灵魂，如此代代相传，生生不息。这就是乡村人的梦想与奋斗，乡村人的故事与生活。

　　这不是个俗套的故事，这些故事的主人公，有的已经长眠不醒，有的却还在凡尘俗世中，或有滋有味儿，或平淡无奇。世界那么大，所有的故事好像都从乡村开始。

　　从乡村奋斗到城市的人们，少年孜孜以求走出农村，青年奋斗自以为舍我其谁，中年反思自我反观世界。每一个从村里走出去的人都享受着乡亲的无限期待与慕名崇拜。他们在成长的路上有更多动力，也有沉重的压力。

金花的生活也是沉重的，她一直扛着要出人头地要给自己和家人争气的沉重负担。或许在某种意义上，金花代表了那一群从乡村大地上走出来的人。他们的生活很难轻松，他们肩上扛着的太多，有些是自己给自己施加的，有些是乡村的家庭给予的。

每个人都在人生路上孤独行走，生活的道路上有多少闪耀的起飞，也有多少无声的沉沦。乡村出来的人肩负着故乡的信任和家族的骄傲，尽管他们只是一个个靠自己突围而出的打拼者。正是乡村的期待，让他们或多或少承载了更多的人生压力，但也激发了他们的奋斗激情与社会责任。

这是历史上乡村最幸运的时代。农民对美好生活的向往，只有在全面建设小康社会的伟大战略下，才能真正实现。

每个时代赋予了人们不同的时代定义，每个时代的人们都满怀幸福的期待。乡村的人不再削尖着脑袋往城里钻，一些走到城里的人想回乡下去，这其实就是伟大时代的巨大变迁。中国有广阔的乡村，有庞大的乡民群体，全面建设小康社会，关键在于乡村振兴。很幸运，我能亲眼看见乡村的变化与城乡的变迁。

几十年以来，我每当听到亲友离去的消息，内心的不舍与惋惜和疼痛就增加几分。这些人物的悲欢离合组成历史画卷。这些人物的命运就是时代印记。他们带着对人间的留恋与曾经沧海和未曾实现的梦想抱憾而去。

在我的童年和青年时期里，目睹了多少同龄人无钱治病、因病离世、早早辍学流入社会，目睹了多少农村家庭奋力挣扎苦苦追求却并不如愿，目睹了农村与城市的差距，目睹了政策变化带给农民更多的机会与心灵激荡。经历过校园的青葱岁月与毕业分配的考验，经历过社会变革与生存艰难，感受过人间冷暖与世态炎凉，观察过风云变幻与人生沉浮，但坚信：尊重内心的渴望，坚持追求梦想，生活不一定会给你十分的回报，但一定不会亏待你追梦的理想。

离开家乡三十年后回去扫墓挂青，或许是祖宗护佑，或许是高祖显灵，或许是生命轮回，或许是寓意新生。清理杂草丛生的祖宗墓地，坟头上一年的枯草开始冒黄芽，正准备插上树枝挂上香纸，草丛中露出一窝鸟蛋圆圆乎乎。十个绿壳鸟蛋散发出玄妙之光，家族众人惊叹不已，这山上的野鸡为何偏偏在康家升的坟上下蛋？

构思了多年的小说，就从祖先的坟头发现一窝鸟蛋之后开始动笔。生活如此玄妙，追思故人，眺望未来。庚子新春突遭大疫，一月爆发至三月中下旬，全民宅家防疫。这是人类面临的灾难。疫情是一面镜子，考验人性善恶，也检验社会制度。也再次证明，有反思精神、有奋斗激情的民族更有战斗力量！

小说从二〇一三年开始动笔，多次调查了解农村扶贫攻坚工作，力求真实展现建设全面小康之路。初次写长篇小说战战兢兢，因琐事缠身，创作精力投入不够，作品还存在诸多不如人意之处，诚挚感谢这一路上给予关心和帮助的领导、老师、朋友们。

生活，谁也说不清楚，却总有一股神奇的力量，你想得到的，终究都会得到。

海燕2020年3月于北京城南